我思

我思，我读，我在
Cogito, Lego, Sum

沈志明 主编
Collection de précurseurs
先 驱 译 丛

(法)爱德华·迪雅丹
(法)瓦莱里·拉博 著
沈志明 译

Édouard Dujardin Valéry Larbaud

Les Lauriers
Sont
Coupés

月桂树已砍尽
意识流先驱小说选

· 桂林 ·

月桂树已砍尽：意识流先驱小说选
YUEGUI SHU YI KANJIN：YISHILIU XIANQU XIAOSHUO XUAN

策　　划：吴晓妮@我思工作室
责任编辑：张玉琴
助理编辑：韩亚平
装帧设计：何　萌
内文制作：王璐怡

图书在版编目（CIP）数据

月桂树已砍尽：意识流先驱小说选 /（法）爱德华·迪雅丹，（法）瓦莱里·拉博著；沈志明译． —桂林：广西师范大学出版社，2020.11

（先驱译丛 / 沈志明主编）

ISBN 978-7-5598-3277-1

Ⅰ．①月… Ⅱ．①爱… ②瓦… ③沈… Ⅲ．①中篇小说－小说集－法国－现代 Ⅳ．①I565.45

中国版本图书馆 CIP 数据核字（2020）第 186624 号

广西师范大学出版社出版发行

（广西桂林市五里店路 9 号　邮政编码：541004）
　网址：http://www.bbtpress.com
出版人：黄轩庄
全国新华书店经销
山东韵杰文化科技有限公司印刷
（山东省淄博市桓台县　邮政编码：256401）
开本：787 mm × 1 092 mm　1/32
印张：11.25　　字数：205 千
2020 年 11 月第 1 版　　2020 年 11 月第 1 次印刷
印数：0001—5000 册　　定价：58.00 元

如发现印装质量问题，影响阅读，请与出版社发行部门联系调换。

作者简介

蒯 寅

爱德华·迪雅丹（Édouard Dujardin，1861—1949），法国诗人、剧作家、小说家、评论家。象征主义时代最活跃的人物之一，马拉美的弟子和朋友。"马拉美研究会"的创始人和会长。1885年创办《瓦格纳专刊》，以介绍瓦格纳为宗旨；1886年创办《独立杂志》，为象征主义同仁提供文艺阵地；1904年至1913年主持由他创刊的《思想杂志》，与保守的传统思想做斗争。

他的著作丰富多彩，除诗歌外，有《烦忧》（1886），《爱情的喜剧》（1891），《玛丽·马尼奥》（1921）等13篇魔幻故事；多部剧作，其中《安托妮娅》（1891）和《过去的骑士》（1892）最为出名；大量的论文和散文，其中《从斯泰法纳·马拉美到希伯来预言家以西结：象征现实主义理论的评述》影响最大；好几部论述宗教哲学的专著，如《基督教的源流》（1906）等。已出版的小说虽然数量不多，但每一部都是对小说创作艺术的一次大胆的探索和尝试，其中《月桂树已砍尽》(1887)最为大胆，也最为成功，开创了意识流（内心独白）艺术手段的先河。

1931年，迪雅丹把有关内心独白的论文收集成册，取名为《内心独白，及其出现、来源和在詹姆斯·乔伊斯作品中的地位》。时至今日，法国人一直把"内心独白"作为"意识流"相应的术语加以使用。

瓦莱里·拉博（Valéry Larbaud, 1881—1957），法国诗人，小说家，评论家。出生于维希的富商之家，从小受到良好的教育，12岁发表以家乡初中生活为背景的文学作品，分别在巴黎著名的亨利四世高中和路易大帝高中完成学业后，就读于巴黎大学文学系；精通希腊文和拉丁文。从幼年开始就经常出国旅行，到获得文学学士学位时，已游遍欧洲。他娴熟掌握英语、意大利语、西班牙语等好几种外语，可以直接用英语从事创作和评论。1902至1908年以自己为原型塑造了巴纳布斯这个人物形象，发表诗集《一个富有的业余者的诗》(1908)，后经增补改名为《A.O.巴纳布斯诗作大全》(1923)。

拉博的早期小说《费米娜·马盖》(1911)和短篇小说集《孩子的想象》(1918)语言精美，想象丰富，独具匠心，很快成为少年的经典读物。1920年结识詹姆斯·乔伊斯，对意识流（内心独白）艺术手法产生浓厚的兴趣，创作了《情人们，幸福的情人们……》（1921）和《我最秘密的忠告……》（1923），成为法国最早自觉运用意识流创作方法的作家之一，取得巨大的成功。其间，他参与翻译和校订法译本《尤利西斯》。此后，他潜心研究法国各种不同风格的作家，如马拉美、P.瓦莱里等，并大量评介在法国鲜为人知的英国、西班牙、拉美等国的作家，诸如塞缪尔·巴特勒、切斯特顿、康拉德、考文垂、乔伊斯、戈梅斯、乌纳穆诺、吉拉尔特斯、雷耶斯等。他博学多才的文论汇集成好几个册子，其中《阅读，逍遥法外的嗜好》（1925—1941）雕章丽句，脍炙人口，成为学人必读。

1935年不幸中风，半身不遂。1952年获法国全国文学大奖。1957年伽利玛出版社把《拉博全集》列入《七星文库》出版，同年他被评为十佳作家之一，其作品代表法国文学，参加布鲁塞尔国际博览会并展出。

CONTENTS
目 录

001　译序 / 沈志明

021　月桂树已砍尽 / [法] 爱德华·迪雅丹

127　美人，我的心上人…… / [法] 瓦莱里·拉博

221　情人们，幸福的情人们…… / [法] 瓦莱里·拉博

261　我最秘密的忠告…… / [法] 瓦莱里·拉博

译　序

沈志明

多年来，意识流一直是文学界的一个热门话题。人们臧否不一，甚至出现截然相反的评价。但经过较长时间的探讨和创作实践，至少取得一个共识：意识流艺术手法，如果运用得当，不失为文学多元化创作的一种形式。

提起意识流，人们自然立即想到意识流小说大师乔伊斯和普鲁斯特等人，但很少有人知道意识流小说艺术的发明者爱德华·迪雅丹和为意识流创作手法做过重大贡献的瓦莱里·拉博。为了弥补这个缺憾，我们推出这两位杰出的法国作家的代表作，以飨读者。撇开这些小小的杰作本身的艺术价值不谈，即使作为一种文学流派的"文献资料"，它们也是值得翻译和评介的。

1918年3月至1920年8月，纽约一家先锋派文学杂志陆续发表爱尔兰作家詹姆斯·乔伊斯《尤利西斯》的大部分，很快在英美年轻作家的作品中见出其影响，他们竞相模仿书中一种崭新的艺术手法。精通英语的心理小说家瓦莱里·拉博也在独自探索这种形式，自然对这种现象产生了浓厚的兴趣。1920年11月，他与刚旅居法国的乔伊斯首次相遇，两人一见如故，相见恨晚，很快成为莫逆之交。在《新法兰西评论》及其出版社享有特殊地位且在文学界遐迩闻名的拉博立即组织《尤利西斯》的出版工作，并在一系列文章、讲座中对这部作品大加赞扬，说他"欣喜若狂"。在他的努力下，《尤利西斯》全书（英语）于1922年由巴黎奥岱翁街的"莎士比亚书店"出版社首次出版。

然而，当时的法国对这本书反应冷淡，连发表过许多使人耳目一新的作品的《新法兰西评论》的一些主要负责人也不以为然，接着这本书在英美等国遭到查禁（如，纽约港烧毁500册，福克斯通海关没收499册）。但这丝毫没有阻挡拉博的奋进，相反，他更加积极组织并亲自参与翻译和校订法译本《尤利西斯》。随着同乔伊斯的频繁接触，他们的友谊进一步加深。乔伊斯也非常赏识拉博，称赞他的判断力和敏锐聪颖，在多年的友好交往中不断分章分批地请他对自己的手稿提意见。当然，赏识中夹杂着感激之情，因为他的作品得以出版和获得盛誉，拉博起了举足轻重的作用。

拉博推崇乔伊斯，首先是出于对文学艺术的热爱。他发现乔伊斯采用了"崭新的形式，这种富于魅力、具有极大表现力的形式足以革新'小说体裁'或完全以新代旧"[1]。其次还有一种个人的原因。第一次世界大战前后，狭隘的爱国主义、沙文主义在法国盛行，甚至达到疯狂的程度，拉博很不赞成。他认为欧洲文化是一个整体，各民族应当互相理解、友好相处，为此他决心成为一个欧洲文学的倡导者或捍卫者，竭力发掘欧洲级的大作家，乔伊斯正合他的愿望。最后，也许是最主要的原因，《尤利西斯》接近他自己的创作探索，这正是他自己要写的作品；事实上在读到《尤利西斯》之前，他已着手创作类似的作品了。但《尤利西斯》率先发表了，他心悦诚服，拜乔伊斯为师，把完全用意识流形式写的《情人们，幸福的情人们……》（1921）题献给乔伊斯："在这篇小说中我谨采用了这位大师的创作形式。"

乔伊斯1921年收到献词，非常激动，但在兴奋之余，觉得受之有愧，以伟大艺术家的诚实告诉拉博，这种创作形式在爱德华·迪雅丹的《月桂树已砍尽》中"早已全面地使用过了"。拉博大为震惊：他居然没有读过。后来费了一番周折才找到这部被埋没近30年的著作，读后大喜过望。他在1923年8月11日给迪雅丹的信中写道：

> 詹姆斯·乔伊斯本人向我指出《月桂树已砍尽》（以下简称《月桂树》）是《尤利西斯》创作

---

[1]《论詹姆斯·乔伊斯和〈尤利西斯〉》，见《拉博全集》，第320页，《七星文库》，伽利玛出版社，1957年。

形式的一个来源,而我最近才拜读,非常遗憾未能早点读到。这不仅是第一部内心独白的作品——这种独特的文学构思具有无可估量的重要性,而且是一本完美的杰作,可列入法国文学最伟大的作品之林!我十分惊异这部1887年发表的作品竟要等到《尤利西斯》的出现,才被人重提其内心独白的形式。目前整个美国文学界竞相仿效,您的影响,通过詹姆斯·乔伊斯,传遍了全美洲。我自己,在首次读到《月桂树》之前,以为写了法国文学中最早的两篇内心独白的作品。总之,我明白了您是内心独白的发明者,您用这种发明所创作的小说是一部重要的作品,无论是从深化诗意的角度来讲,还是从一种文学大潮流的源泉的角度来讲(这种潮流正日益扩大)。必须把这一切公布于众,广为传播,我将首先告诉《民族》的读者们。[1]

为了弥补他无意识的不公正,拉博把《我最秘密的忠告……》(1923)这部内心独白的杰作题献给爱德华·迪雅丹。

在同一封信中,拉博请教迪雅丹,为什么《月桂树》

---

[1] 《拉博全集》第1263—1264页,《七星文库》,伽利玛出版社,1957年。

在当年没有受到重视，为什么作者在以后的作品中没有坚持运用"这种最适合对人类心灵进行拉辛式的分析"的形式。迪雅丹回信说，当时象征主义运动根本不受人重视，象征主义诗人的作品无人问津，报界反应冷漠，《月桂树》单行本出版后卖不出去，被打入了冷宫。是的，一直等到乔伊斯名声大震，《月桂树》才重见天日。同年，拉博在颇有影响的《欧洲杂志》著文，恢复了文学史上一个事实的本来面目，公正地为一名法国作家追回深受英美青年作家称赞的意识流形式的首创荣誉。但这并未降低乔伊斯的声誉，是他使意识流艺术手法确立了地位，臻于完善，形成潮流，得以流传。

在进一步探讨意识流形式以前，我们先介绍一下瓦莱里·拉博及其作品。

瓦莱里·拉博1881年出生于富饶的维希。祖父是律师，共和派，曾被拿破仑三世政权逮捕并放逐意大利；父亲是药剂师，拥有多处温泉和房地产，称得上巨商富贾。拉博自幼好学，钻研古今名著，博览欧洲各国文学，如饥似渴；更爱跟随母亲到处旅行，中学毕业前几乎游遍欧洲各国。他因语言天才在大学里就崭露头角。他不仅精通拉丁文和希腊文，而且娴熟掌握英语、意大利语、西班牙语、德语；他的英语尤为突出，后来可直接用英语写作。他15岁发表诗作。在巴黎路易大帝高中读书时，一天，他发现惠特曼的《草叶集》，便把自己关在寝室里高声朗读，心醉神迷，竟忘了去食堂吃饭。《一个富有的业余者的诗》（1908）明显见出惠特曼风格的影响。但拉博的精神食粮是《地粮》。拉博从1905年开始与纪德通信，一直把纪德视为导师，但纪德始终把他看作同仁和朋友，喟叹自己的《地粮》缺乏拉博那种"我行我素的潇洒"。

拉博酷似福楼拜，毫无衣食住行之忧，可以悠闲地写作，专心地探索艺术形式，精益求精。拉博说："1903至1908这5年间我写的东西最多，但我相当明智，或者说相当漠然，在这期间没有发表任何东西，后来誊写时把大部分手稿毁了，只留下《巴纳布斯》和《费米娜·马盖》的初稿。"[1]

《巴纳布斯》是分批发表的:《巴纳布斯：一个富有的业余者的诗》（1908），13首；《巴纳布斯：一个亿万富翁的日记》（1913年1月至6月）；《巴纳布斯全集——一则故事，他的诗作和私人日记》（1913年11月）；共50首。巴纳布斯纯属虚构，是一个美洲大阔佬，诗人杜撰的另一个人物图尼埃·德·赞布尔为他写传。巴纳布斯喜欢旅游、猎奇、冒险、寻花问柳，在豪华饭店里或东方特快列车上沉思遐想，抽烟写诗，或记述自己内心的思想。他以《地粮》的主人公为榜样，远离家乡，去异国发现新天地，寻求新生活，但最后不得不返回秘鲁故里，与家人团聚。

---

[1]《瓦莱里·拉博（1881—1957）》，维希市政府图书馆出版社。

不难看出，巴纳布斯是少年拉博向往的人物，此时把诗结集出版，标志着诗人与幻想告别，告别诗坛，步入人生的成熟期，从此潜心于小说创作和文学评论。

另外一本披露作者少年时期心迹的书《费米娜·马盖》（1911）也获得成功，很快成为供少年阅读的经典小说。这部中篇小说讲述了一个16岁的秘鲁姑娘来到巴黎，她的异国美貌使一群中学生神魂颠倒，其中一个法国少年企图以渊博的知识和门第财富诱惑费米娜，但她不为法国人的富有和才学所动，更喜欢一个墨西哥少年，一往情深，忠贞不渝，后来与他喜结良缘。评论家皮埃尔·布隆丹指出："（这部小书）独辟蹊径，为两次世界大战之间的许多作家开辟了一条大道，人们很快想到拉克雷泰尔、科克托、马丁·杜伽尔和拉迪盖的小说，以及许许多多描绘'不安分的少年期'的作品。"[1]

从此，拉博遐迩闻名，活跃于法国国内外文坛。他参与创办《新法兰西评论》，是该刊长期的合作者和撰稿人；同大诗人保尔·瓦莱里一起主编《交流》（1924—1932），同著名超现实主义诗人菲利普·苏波等人一起主编《欧洲杂志》（1923—1931），在这两份期刊上开辟他的文学评论专栏，题为《阅读，逍遥法外的嗜好》，后来结集成册，被誉为20世纪法国最重要的文学论文集之一。他的

---

[1]《拉博全集》（附录），第1224页，《七星文库》，伽利玛出版社，1957年。

另一大贡献是发现了洛特雷阿蒙(1846—1870),对其散文诗《马尔多罗之歌》表示激赏。拉博指出诗人的刻骨仇恨与对人生的刻骨铭心的热爱十分相近,是用一个极端表现另一个极端罢了。他还为法国国内外其他杂志撰稿,结识许多同代的外国作家,与大不列颠联合王国的作家关系尤为密切,诸如 J. 康拉德、A. 本涅特、E. 西特韦尔、T. S. 艾略特等人。1901 年开始撰写对英美作家的评论,1911 年开始发表译著,译介诸如本涅特、兰道、琼斯、巴特勒、乔伊斯等人的作品。他对同时代西班牙语文学也有浓厚的兴趣,特别推崇西班牙作家 M. 德·乌纳穆诺,亲自翻译过米罗、多尔斯等人的作品;他与葡萄牙作家 R. C. 德·拉塞尔纳有很深的友谊;他是法国第一位介绍拉美文学的评论家,结交阿根廷诗人、小说家 R. 吉拉尔德斯,墨西哥作家 A. 雷耶斯,为阿根廷的《民族》杂志撰写专栏,与远方的朋友们保持"思想交流"。确实,他以自己的作品和活动实践了自己的诺言:"我渴望成为一个这样的诗人,富于幻想,对世界各个种族、民族和国家都有透彻的理解……具有彻底的国际主义精神……这个诗人是拉弗格、兰波、惠特曼的继承人。"[1]

但拉博最大的成就还是他最成熟的小说代表作品:《美人,我的心上人……》(1920),《情人们,幸福的情

---

[1]《昂里·勒韦诗集序言》,援引自《瓦莱里·拉博(1881—1957)》,维希市政府图书馆出版社。

人们……》(1921),《我最秘密的忠告……》(1923)。这些作品先后刊登在《新法兰西评论》上,1923年由该刊的出版社结集成册出版,总题为《情人们,幸福的情人们……》。据作者自己讲,"美人,我的心上人……"原是玛莱勃的一句诗,作为书名一则富有诗意,再则表明"心上人"给予他心灵的满足超过性欲的刺激;拉封丹的诗句"情人们,幸福的情人们……"使他懂得,幸福的秘密在于追求爱情而不在于追逐女人;法国古代诗人莱米特的诗句"我最秘密的忠告……",其主题是,男人通过女人获得性爱的满足,但性欲之欢过后便是抑郁不欢,于是追求新的欢快,结果遭遇新的不快,如此恶性循环,所以性爱总是不幸的。

《美人,我的心上人……》基本上还是传统的心理小说。意大利青年马克·富尼埃代表父亲在伦敦处理商务。他的女管家,即他的情妇,有个独生女儿刚15岁,叫奎妮。马克追求奎妮,两人相爱。但不久奎妮发现刚守寡一年多的母亲和马克有私情,气愤不已,几乎与马克反目。幸而马克居期已到,体面地离开伦敦回国。几年后马克又去伦敦办事,在短暂的逗留期间好不容易找到奎妮。此时的奎妮已大变模样了。母亲已故,她曾因一时冲动与一个她不爱的男子发生关系怀了孕被姑姑赶出家门,男人逃了,婴儿死了,她孤独一人,穷苦不堪,对男人极为失望。马克企图恢复旧时的情谊,但奎妮对他不信任,拒绝他的资助。尽管马克对她眷恋不舍,但因商务在身,不得不离去,许诺次年夏天来伦敦开办一家事务所并聘请奎妮当秘书。马克走后很少来信,奎妮继续过着孤独贫困的生活。不久,一位富有的贵族男子哈丁看中了她。起先奎妮对他很害怕很反感,但姑父姑母找上门请她回去。最后奎妮被哈丁执着的、热烈的爱感动了,终于同意嫁给他。婚后他们去哈丁老家欢度蜜月。

《情人们,幸福的情人们……》写一个法国青年失恋后内心的苦闷和孤独。独白者费科斯·弗朗西亚的情人英茹带着她自己的女友罗玛娜·赛里即将离他而去,奔向新的地方寻找新的欢乐,而他放弃追随她们的机会,强迫自己留下思念另一个女人。这虽然是心甘情愿的,但总有一种失落感。他不禁思绪万千,难以自抑地唤醒沉睡的记忆,往事载着岁月的细纹浮现,而未来梦幻般的朦胧不可预测。人们读后掩卷回味,确有那种单纯追求性爱所导致的空虚和苦涩之感。

《我最秘密的忠告……》的独白者是个贵族青年。就读于巴黎大学的吕卡·莱泰尔带着情妇伊莎贝尔到意大利旅游,在那不勒斯小住期间,因受不了伊莎贝尔的无理取闹毅然独自出走。通篇的内心独白以回忆和思考的形式呈现,时而用第一人称,时而用第三人称,回顾他如何认识和爱上伊莎贝尔,同居后发现他想象中的伊莎贝尔和实际上的伊莎贝尔如何相左,如何被伊莎贝尔的大吵大闹弄得狼狈不堪；琢磨着如何摆脱伊莎贝尔的纠缠，如何体面地让伊莎贝尔离开他；如何去博得他已深深爱上的伊蕾娜的欢心，如何使这位希腊姑娘幸福。但伊蕾娜是亿万富翁银行家的千金，于是又觉得她远在天际，不可企望。除了开头描绘自己如何逃离伊莎贝尔，其他全是在火车上的沉思，只间或被报站声和沿途的景色打断。随着火车往前开，吕卡越来越看清最近发生的事情，这两个女人对他来说都不合适，一个太缠人，另一个太高贵，失败是不可避免的。

以上一个短篇和两个中篇小说结集出版时作者已值不惑之年，对待爱情和女性早已采取明智的、冷静的态度，他的爱情观也早已确定，即不相信有专一的爱情。他笔下的主人公对奎妮、英茄、赛里、伊莎贝尔、伊蕾娜……对哪个女人都不忠贞。他把世上的女人比作各国的城市，对待女人就像对待他访问过的城市。他在《情人们，幸福的情人们……》中指出，所到的每座城市对他来说就像送给他的大玩具，以奖赏他的明智。所谓明智，就是访问一座城市、了解一座城市，然后悄然离去。女人也像城市，需要不断地更换才能了解。

因此，有些美国批评家，特别是女权主义者，批评拉博是"大男子主义者"，因为在他的作品中，妇女是他手中的玩物，精神上和智慧上都不享有与男子同等的地位。这种批评不无道理，然而艺术的魅力往往突破和超越作者的初衷。不错，所有的主人公，从巴纳布斯到吕卡·莱泰尔，无一不是作者自身的写照。但我们不应忘记他生活在第一次世界大战的年代，这场空前的浩劫使资本主义文明一直强调的理性和人的价值丧失殆尽，人们把自己的同类当作牲畜一般来屠杀；年轻人起来反叛了，对传统的观念和价值发起猛烈的冲击。

拉博式的人物公开背离资产阶级传统的爱情观、家庭观，为了达到个人享乐主义的目的，不顾道德，玩世不恭。然而，在拉博的作品中，我们看到，以自私的、不正确的观念和方式进行反叛，结果是悲哀的，无一不以失败告终。例如，克罗斯兰德太太无意间点破"大资产阶级少爷"马克·富尼埃的享乐主义时，马克甚感难堪。他为了保全面子，以受过高等教育自居，不屑于与只会生吞活剥书本的女人论理；可怜的克罗斯兰德太太为了生计，为了保住女管家的地位，不惜牺牲爱情，牺牲女儿，建议把奎妮接来同住，以便挽留马克。但马克对她厌倦了，最后抛下她而离去。读者的同情心显然在克罗斯兰德太太一边，对马克那种高傲的阴暗心态则是鄙视的。拉博式的人物多为年轻的诗人，富有而浪漫，喜欢旅行，热衷女色，甚至玩弄女性，但自私的性爱只带来一时的满足，并很快化作忧伤、苦恼，以致绝望。之后，带着失落感去寻求新的性爱，得到的却是新的失落。于是他宁愿孤单和怀旧，但又为孤单和怀旧而忧伤、痛苦。这就形成一种特殊的心态。

早在《巴纳布斯》里,诗人就披露过内心深处某种游移不定的东西:

> 在我身上有某种东西,
> 它在我肺腑在我心底,
> 这游移的东西乏味无比。
> ……
> 一种有自身生命的东西,
> 侵占着我的整个身心,
> 毫不动情地倾听,
> 我那喋喋不休的意识。

所谓"喋喋不休的意识",当然就是内心独白,即意识流。年轻的诗人虽然没有创造出这个新名词,却已经在探索这种最能体现"内容与形式统一的艺术手段"(拉博语)。是的,有时艺术形式紧密附丽于思想内容,两者浑然一体。意识流作为艺术形式,体现了作家的人生哲学和处世态度。拉博和迪雅丹的意识流作品和某些意识流大师的作品一样,也表现了资本主义社会名流雅士、侯门权贵个人的命运、孤立的行为、内在的气质,描绘他们对人类状况的忧虑,对生存意义的怀疑,个人事业或爱情幻灭之后内心的矛盾和苦闷。他们找到了最有表现力的艺术形式。拉博在《月桂树》的序中指出,这种形式"有力而明快地表达最隐秘的思想，最本能的思维","表达意识尚未形成和语言尚未组织时的状态","触发'我'的内心最深处的思维之源"。所以，艺术上的慰藉耐人回味，内容虽然狭窄些，却是感人的。

这种描述人物心理活动的深层性、流动性、飘忽性的文学形式，其实在象征主义诗歌中已见端倪。19世纪80年代象征主义诗人们主张避免以自然主义的方式描绘外界事物，明确提出发掘内心的"最高真实"，而意识流小说家们主张心理真实主义，两者遥相呼应，异曲同工；象征主义诗人们提出可感知的形式应被赋予抽象的概念，而意识流小说家笔下的潜意识活动往往也是抽象的形象。爱德华·迪雅丹在他的论文集《内心独白，及其出现、来源和在詹姆斯·乔伊斯作品中的地位》中为内心独白作了界定："……是以诗一般的形式来描绘抽象的思绪、情感、印象、心态和氛围，绝对不是描绘行动的手段。"[1] 因此，意识流小说和象征主义的诗歌形式是近亲。象征主义诗人爱德华·迪雅丹的功绩在于把象征主义的诗歌形式成功地移植到小说中来，从而开创了意识流小说之先河。

乔伊斯在谈到《月桂树》时指出："读者一打开《月桂树》就进入主要角色的思想，跟随他绵延不断的思路，一步步弄清他的所作所为和发生的事情。思维的展开完全替

---

[1] 巴黎梅桑出版社出版，1931年。

代了通常的叙述……"[1]《月桂树》写一个巴黎大学生与一个三流女演员的恋爱故事,作者用第一人称的内心独白叙述主人公从晚上6点至子夜共6个小时的主观情绪变化,使读者直接进入主人公的意识活动。这里没有曲折的情节和强烈的外部冲突。作者竭力捕捉稍纵即逝的直觉和琐屑的、幻想的、倏忽不见的印象,以求揭示人物内心深处的冲突和隐秘,即刻画人物潜意识的发泄心理。

这种对潜意识发泄心理的揭示和剖析贯穿《月桂树》《情人们,幸福的情人们……》《我最秘密的忠告……》的始末。信马由缰的意识流依附于眼前戏剧性的现实,构成一幅飘忽不定的影像。这里,形象与意识交融,画面或场景随着意识而迁移、转换,往往人在景中驻留,意却在景外驰骋,形成了意识流效应。然而,要达到这种较好的艺术效果绝非易事。早在意识流形式刚开始盛行时,瓦莱里·拉博就发出警告:"内心独白必将被一大批作家所采用……但这种形式落在平庸的作者手里,迟早会信誉扫地。"[2]

这主要因为意识流形式本身有相当大的局限性,难以驾驭。模仿者们往往沉湎于个人对往昔无足轻重的琐事的回忆,絮絮叨叨地把内省的经验告诉读者,使心理描写显得扭曲、怪诞、片面,从而陷入扑朔迷离的潜意识迷宫,

---

1 参见本书中的《月桂树已砍尽》序言。
2 参见本书中的《月桂树已砍尽》序言。

孤芳自赏、脱离现实、脱离社会，其作品必然是平庸的，不堪卒读。他们虽然知道意识流小说理论与弗洛伊德的精神分析学紧密相关、交织相连，但不善于以理性的态度来对待弗洛伊德学说。

拉博和迪雅丹则有意识或无意识地汲取了弗洛伊德"人格结构"的合理内核，从而对小说人物的心灵世界做了成功的探索。弗洛伊德提出的"自我人格"有三个层次："本我""自我""超我"。处在潜意识的"本我"力求发泄本能的冲动、本能的欲望，耽于声色，性欲骚动，大多徘徊于意识与潜意识之间，这时如果脱离"自我"的保护和"超我"的监督，那么赤裸裸的肉欲或无顾忌的私欲就像脱缰的烈马，野性大发，以致道德沦丧，其作品必定堕落成人欲横流的色情小说，或凶杀暴戾的"黑小说"。正如拉博所说，这只能使意识流艺术方法信誉扫地。

拉博和迪雅丹的作品没有背离决定人的生命价值的理性和道德力量。在他们的作品里，本能的冲动或欲望往往受到"自我"的保护，总是受到代表道德限制的"超我"人格力量的遏制。费科斯·弗朗西亚失恋之后，强迫自己读书；明明知道读不进去或读书无用，也要迫使自己相信："人们一旦摘下一种面具就不得不戴上另一种面具。"吕卡·莱泰尔更是时刻有意无意地用地位、面子、影响来约束自己，不失绅士风度。《月桂树》的主人公达尼埃尔·普兰思在卢浮宫街和饭馆两次遇到美貌女郎，"本我"

不禁产生非分之想,这时代表理性和审慎的"自我"和外部力量出来阻挡,为"本我"挽回了面子。人们常说,人,毕竟不是动物,他的一切精神、意志、感情和行为,无不受到社会的制约、理智的支配、意识的指导。拉博和迪雅丹的作品没有违背这个常理。他们描绘的性爱不是停留在生理的需要和心理的需要上,而着力于表现感情的倾注,以求达到诗人日思夜想的高尚、纯洁的爱情,尽管他们清醒地意识到主人公的爱情始终摆脱不了地位和金钱的名缰利锁:"奎妮的不幸和贫穷在他们之间构成一道不可逾越的障碍。""原来钱在作怪。"……无论是马克·富尼埃对"伦敦城的花朵"的追逐,还是吕卡·莱泰尔对亿万富翁的千金的迷恋,无一例外地败下阵来,造成一个个必然的悲剧。弗朗西亚在放荡之后,请求上帝的"宽恕"和"指引",热切希望"为在地球上生存的人们做一点好事"。普兰思发现女演员只爱他的钱时,不禁怀念初恋的情人;在爱情失败后,决定去寻找爱他的布朗什。在这些并不遂心的爱情中,读者都不难从中获取某种人生的领悟和启迪。

另外,拉博和迪雅丹还有一个共同的特点:他们一生都致力于探求"法国文学中的新东西"。拉博自少年步入文坛就决意与传统的文学形式决裂,有意打乱既定的写作程式,把诗歌、叙事、日记、书信等形式熔于一炉,形成独具一格的形式。诚如他自己所说:"现在我到处考察,以求发现崭新的事物,没有被我们这一代人影响过的东西。"[1]可以说,拉博确实是在不断革新中走完他的文学生涯的。可惜1935年,他不幸中风,半身不遂,失去写作能力,未能完成既定的事业。尽管在50年代他的作品被列入20世纪法国文学的经典,他本人一度被评为十佳作家之一,但他毕竟未能跻身于20世纪法国第一流大作家的行列,人们不能不为之感到遗憾。不过,他的中短篇小说集《情人们,幸福的情人们……》将成为传世之作,已不再有人怀疑了。

《我最秘密的忠告……》这部中篇小说代表拉博的最高成就,也被公认为意识流小说的杰作,对几代人产生过较大的影响。例如,新小说派杰出人物之一米歇尔·布托尔的代表作《变》(1957)很明显受到了影响。《变》写一个人乘火车从巴黎去罗马,一路上经过回忆和思考似乎明白了他所爱的并不是他即将去寻找的情妇,而是她居住的那座城市:奇妙的罗马使他入迷。既然如此,跟她同居肯定不会幸福,于是毅然返回巴黎。布托尔的创新在于把第一人称"我"改成第二人称"你","《变》是对一个人讲他自己的故事"(布托尔语),但客观效果依然还是没有告诉读者主人公的决定是对是错,他的抉择是好是坏,一味让读者自己去评说。也许《变》只是使读者产生的参与意识更强烈一点罢了。

---

[1] 《未发表的日记》,《拉博全集》,第1550页,《七星文库》,伽利玛出版社,1957年。

《我最秘密的忠告……》中欧洲主义的色彩明显可见。作者把整个欧洲看作一个国家,甚至一个大城邦,各国首都的大街互相衔接畅通,不分彼此。在第一次世界大战刚结束,第二次世界大战近在眼前的民族对立的疯狂年代,作者怀有欧洲大统一的理想和预见,确实难能可贵,人们不得不承认拉博具有独步一时的哲人风度。

1989 年 12 月 25 日

编者补识:沈志明先生早在20世纪80年代末便对法国文坛这两位先驱性的作家有所译介,今再版这些作品时,将沈先生当时所写的这篇译序基本上原样刊出,以保留历史印迹。

2020 年 4 月

月桂树已砍尽[1]

[法]爱德华·迪雅丹

---

[1] 出自民歌《我们不再去树林》:
我们不再去树林,
月桂树已经砍尽。
突然闯来个美人,
把树枝捡个干净。
——译者注。后文脚注无特别说明者均为译者注。

献给至高无上的心灵小说家拉辛[1]

---

[1] 法国古典主义作家让·拉辛（Jean Bacine, 1639—1699）是诗人、戏剧家，并未发表过小说。此处作者显然是想指出，戏剧家拉辛对人物心灵的刻画超过所有的小说家，故称"至高无上的心灵小说家"。

序　言

瓦莱里·拉博

　　这本书发表已近 40 年，作者是几代青年的导师之一，现依旧积极从事文学活动，却让一个该书出版时不到 5 岁的人为其再版作序，实属罕见。然而这是作者本人的意愿，他给了年轻的同行为他作序的殊荣。我们将力求受之无愧。我们不会在此向读者介绍新版本的《月桂树已砍尽》和阐述我们喜爱和欣赏此书的理由，否则太不知天高地厚了，太冒失了，甚至我们非常不好意思让自己的名字如此体面地和爱德华·迪雅丹的大名排在一起。但我们明白这是一次出乎意料的机会，可借以消除围绕人们称之为内心独白的问题所出现的一些误会，并提供我们掌握的第一手资料，填补文学史上的某些空白。

　　1918 年 3 月至 1920 年 8 月，纽约一家先锋派文学杂志《小评论》[1]发表了爱尔兰作家詹姆斯·乔伊斯的第 5 部

1　一种刊登试验性文艺作品的非商业性杂志，发行量很有限。

作品的大部分，很快在英语国家的年轻作家的作品中现出影响，这种影响甚至在詹姆斯·乔伊斯完稿和发行单行本（"莎士比亚书店"出版社，巴黎，1922年）之前就开始现出，他们模仿，或更确切地说，采用了《尤利西斯》的某些形式。其中一种以其新颖和大胆特别引人注目，这种形式为有力而明快地表达最隐秘的思想、最本能的思维提供了可能性，为表达意识尚未形成和语言尚未组织时的状态提供了可能性。《尤利西斯》发表后不久，人们给这种形式命名为"内心独白"。人们预见到某种形式一旦触发"我"的内心最深处的思维之源，必将诱惑那些深信必须"顺其自然"的作家们。这从最先阅读《尤利西斯》的英语作家或精通英语的作家的作品中看得出来。

1920年我读了刊登在《小评论》上的那部分《尤利西斯》，不久有幸跟乔伊斯本人多次深谈过这部作品，他当时正在创作最后的篇章。一天，他对我说这种形式早在爱德华·迪雅丹的一本书里已经全面使用过，书名叫《月桂树已砍尽》，发表于象征主义的全盛时期，比《尤利西斯》的创作早了将近30年！我只知道书名。我这一代的文人学士很少有人读过，（它）被人们忽视了。我们一般都认为爱德华·迪雅丹对法国小说主要的贡献是他那本涉及罪孽与爱情的《启蒙》。乔伊斯对我说，读者一打开《月桂树已砍尽》就会进入主要角色的思想，跟随他绵延不断的思路，一步步弄清他的所作所为和发生的事情，思维的展开完全替代了通常的叙述……"不管怎么说，"乔伊斯补充道，"《月桂树已砍尽》值得一读。"

过了一段时间我才得到爱德华·迪雅丹的这部作品。读了之后，觉得《月桂树已砍尽》尽管在思想上和风格上与詹姆斯·乔伊斯的作品迥然不同，但确实可视为《尤利西斯》创作形式的一个来源。这本书的文学价值是十分明显的：具有崭新的形式技巧，富有魅力，极大地丰富了创作手段，可能革新"小说"形式或完全以新代旧。我惊讶于它居然被埋没了这么多年——艺术家们本可以获得有益的影响，精明的模仿者和普及推广者本可以猎取新颖的形式，使之适合大众的胃口，风光一番，尽管爱德华·迪雅丹本人无哗众取宠之心。他太真诚了，太严于律己了，太自珍了，不屑利用自己的发明来开拓前程，更不屑把自己的艺术商品化。

实际上，这种崭新形式的发现和运用只是文学传统发展的一个阶段，最新的阶段。这种传统可以从蒙田算起，迪雅丹采纳了《随笔集》的形式并创造了属于他自己的形式，即把人们所称的"聊天式的独白"或"断断续续的杂谈"进行移植。从形式上来看，《随笔集》有时确实颇接近《月桂树已砍尽》，但只限于外部形式。在蒙田创造的形式里，作为基础和模式的自然成分始终是话语，有声的话语，而不是正在形成的内心思想。

与华丽抒情诗相对立的所谓通俗抒情诗——从泰奥费尔到马莱伯[1]——在散文出现之前好像是一脉相承的。我们在研究戏剧独白的历史时,可以逐步地接近浪漫派诗人的"沉思"(指的是真正的沉思或自我深层思想的流露,而不是用诗句表白或声明)。不错,内心的或通俗的抒情表达方式逐步接近戏剧独白,以致罗伯特·勃朗宁把这两种形式统一于他的纯戏剧独白,并置于多人戏剧的一切情节之外,《指环和书》[2]便是一例,又如同一类型的诗篇《霍恩斯坦——施旺戈的王子》和《社会的救星》。有人说《我最后的公爵夫人》也属这一类,但我看不是,因为这首诗很明显是面对听众的,任何时刻,任意一个听者都可能变为对话者。这些诗篇的形式很像内心独白,人们容易搞错。显而易见,从种类上讲,这些诗篇的形式基础是把沉思大声或低声说出来,即用话语的形式。

散文家向内心独白演进的步子比诗人更为明显。在他们虚构的作品中,忏悔、沉思和感情的吐露愈来愈占据重要的地位,愈来愈侵占叙事,以致"叙述"的形式让位于"书信小说"和后来出现的"私人日记"的形式,比如陀思

---

[1] 泰奥费尔,中世纪拉丁抒情诗人;马莱伯(Malherbe, 1555—1628),法国诗人,深受"七星诗社"的影响。
[2] 英国诗人罗伯特·勃朗宁(Robert Browning, 1812—1889)的代表作,为无韵体叙事诗,运用了心理描写,是英国诗史上的一种创新。

妥耶夫斯基的某些书就很接近《月桂树已砍尽》，尽管后者是根据"私人日记"的真实材料写成的。当然这里所指的只是笼统的形式，如同"十四行诗"或"悲剧"，不指作品本身。所谓"进步"不是说"臻于完善"，而是说"逐步演进"。如果说"私人日记"的形式优越于"书信小说"，那是荒谬的；以为现代的形式优越于古代的形式，同样是荒谬的。但越出"私人日记"一步，就进入"内心独白"了。只是跨出这一步需要很大的勇气，需要极大的创造能力，需要非凡的技巧，光靠不惜代价表现独创的意志是远不够的。文艺史家和观察家凭经验洞悉，真正新颖独创的形式必定是非凡天才的先兆，是传世之作的外部标记。因此不大可能发现先于《月桂树已砍尽》这样内心独白的作品了，否则只是历史上某人的猎奇，如同大自然偶然的产物，任何文人都想不到去推荐，也不屑对之说长道短。一种独特的形式，如果是偶然被发现（简直难以置信），不足以使一本书具有生命力，哪怕短暂的生命力，哪怕名不见经传的生命力。形式和内容不可分离。所以必须看到《月桂树已砍尽》根本不是文学史上的猎奇，也不是30年后为詹姆斯·乔伊斯所确立和推广的形式的偶然提前。

爱德华·迪雅丹想要表现他的前人从未表现过的东西，这就引导他去发现和创造这种形式。一切功劳应归功于他：他做了大胆的尝试，并且成功了。念一念《月桂树已砍尽》就明白了。

这次尝试和成功在当时并不是没有反响的,作品于1887年发表在由爱德华·迪雅丹前一年所创办的《独立杂志》上,同时还发表了于斯曼[1]的《停顿》。好几个同行写信或口头向年轻的作者表示赞赏。但我们知道当时象征主义是在怎样的条件下进行的:大众根本不知道它的存在,发行量大的日报和杂志对其只字不提,它几乎只是作家们之间的事情。这样持续了许多年,可以说19世纪最后的20年都是如此,直到某一天,它突然名声大噪,我们亲眼见到,鲜为人知的马拉美(已故)以及伟大的先驱们(兰波、科比埃尔、迪卡斯、拉弗格)的名字这时才出现在报刊杂志上,在此以前,人们只知道最后的浪漫主义者、巴那斯派[2]诗人和自然主义者。

在漫长的默默无闻时期,爱德华·迪雅丹不可能涉足连他的导师和朋友马拉美以及先驱们都未被接纳和看重的领域。后来,象征主义大胜,得到官方承认,最后公之于众,虽然这一切比最初具有慧眼的读者晚了二十多年。象征主义的全面胜利并不意味着全面清点那个时代的艺术财富,也不意味着重新研究象征主义初期的作品和挖掘被埋没的作品。但是,爱德华·迪雅丹得以大显身手,他创办

---

[1] 于斯曼(Joris-Karl Huysmans, 1843—1907),法国作家。
[2] 巴那斯派,又称"高蹈派",19世纪60年代法国的一个诗歌流派,为法国象征主义文学先驱。编注。

的杂志受到批评浪潮和同人们的大力支持。他在技巧上大大革新了诗歌和戏剧。当时正值大力革新的时期，人们创造了自由诗和一整套新的诗律，许多二流作家都在寻求纯形态的独创。爱德华·迪雅丹的著作，虽然丰富多彩，进行了多种尝试，但始终未能鹤立鸡群，因为当时的文学背景太混乱，太动荡。况且，他的宗教史著作（他文学活动的第二阶段）和剧作诗作（近期的）遮掩了他在象征主义时期创作的一部分成果，新读者不了解，更不知道《月桂树已砍尽》。现在看来，这部作品是他的小说代表作，通过这部杰作我们看到了他对我们时代的文学技巧所做的最大贡献。

我们已经说过，甚至在《尤利西斯》单行本出版之前，已经有几个英语国家的青年作家或精通英语的青年作家继詹姆斯·乔伊斯之后模仿或运用"内心独白"的形式了。1923年巴黎的三山书社出版了一本文学性的历史散记，题为《杰出的美国小说》，作者威廉·卡洛斯·威廉斯[1]就采用了内心独白的形式。他在书中承认这种形式是向詹姆斯·乔伊斯借用的，之后，他以带几分讥讽的口气补充道："如果法国晚十年认识乔伊斯，那么对文学将是多么大的损失呀！"

---

[1] 威廉·卡洛斯·威廉斯（William Carlos Williams, 1883—1963），美国诗人、散文家和小说家。

同年,《欧洲杂志》刊登我写的一篇评述《杰出的美国小说》的文章,文中援引了威廉斯的喟叹,并且指出法国作家和学士早已认识乔伊斯,正如乔伊斯本人向我指出的,内心独白的形式已经在爱德华·迪雅丹1887年发表的《月桂树已砍尽》一书中首次被运用了。这样,我恢复了文学史上一个事实的本来面貌,公正地为一名法国作家追回了深受英美青年作家称赞的这种形式的首创荣誉。

然后,我在这篇文章的附言或行文的括号中指出,这种由法国小说家首创的形式被一位爱尔兰作家采纳,运用到一部遐迩闻名的著作中。这种形式在美国大受欢迎,很可能在今后全欧的文学作品中起重要的作用。我的假设是在对传统及其总趋势的了解和类比的基础上做出的。企图预言明天的文学历程,就算批评家与自己打赌吧。因此我说,如果这种假设得到证实,那么在某个时期内除内心独白以外的形式将显得"过时"了。请注意,只是"显得",而且为"过时"打上引号。所谓过时论,是针对那些文化不高的人而发的,他们总把荒谬的时髦论和时兴论引入文学问题的探讨。这一部分评述被曲解了,人们把我说成内心独白的推崇者,说我深信这种形式优于其他形式,这与我的想法相去甚远。我当时认为,现在依然认为,内心独白必将为法国国内外的一大批作家所采用,有如美国在《尤利西斯》发表后所发生的那样;同时我认为这种形式若落在平庸作家的手里,迟早会信誉扫地,但用内心独白写成的好作品，即使一时失宠、遭到摈弃，也将长期为人传诵，正如拉辛在古典悲剧消失后继续受到传诵。

综上所述，我们消除了，最终地消除了（希望如此）这几年在美国和法国出现的重大误会。我们确定了爱德华·迪雅丹首先发明和运用内心独白形式，并且把它与罗伯特·勃朗宁和陀思妥耶夫斯基运用的形式区分开来，为此我们试着勾勒了他们的谱系。

最近又有人竭力混淆内心独白与法国和斯堪的纳维亚表现主义者运用的某些手法。其实两者毫无联系，不懂德语的读者可以读一读《欧洲杂志》上的一篇文章，作者马塞尔·雷在介绍斯特林堡[1]在巴黎上演的一出戏时，描述了表现主义的手法。

我们认为没有必要驳斥某些批评家的论调（他们说什么内心独白与法国传统背道而驰），否则，首先得弄清楚"法国传统"的界线和实质！其实，爱德华·迪雅丹把《月桂树已砍尽》题献给拉辛，不就预先驳回了这种模糊而奇怪的指责吗？

就此搁笔，耽误了读者喜读原著的时间，实在抱歉。

为 1925 年版本所作的序

---

[1] 斯特林堡（August Strindberg，1849—1912），瑞典戏剧家、小说家。

一

　　一天傍晚，夕阳西下，空气绵邈，天际悠远；[1]人群混杂，熙熙攘攘地影影绰绰地接踵而来；人海一望无际；一个朦胧的黄昏……

　　在混乱的嘈杂声中，在时间的绵延中，在美丽的景色中，在万物自生自灭的幻影中，我突然出现，出现在其他人中间，像其他人一样出现在其他人中间，既有别于其他人又与其他人相像，一个相同的人，在无数幸存的生命中增加了一个相同的人；时间与地点逐渐明确了；是在今天；是在此地；是在此刻；我的周围生机盎然；时间，4月的一个傍晚，地点，巴黎；一个夕阳灿烂的傍晚，单调的喧腾，白色的楼房，葱茏的树荫；和煦的傍晚使人欣然外出，到处闲逛；大街小巷，人山人海；天高气爽；巴黎内外歌声四起，模糊的景物笼罩着疏懒的意蕴……

---

[1] 迪雅丹喜欢用分号，许多本应用逗号或句号的地方，他都用了分号。为尊重作者的偏爱，译文行文中也尽可能不改动原标点符号。

时间已到;6点整,久候的时刻。喏,这就是我要进的房子,我要找人的房子;房屋;门厅;进去吧。夜幕降临;空气舒适,令人心旷神怡。楼梯;最初的梯级。万一他在下班前出去了呢?有时确有其事;但我很想把今天的事告诉他。一楼梯台;楼梯宽敞明亮;窗户面向四方。我曾向这位正直的朋友吐露过我的爱情史。今天我又将度过多么愉快的夜晚!反正他不会再取笑我了。这将是多么令人快乐的夜晚哪!为什么楼梯的地毯下角翻向一面?这使得拾级上铺的红地毯呈现一个灰色的斑点。二层楼上;靠左边的门;"事务所"。希望他还没有走,否则到哪儿去找他呢?无奈只好逛大街啦。管它呢,进去再说。事务所工作室。吕西安·沙韦纳在哪儿?工作室很宽敞,椅子排成一圈。他穿着大衣,戴着帽子,俯身桌旁,正跟另一名文书匆忙地整理文件。工作室尽头的书柜摆满用绳子系住的蓝色本子。我在门口站定。把事情讲出来,多叫人高兴哪!吕西安·沙韦纳抬起头,看见我,向我问候。

"是您?您来得正好,您知道我们6点钟下班。请稍候,咱们过会儿一起走。"

"很好。"

窗户开着;窗后灰色的天井光线充足;高高的院墙映照着明媚的晚霞;走运的日子。莱奥是那么的可亲可爱,她对我说:"今晚再见……"她的微笑又美丽又机灵,就像两个月前那样。天井对面的一扇窗口那儿有个女佣,她往外瞧了瞧，突然脸红起来——为什么？她走开了。

"我完事了。"

是吕西安·沙韦纳；他拿起手杖，把门打开；我们走了出来；我们两人一起下楼梯。他说：

"您戴圆帽子……"

"是的。"

他的话带着责备的口气。为什么我不可以戴圆帽呢？这个小伙子以为风度是这类小节形成的。门房总空关着；奇怪的房子。沙韦纳至少陪我走走吧？他从来不乐意多走路；真叫人讨厌。我们走到街上；大门前停着一辆汽车；晚霞映红了各家门面；圣雅克钟楼矗立在我们面前；我们走向沙特莱广场。

"您的恋爱搞得怎样啦？"他问我。

"差不多老样子。"我回答说。

我们肩并肩走着。

"您刚从她家来吗？"

"是的，我去看了她。我们谈天，唱歌，弹钢琴，整整两个小时。她约我今晚等她演出后见面。"

"啊！"

何等的亲切呀！

"您有什么好事吗？"

"我？没有。"

沉默。

多么迷人的姑娘！她未能唱完所有的歌词，生气了；而我，弹错了拍子却不承认；今晚再唱，我要多加小心。

"您知道，她现在已不在开演时出场了。我9点到新戏剧场去等她，然后我们乘车遛弯儿；也许去森林；天气好极了。最后我将送她回家。"

"您争取留宿吗？"

"不。"

我的老天爷！难道沙韦纳永远不明白我的感情吗？

"您叫人莫名其妙，搞什么柏拉图式的恋爱。"他冲着我说。

叫人莫名其妙……柏拉图式的恋爱……

"是的，老兄，我确有这种意图；跟别人的行为不一样，但别有一番滋味。"

"但是，我的好朋友，您没有考虑到您在跟怎样的女人打交道。"

"一个小戏院的小姐呗；如此这般；正因为如此我才觉得我的行为有意思。"

"您不希望碰她吗？"

他冷冷一笑；令人难堪。是啊，她不是人们所怀疑的那种姑娘。不过……里沃利街；咱们穿过去吧；当心车辆；今晚人真多！6点钟，是拥挤的时刻，尤其在这个街区；有轨电车鸣喇叭；咱们快躲开。

"右边的人稍微少一些。"我说。

我们沿人行道并排走着。沙韦纳说：

"喂，这番滋味得不偿失呀。您认识这个姑娘有3个月了吧。"

"我出入她家已有3个月；但您知道的，我认识她4个多月了。"

"得了。4个月来，您白白花费了多少哇。"

"您讥笑我，亲爱的吕西安。"

"您还没跟她说上一句话，就通过她的女佣给了她500法郎。"

500法郎？不，300法郎。不过，我对沙韦纳确实说的是500法郎。

"请别以为，"他接着说，"这类小恩小惠会叫一个戏子报恩……我的朋友，改一改您的方法，否则您将一无所获。"

令人不快的推理。难道他看不出我一无所获正是因为我不想有所获吗？我万不该跟他讲这些事情。咱们别再往下讲了。

"我宁愿这般荒唐，也不愿傻呵呵地跟没意思的姑娘睡觉。"

这话是讲给他听的。他不吭声了。诚然，吕西安·沙韦纳是个善良的朋友，但于感情之事却一窍不通。爱，就得尊重他人的喜好，敬重他人的喜好，热爱他人的喜好。走着走着，热起来了；我解开外套的纽扣；今晚跟莱奥外出,我不穿礼服;穿大氅为好;我可以戴绸帽子;沙韦纳说得有点道理;再说,穿大氅不宜戴圆帽,我真傻!莱奥几乎从不理会我的穿戴;她倒是应该过问的。沙韦纳说:

"我今晚去法兰西剧院。"

"上演什么?"

"《吕伊·布拉斯》[1]。"

"您去看这个戏?"

"为什么不?"

我不想抬杠。如今1887年还看《吕伊·布拉斯》?他接着说:

"我从没看过这出戏,确实想饱一下眼福。"

"您原来是个老浪漫派!"

"您反倒说我浪漫?"

"不行吗?"

"您自己比谁都浪漫。您的恋爱史呢?居然去新戏剧场听戏……"

是啊,她多么漂亮哪!

"老兄,您整个冬天想入非非,头脑发热;现在您尽干傻事。说真的,记得吧,是我在一次散场时发现那张海报,告诉您那妇人的名字……您立即钟情;如今成了柏拉图式的恋爱者。"

---

[1] 《吕伊·布拉斯》(*Ruy Blas*),维克多·雨果的一个剧本。

一位风雅的先生走过，他上衣翻领的饰孔别着一朵玫瑰花；我今晚也得戴朵花；还得给莱奥带点东西去。沙韦纳默不作声了；这家伙真蠢。是的，我的恋爱史独具一格；这更好嘛。一条街，马朗哥街；卢浮宫河滨路的商店；车水马龙。沙韦纳说：

"我在王宫前跟您分手，您知道的。"

好哇！他多么叫人扫兴：总在半道上跟人分手。我们走进拱廊；靠近商店；挤在人群中间。我们在马路上走怎么样？车辆太多。但这儿摩肩接踵；算了。一个女人在我们前面；高挑的，苗条的；嗬，这般挺拔修长的身材，这般浓郁的芳香，这般发亮的棕发；我很想见见她的容貌，她一定很好看。

"今晚跟我去看戏吧，"是沙韦纳在说话，"然后随便到什么地方溜达一小时。"

"我对您说过我有约会。"

棕发女子在橱窗前停住；她的剪影线条突出，脸蛋儿极为机灵，眼圈儿描得黑黑的，脖子上系着个大白领结；她朝我们这边张望，瞥了我一眼。多么撩人的眼睛！我们靠近她了。绝妙的女人。

"咱们别走得这么快。"

"您的约会不碍事；既然您决意不在达赛小姐家过夜，那就赶来看最后一幕戏，或在出口处等我，或在某个地方等也行，咱们然后夜游一番。"

他在讥讽我吗？

"夜游时您给我讲讲跟达赛小姐说了些什么。"

今晚离开她家之后？是啊，为什么不呢？

"不行吗？那您离开女友之后干什么呢？"

"您真糊涂，老兄。"

我们沉默不语；我觉得他在暗笑；无聊至极！王宫广场。棕发少妇在哪儿呢？不见了；倒霉！我找不到她了。沙韦纳问：

"您找什么？"

"不找什么。"

她消失了。这要怪他这位先生。他说：

"我这就去法兰西剧院；我想看看入场的情景。"

三句话不离他的戏。得了。不过我真想在分手前给他评讲今天的事儿：小小的客厅，由于黄色的窗帘，光线有点暗淡，莱奥是那么的可爱可亲；她穿着浅色缎子浴衣，腰间柔软光滑，宽裥使她的身材显得格外苗条；白色的大翻领下微微露出粉红的胸脯；她微笑着走近我；松开的金发从头上卷曲地散落在双肩，脸色有些苍白；我心爱的人儿多么年轻，多么娇美；19岁，也许20岁；她声称18岁；出色的姑娘。我们沿着王宫街的楼房走着，沿着王宫默默向前行进。她向我伸过手来；我，亲吻她的额头；贞洁的亲吻；她把头靠在我的肩上，一时我们僵住不动；我的手摸着缎子，感到温暖舒适。我是多么的爱她，可怜的人儿！这里的行人，那里的行人，所有的行人都未曾领略过我这种快乐，我周围的行人，不管是谁，都一窍不通。

"瞧，这里有张海报……"沙韦纳说，"8点开场。您打定主意不来喽？"

"不来。"

"那么再见吧；我得先回家一下。"

"再见。祝您玩得痛快。"

善良的朋友……先生，祝您胃口好……嗨，得到这个女子的青眼并且成为她的情人……上帝呀，我跟天使在一起。"也祝您玩得痛快，不过，千万别干蠢事。"他说。

"放心吧。"

"我等候您的佳音。"

"好吧，再见。"

握手。他转身走了。再见！我朝歌剧院大街走去；准备到歌剧院大街和小田园街交叉路的咖啡馆吃晚饭；我9点前到家，有的是时间。邮局。我该给家里写信了；信是耽搁了；明天写吧；明天，我有法学课；我只上三门课，最好别旷课。吕西安·沙韦纳今晚去法兰西剧院。是的，一个正直的青年人；不大谦虚，但可以同他交往，跟他交谈；他理解人；他有鉴赏力，有风度；真正的朋友；同他会面很有意思；下次我再向他充分解释我的行为；可惜我未能就下午的事向他做更多的说明；也许他已猜出我的爱情所包含的全部魅力；但他对这类事情完全无动于衷！一种只限于友情的爱情;一位如此受到热爱和敬重的妇人!自从我们第一次,唯一的一次接吻至今,两个月过去了;不,那是在2月底,不,那是在2月中旬。大街上煤气路灯点亮了;夜幕降临。她回家后会怎么打扮?大概穿蓝色的开司米长套衫,梳垂下的长辫子;这样,她像个小女孩,天真烂漫。晚上有时她是那样的喜悦,那样的活泼;但有一天,她穿一身黑服,庄重得出奇;另一天,她容光焕发,发辫平盘在头上,水淋淋的,刚刚沐浴而出。我应当更多地帮助她;我母亲到复活节会给我不少钱;总有办法的。小田园街街角;咖啡馆已经掌灯;大街上各家铺子都掌灯了;夜来得真快呀!"东方咖啡馆、餐馆"。街对面,迪瓦尔大众饭店。为省钱我去这家廉价饭店怎么样?省钱是必要的;不过咖啡馆好得多,价格差距不大;廉价饭店也不错,不大舒适罢了,但也还可以;算了,享受一下咖啡馆的豪华吧。里面灯火通明,红色和金色交相辉映;街上比较昏暗;玻璃窗上蒙着水汽。晚餐3法郎,一杯啤酒30生丁。莱奥永远不会来这儿吃晚饭。进去吧。应当把我小胡子的两角往上卷一卷,对,就这样。

二

咖啡馆灯火辉煌,红色,金色;玻璃窗闪闪发亮;一个穿白围裙的跑堂;支架上挂满帽子和外套。在这里会遇见熟人吗？这些人看着我进屋；一位瘦瘦的先生，长长的颊髯，非常严肃！餐桌满座；我坐哪儿？那儿有个空位；正巧是我常坐的地方；坐老位置吧；莱奥不会讥笑我的。

"先生请……"

跑堂的。餐桌。我的帽子上了衣帽架。脱手套吧；应当漫不经心地把手套扔在餐桌上，扔在盘子的旁边；最好还是放在外套口袋里；不，放在桌子上吧。小节见风度。我的外套挂上衣帽架；我坐下；喔唷！我累了。等一会儿再把手套放进外套口袋吧。灯火辉煌，红色，金色，玻璃窗闪闪发亮。什么？咖啡馆；我终于坐在咖啡馆。啊，我累了。跑堂的报告：

"虾酱浓汤，海鲜浓汤，清炖肉汤……"

"清炖肉汤。"

"然后先生吃……"

"把菜单给我。"

"是！酒呢？白葡萄酒，红葡萄酒……"

"红的。"

菜单。鱼类，鳎鱼……好，要个鳎鱼吧。第一道正菜，羊排吧，不，还是仔鸡好。

"鳎鱼；仔鸡；外加米荠。"

"鳎鱼，仔鸡，米荠。"

好啦，我准备吃晚饭；挺不错嘛。瞧，一个颇有姿色的女人；既非褐发也非金发；神态着实非同一般；她大概身材修长；她是背对着我的那个秃头男人的妻子；更像是他的情妇；她的举止不太像是个合法妻子；的确相当漂亮。她好像在朝这边张望；她几乎同我面对面；怎么办？何必呢？她注意到我了。她很漂亮；但那位先生好像傻头傻脑的；可惜我只能看到他的背面；很想见一下他的尊容；是个诉讼代理人，是个外省的公证人；我真笨！清炖肉汤呢？我对面的玻璃映照着金色的框架，位于我背后的金色框架；这些华丽的装饰添上朱红色，显出火一般的鲜红；墙上点燃的煤气却是淡黄色的？煤气灯也是黄色的；桌布白色的；玻璃窗，玻璃器皿。方便；舒适。跑堂的送来清炖肉汤，热气腾腾的清炖肉汤；当心别溅污了我的衣裳。没有；吃罢。汤真烫；再试一下。味道不错。我中午饭吃得晚，一点儿不饿。不过晚饭还得吃呀。汤喝完了。那个妇人又朝这边张望；她的眼睛富有表情，她的先生却黯然失色；跟她结识大概非同寻常；为什么不？时机难得，出奇地难得；让我先细细打量她一番；可以表示点什么嘛；他们正在吃烤肉；唔，如果我努力一下，可以跟他们一起吃完；跑堂在哪儿？让他快点；总那么慢腾腾的，叫人等个没完，这种餐馆都这种样子；要是有办法在家吃晚饭就好了；也许可以让看门人每天给我做点吃的，花不了多少钱。不过味道一定不好。我真可笑，那样会很麻烦；我不回家的日子怎么办？在餐馆里至少不感到无聊。跑堂的，他干什么去啦？他来了；他送来鳎鱼。多么奇怪的鱼！这条鳎鱼只够吃几口；有的鳎鱼大得10个人也吃不完；调味汁大有讲究，这不假，尝尝看。若配淡菜和虾仁调味汁要好得多。我们家乡也捕捞虾；我捞过，可怜兮兮，捞得腰也直不起来，双腿浸湿了！我当时穿的是在交易所广场买的黄皮靴。吃鱼剔刺真麻烦；我怎么也吃不快。我欠靴商100多法郎。想办法学学证券交易；很有用；我一向不懂做空头；股票下跌时能得到什么好处？假设我拥有10万法郎的巴拿马股票，再假设巴拿马股票在下跌，那么卖掉；是的；那好，等下次上涨时再买进；不对，应当卖出。那位正在吃饭的胖子代理人大概可以教教我。但也许他根本不是什么诉讼代理人，也不是公证人。嘿，讨厌的鱼刺；这条鳎鱼没什么东西可吃的；味道倒不错，把不易吃的剩下算了。我仰在座椅的靠背上；客人还在不断地进来；全是男人；其中一位十分狼狈；浅色的外套令人感到诧异；多年来人们早已不穿这种外套了；我剩下一小段鲜美的鳎鱼；得了，不必为了剔它把自己弄得很难堪。脊柱上的这小块白肉味道鲜美，但刺儿太多；算了；不吃了；我用餐巾揩揩手指；这块餐巾有点硬；也许是新的。诉讼代理人的妻子刚转过脸去；她好像在向我打招呼；她的眼睛漂亮极了；我怎么跟她说话呢？她不再看我了。我写个条子吧；那样很可能一无所成；不过……我可以把条子朝她晃一下；她若有意会设法来拿的；不管怎么说，我可以把条子写好。之后呢？我得回家换衣服，9

点前到剧院；这些麻烦事真叫人头痛。

"先生用完了……"

"是的，把仔鸡给我送来。"

"先生……"

斟酒。对面的长椅空了；在长椅和玻璃窗之间，一张皮沙发。无论如何我应当试一下条子的威力。我的证件夹；一张印有我地址的名片；这更妥当；我的铅笔接套；很好；写什么？明天约会一次。我应当写上好几个约会。要不然诉讼代理人猜得出我想干什么，忠厚的代理人！我写道："明天，2点整，在卢浮宫商场阅览室……"卢浮宫，卢浮宫；不大高雅吧，但最为方便；再说，能去什么地方呢？卢浮宫，行！2点钟。接头的时间应当长一点；至少从2点到3点，就这样吧；我把"2点整"改为"从2点"，并补上"到3点"。然后是"我……我等候您……"，不，"我等候"，好吧，咱们瞧瞧。"明天从2点到3点在卢浮宫商场阅览室，我等候……"这根本不行；怎么写呢？不知道。有了；"2点整，在阅览室……"等等，"到3点钟我等候……"改成到4点吧；是的；我带本书；带本通俗小说，记者写的；我不知道为什么那天晚上买这本小说；但既然买了，就看看吧；我找个地方坐下，安安静静地等候；偶尔有穿堂风；很少有吧；不，没有穿堂风。字条没写完呢；继续写吧。"我一直等到……"应当把"从"再改回"整"；好，"明天，2点整……"这么涂改下去，我的条子满是杠杠，太难看了，不堪卒读；愚蠢至极；在那充满穿堂风的破阅览室里我会感冒的；再说，那女人不会理睬我的条子。撕了吧；把条子撕成两半；再撕两半；成了4片；再撕两半，一共8片；再撕两半；再撕两半，没法再撕了。我不可把纸片扔在地上；人家会捡走的；应当把纸片嚼碎。呸！恶心极了。随地吐掉；人家读不成了。那女人笑了；可是刚才她并没瞧我一眼哪；现在她瞧我，她笑了；她在跟她的先生说话；漂亮，漂亮，漂亮的女人；纸嚼碎的味儿太难受；喝一口酒吧；苦涩味减退了。瞧瞧菜单吧；青豌豆，芦笋；不，冰淇淋，咖啡冰淇淋；好吧！我胃口很小。餐末点心：干酪，烤蛋白，苹果。跑堂的送来仔鸡；样子不错哇，仔鸡。

"给我送一份咖啡冰淇淋；然后送块干酪，有卡芒贝尔吗？"

"有的，先生。"

"那就要卡芒贝尔吧。"

来吃仔鸡；一块翅膀；今天做得不太老；面包；在这儿吃晚饭挺不错的；下次跟莱奥在她家吃晚饭时，我可以在法瓦街订晚餐，叫人送去；比高级餐馆便宜，菜却更好。这儿的酒不怎么样；要喝好酒非得上大餐馆不可。酗酒，赌博，酗酒，赌博，美女，哎呀，哎呀呀……酒与赌之间有何相干？赌博与美女之间有何相干？我承认，人们为获得刺激而做爱，但赌博呢？仔鸡味道好极了，米荠也非常好吃。安静的晚餐快结束了。赌博……酗酒，赌博，酗酒，赌博，美女……美女，斯克里布[1]津津乐道的美女。不是沙莱所爱的美女，而是魔鬼罗贝尔所爱的美女。[2]反正都是斯克里布笔下的人物。千篇一律的三角恋爱……美酒、爱情和烟草万岁！对啦，还有烟草；这，我赞成，烟草……哎呀，哎呀，使人想起露营歌的副歌……taha-c(烟草）和 bivoua-c（露营）最后一个字母 c 发音不发音？住在嘉布遣会修女大道的孟戴斯老说 domp-ter（驯服）；应该说 dom-ter[3]。爱情与烟草……露营歌副歌……诉讼代理人和他的妻子起身离开。荒诞，愚蠢，可笑！居然让他们走了。

"招待！"

我要马上付账，追上他们。他们已经走出去了。

"招待！"

跑堂的不在；真丧气；我太愚蠢；这么好的机会；千载难逢；一个绝妙的女人。她起身时没有往这边看；自然啰！他们走了。要不然，妙不可言；我跟踪她；会知道她去哪儿的；定有所获。她可能走哪条街呢？他们往右拐弯了；她走上歌剧院大街。上演歌剧吗？今天星期一嘛。我

---

[1] 斯克里布（Eugène Scribe, 1791—1861），法国戏剧家，曾有 300 多种剧作被搬上舞台，主题多为金钱、美女、发迹，颇得中小资产者的欢心。
[2] 沙莱和罗贝尔均为斯克里布的剧中人物，前者循规蹈矩，后者放荡不羁。
[3] 即 p 不发音。

要尽快带小莱奥去看歌剧,这有好处;她一定很高兴。

"先生叫我吗?"

跑堂的,他想找没趣吗?我叫他?当然。

"我急于走,请……"

"好的,先生。"

跑堂的好像不把我放在眼里。我确实是糊涂虫。为什么管别的女人?我不是有自己的情人吗?另找一个女的有什么好处?白费气力干什么?又有一些人离开。如此下去我这顿饭要吃一晚上喽。冰淇淋;好极了;尝尝看;慢慢尝;品尝才能领略美味;清凉;咖啡的芳香;清凉的芬芳留在舌上,留在腭上;在家里无法尝到这些美味佳肴。那个家伙大概因为无聊,带着儿子到托托尼酒家看别人吃冰淇淋。托托尼;我从未去过那儿;从未进过托托尼的门;真想去见见世面……乘白色双厢公共马车;真想去见见世面;真想去见见……我的冰淇淋吃完了,得了。跑堂的已把干酪送来了,我却没有注意到。应当先喝点水。过12天或15天我将去外省;如果天气好,全家去盖维伊;4月份天气还不够暖和,去乡下不合适。我没碰干酪;吃不下了。老在饭馆吃饭多烦人哪!这里没人可说话;没人可会面;没女人可看;一周来连个女人都没见着;一堆不修边幅的先生;他们来这里是出于贫困;一些倾家荡产的人;再就是外省的诉讼代理人,他们以为进了比尼翁餐馆,竟然给3法郎10生丁的小费;还道晚安。我站起身;穿外套;跑堂的装作帮我穿外套;谢谢;我的帽子;我的手套,喏,在我的口袋里;我离开。右边靠柱子有一张桌子,我要是坐那儿会更好些;一些人光喝啤酒;大门,厚实的大门,配着玻璃的大门;一个跑堂的替我开门;晚安;外边冷;扣上外套纽扣吧;与里面的温暖形成鲜明的对照;跑堂的把门关上。一杯啤酒30生丁,晚餐8法郎。

三

街道昏暗;才7点半;我先回家;9点到新戏剧场,时间很富余。大街并不像刚才那样让人感到昏暗;天空明朗;人行道上灯光清澈,是煤气路灯的亮光,三嘴头煤气灯的亮光;路上行人稀少;那边是歌剧院,灯火辉煌的歌剧院;我沿大街右边走向歌剧院。我忘了把手套拿出来戴上;算了,一会儿就到家啦;现在没有人注意我;一会儿就到家。从这儿到歌剧院走5分钟;到奥贝尔街,5分钟;到豪斯曼,也5分钟;然后还有5分钟,加起来是10分钟,15分钟,20分钟;我换衣服,将于8点半或8点35分出发。天气干燥,饭后散步很愉快;晚上这个时候街上人总是不多的。莱奥离开剧场的时间是9点,在9点到9点15分之间。我们将干些什么呢?乘车兜风;是的,我们走爱丽舍田园大道,直到圆形广场;干脆直到凯旋门,再走外缘大道返回她家,天气温和;她会让我抚摸她的双手;她大概穿黑开司米服装;我得注意别回家太晚;她肯定会请我待一会儿;我将看到她那顽皮可爱的微笑;她慢条斯理地梳洗换装。"请坐扶手椅,乖乖坐下!"她边说边做隆重而美丽的欢迎手势;我也以礼相答:"是的,小姐!我坐扶手椅。"扶手椅的座面包着蓝色的丝绒,边饰宽宽的;两周前她在那儿坐在我的膝上;今晚我坐矮扶手椅,在她旁边,正对玻璃衣柜;她站着,把帽子放在铺长毛线的桌子上;轻轻地拍打头发,右边,左边,停一停,照照镜子,前边,后边,再轻轻地拍打,看看我,笑一笑,做做鬼脸,顽皮的姑娘;多么高兴!黑色开司米连衣裙十分合身;不大;也不小,尽管她个儿显得小;不,她不矮小,只是年轻,非常年轻;而且丰满;在苗条的腰身下宽宽的、鼓鼓的、肥肥的臀部;扬扬自得的胸脯在重大的时刻起伏跌宕;她的娃娃脸很有灵气;头发一色金黄,眼睛大大的;可爱的莱奥。啊!亲爱的苦命人,我愿爱你,真心的爱,体面的爱,不是一般人的爱。我们兜风回家至少是晚上 10 点。现在气动力挂钟上指针指着 7 点 35 分。歌剧院。和平咖啡馆的露天平台座位爆满;我一个人也不认识;歌剧院;奥贝尔街;沃迪埃先生住的房子;我两个月没在他家吃晚饭了;也许他外出旅行了;他多有钱哪!嘿!拥有那么多的财富;他到底有多少?有人说 100万岁入;这么算起来,至少拥有 2000 万资本;几乎每月10 万法郎收入;不;100 万除以 12,即 100 除以 12,剩下个零，不好算……假设96吧，即96万法郎，96万除以12，得8，即每月8万法郎。我希望莱奥有一座别致的公馆；温柔的姑娘；假如我有这大笔财产，就在今天晚上；让咱们假设一番；突然我得到遗产；这么随意安排多有意思呀；公证人把证券交给我；得到了金、银、钞票，一下子就得了10多万法郎；同往常一样，我去莱奥家；好像什么事也没发生；我突然对她说："您愿意咱们私奔吗，莱奥？咱俩一块走；我带您走；我拐走您，您拐走我……"不，严肃一点吧；我可以这么对她说："您愿意跟我走吗？"她一定会感到吃惊；她会对我说不行。"为什么？"她暗示有牵累，离不开；我非常朴实，非常自然地回答她说："嗨，您不必多虑，我交了好运；我可以帮助您；如果您有债务，有典押，请允许我为您通融，好吗？"我说着掏出1万法郎放在家具上，说道："如果不够，您跟我说一声就行……"1万法郎；或只给5千；不，开头最好给1万；再说，这在我易如反掌。2万怎么样？过分了；1万吧，正合适。她是多么的惊讶，多么的高兴！我问她：

"您乐意咱们出走吗？"

"怎么？出走？"

"是的，丢下这一切，抛弃这一切；您将拥有百倍多的东西；咱俩出走吧，远走高飞吧！"

我把她抱在怀里，吻她的头发；是的，我将把她带走；我搂住她的下身把她抱起来，她很乐意呀；有点像戈蒂埃的《福蒂尼奥》[1]中所发生的事情;不过福蒂尼奥放火点燃窗帘,在熊熊烈火中抢走了赤身裸体的情人。我若有100万岁入,不妨摆一下阔气,胡来一下。去亚当剧场;成行的煤气照明灯;电气灯;我们将按价目单购买东西;雇一个辅助童工开马车门;需要专门有个童工开车门吗?前面是春天商场;人行道上连个人影儿也没有,通常这里有妓女出没,她们常常拦住行人,令人难堪;今晚一个也没有;街上冷清清的。咱们回到刚才那个问题上来吧;我喜欢遐想,假设我富起来之后如何安排生活;是的,让咱们一边走一边好好安排。我将有许多钱;但钱是怎样来的?管它干什么?反正有钱呗。我的意思是说,我将有许多钱;今晚我得到了大笔财产,口袋里揣着许多钱。我不想把住家的排场搞得太大。我自己搞一个单身汉套房,把莱奥安顿在公馆里;我乐意保留富瓦将军街5层楼上的套房:比我住的这种套房稍好一些就行了;用3万法郎的岁入维持单身汉的住家,但每年花费100万供养情妇。不过,我想自己还是有个公馆好些,安排在底层;在蒙梭区的一幢房子里;五六间房间;门口直通车辆进出的大门;两级台阶;大门;前厅;正面,小客厅,餐厅,吸

---

[1]《福蒂尼奥》,法国19世纪诗人、小说家戈蒂埃(Théophile Gautier, 1811—1873)的小说。英俊的主人公福蒂尼奥腰缠万贯,刚从东方回法国不久就被高等妓女缪泽多拉诱惑。但他很快厌倦了,一把火烧毁缪泽多拉的房子,企图使人忘却她不光彩的过去。

烟室；后边，厨房，厕所，一个大盥洗室和卧房；卧房朝向庭园。前厅不可太小；我要把它弄成暖房通道似的；贯穿整个套房吗？不大方便吧；最好通到餐厅；这样，在客厅和卧房之间有第二前厅，由一扇门把它同第一前厅隔开，用一扇小门吧；藏匿的小姐们可以从后门溜走……怎么布置家具呢？不摆任何奢侈的、俗气的家具；按我的方式布置；我一直想有个不带家具的白色卧房；正中，一张方床；铜床，确切地说，包裹织品的铜床，铜色和白色很相称；四壁挂满织品：缎子，开司米，白绸。天花板上也装饰织品；地上铺白皮；白熊皮，当然啰；除了床，没有其他家具；衣柜放在盥洗室里；这里只放沙发……我自己都弄糊涂了，不知在哪儿，在做什么。快到豪斯曼林荫路啦。左边，客厅的门；右边，窗户；前面，盥洗室的门；对面，床；壁炉呢？前面，在盥洗室的门旁；那么这扇门呢？挪到角边；或，干脆不要壁炉；或，把壁炉设在角边；对啦，在角上方，或在天花板中央挂一盏大理石微光灯，有点像莱奥房间里的那种灯。盥洗室自然是一色大理石的。前厅应不应该是大理石的？窗外沿墙种灌木。前厅怎么照明？气窗容易脏。再说，我希望公寓面向一条安静的街。最好在公寓前有一二公尺[1]的临街花园；一堵小围墙和一个无饰的栅栏门；小小的花园；只种几株丁香；几

---

[1] 1公尺即1米。编注。

处叶丛，不管什么叶丛；多宽？1公尺或1公尺半；我疯了；2公尺或3公尺。这取决于有没有向花园开的门；用处不大；但要是餐厅的门那倒不碍事；说不定还挺舒适的；那么，3公尺或4公尺宽的花园吧。咱们试试；3公尺，即3大步；1，2，3；是的，就这样吧。如果我想在家里吃晚饭，我的女佣可找个厨师临时帮一下忙；生活简朴是可贵的；况且，我平时跟莱奥生活在一起；不时地把她接到我住的底层；偷个闲；我们相亲相爱，在我的白房间里，在白熊皮上，亲亲热热。今晚，我们俩一起出走；过两小时我将到她家；我的口袋里将有2万5千法郎；我像往常那样不露声色。我该去她的剧场，不是去她的家，但没关系……

"晚上好，先生。"

什么？一个妓女。假如我做出瞧她的样子；她会拉住我的……

"先生……"

一阵浓郁的芳香扑面而来；上帝！快跑吧！啊！莱奥，莱奥，我的美人，我的好人，我美丽的小莱奥；你将多么的幸福，苦日子即将结束，我们相亲相爱，我告诉你我发财了，咱俩今晚就离家出走。到哪里去？先到我家，明天我们外出旅行；明天一天得准备行装哪；也许后天出发较为妥当；咱俩先到我家再说；因此，今晚9点，完全跟往常一样，我去剧场；我等她；她出来；我招呼她；她走近；我对她说："晚上好，小姐……"

突然在左边，在旁侧的街上，出现一个年轻人，高个儿，瘦瘦的，黑色短外套，高高的礼帽。原来是保尔·埃纳尔。他朝这边走来。嗨！保尔·埃纳尔，总那么衣冠楚楚，总拄着精致的藤手杖；他瞥见我，向我打招呼……

"您好！"

"您好。回家吗？"

"是的。身体好吗？您走这边吗？"

"是的；我陪您走到圣奥居斯坦。"

"很好。有什么新遇吗？"

"没有，还没有呢。"

我很高兴见到他；一个很诚实很热心的老朋友；非常体面；君子；我对他很信任；非常诚实；非常热心。我们沿林荫大道并肩走着。他这个人很好，一点儿也不做作。他到哪儿去？我问问他。

"您回家不该走这条路呀？"

"是的；我去库塞尔街。"

对啦，他那老而又老的结婚问题还存在吗？

"库塞尔街？您去那位夫人家，她的女儿小姐……"

"正是。"

"您曾隐约跟我讲起过；有一段时间了吧；进展如何？"

"我很快要结婚啦。"

"真的吗？"

"真的。您觉得奇怪吗？"

"不。"

结婚；娶个心爱的女人；娶个心爱的女人意味着占有她。这是天经地义的事情。结婚，一起生活，拥有妻子。

"不，"我说，"我不觉得奇怪……不过事情怎么进行得如此迅速？"

他快结婚啦。爱情，结婚，这些事都让他遇着了，多么幸运的小伙子！

"让我怎么对您说呢？"他回答道，"我爱上了一个爱我的姑娘，因此我准备娶她。"

"您很幸福。"

"很幸福。"

"您交了好运。"

"我找到了一个高尚的女人，对爱情执着的女人。"

他自以为是唯一被爱的人，唯一被钟情的人。可是我记得……

"亲爱的埃纳尔，我记得您对我说过的几句话，您说您完全是在一次偶然的机会下认识那个姑娘的。"

"完全偶然，是的；我第一次见到她，是某天在公园里，她和其他两个姑娘在一起，我闲逛经过那里；她是那样的娇嫩，那样的纯朴；这是6个多月前的事；后来我打听到她的住址，她的姓名，她干些什么……就这样。"

就这样；他承认了：在一座公园里，3个姑娘；我坐在她们对面;我取出长柄眼镜;我盯着她;就这样。

"数学家一旦钟情,一切都将无可挽回。您对她倾心吐胆了?"

"不是马上。她注意到我;这是她后来对我说的。我得知她同母亲住在一起。剩下的事您一猜就明白了。"

"您给她递情书了?"

"没有。一个朋友的朋友替我接上了关系。"

拉皮条,好哇。

"后来呢?"

"我结识的这位姑娘心地善良;她感情可靠,沉默寡言,目光专注,是个严肃的姑娘、诚实的姑娘。我去她母亲家;她的母亲,嗬,善良极了;她通达人情,相信他人,是个可爱可亲可敬的母亲。简直像塞居尔夫人[1]笔下的故事。她母亲像老一辈的人那样每天晚上织毛衣;也弹弹钢琴;爱莉丝和我,我们聊天……"

多么单纯!

"就这样过了6个月?"

"五六个月吧。一天晚上,我们约定结婚;她穿一身白色衣服,坐在扶手椅上;我坐在靠近她的一张小椅子上;在客厅的一个角落里;她母亲常常吃力地坚持演奏一些难度很大的乐章;例如伊昂森的作品;爱莉丝待着不

---

[1] 塞居尔夫人(Comtesse de Ségur, 1799—1874),法国作家,擅长写爱情故事,代表作有《苏菲的烦恼》《驴子的回忆》。

动,轻轻地对我说话,几乎不动嘴唇,好像另外一个人在替她跟我说话:'您第一次晚上来这里的时候,我若有胆量,就答应了。'她又对我说:'我的朋友,我将是您的妻子。'这是她的原话。您能想象那个情景吗?当时她妈妈转过身来注视我们,不禁喊道:'好哇,孩子们,我们很快让你们结婚;别不好意思……哈,哈,哈!'她大笑起来,笑得那么高兴,那么爽快;如此等等,不必细说了。"

这是故事最美的部分。

"很好,很好,亲爱的埃纳尔。您给我讲这些事,够朋友的。你们很快结婚吗?"

"我希望在今年夏天。"

"她有点财产吗?"

"她妈妈能体面地生活;我自从进了公司,挣了一些钱。"

"很好,很好。她20岁,您说过,您27岁,是吗?"

"我在她身上找到了生活的道义和依据;我将成为她的丈夫;我感到无限的快乐。"

无限的快乐,做她的丈夫,无限的快乐。保尔和我,我们俩在街上走着。对面是马莱泽布林荫大道,树木,灯光,空无行人的街道,一阵苍白的微风。我多么想回到乡间,回到我父亲住的地方,单独一人,单独一人,单独一人在夜间的田野里漫步;夜晚漫步乡间令人心旷神怡;手拄拐棍,径直往前走,遐想可能发生的事情,默默地置身于广漠的田间。啊,田间深深的大路使人心情舒坦!……保尔和我,我们肩并肩地走着。

"您很幸福,亲爱的埃纳尔。"

"我预祝您也获得这样的幸福;过一会儿我去看我的未婚妻;她在等我;装出若无其事的样子;否则她妈妈会笑话她的。喏,我们已到圣奥居斯坦。您走波塔利大街吗?"

"是的;我得回去一下。"

"您没有心思吗?我打赌,相反……"

"别胡扯了。晚安,保尔。"

"晚安。"

"您会来看我吗?"

"某个早晨,我去唤醒你,如果不介意的话。"

"尽管来吧,我的朋友。"

"晚安。"

"晚安。"

我们分手了。他往那边走。呃,他是个幸福的人吗?他获得完美的爱情,心心相印的爱情。他以为我在寻花问柳呐。一种心心相印的爱情!他自信,所以幸福;好像他是世上最幸福的人;也许是唯一领略爱情的人,是吗?他确实这么想。然而,这种想法非常离奇;依据何在?库塞尔街;爱莉丝;爱莉丝的母亲。一位小姐,一天他偶然遇见的,跟另外两个女友一起逛公园;他跟踪她;给她送情书;老实巴交地出入她家6个月;他若敢求爱,她一上来就会答应的。爱莉丝的母亲；靠不高的年金生活；肯定是个寡妇；一个军官的寡妇；装作懂得伊昂森的作品；永恒爱情的浪漫曲；我将是您的妻子。为什么不马上进卧室呢？我们这位工程师会怎样想？哈哈哈！她们谨慎行事。而他却以为钟情了，这一点他想象得出，可以想象得出，光凭想象就猜得出。明明他在自欺欺人，却意识不到；他推测不出这种短暂的爱情两个月内就会成为过眼烟云；而他已经娶了。真正的爱情不是这个样子的，不是这样建立的，不是这样产生的，一颗心突然钟情，不会发生在蒙梭公园，不会发生在闲逛的日子，不会发生在追逐帽子女商和寡妇的时刻，不会发生在跟三个美人儿打赌的时刻……我家的大门；我到家了……真正的爱情是什么？我，我，我，见鬼。

四

"先生。"

有人喊我；看门人；他拿着一封信。

"那个来过多次的女仆一刻钟前给先生送来这封信。她说事情紧急。"

大概是莱奥写的。

"给我吧……谢谢。"

果然，莱奥的信；快。

"亲爱的朋友,今晚请别到剧院来找我。10点钟直接到我家。届时恭候。莱奥。"

令人难以容忍;老变;变化莫测;你做了这样的安排,却偏偏让你那么干;这戏演来演去老一个样;她为什么不让我去剧院找她?不让别人看见我跟她在一起吗?莫非有新人插足?也许她在原定的时间到不了?也许事出有因。我到了四层还是三层?煤油灯;是二层。这个姑娘叫人失望;幸亏事先通知我;7点派她的女仆来;我若不回家呢?真荒唐;假如我没有收到她的条子,假如她在剧场看到我,她会对我大发雷霆的;不,她一定怕见到我,会从旁门溜走的;这种戏馆子有二三十个出口;我的脸往哪儿搁呢?她当然知道我事先得回家;总而言之……我的家门;打开吧;黑咕隆咚;火柴在老地方;我擦火柴……当心……客厅的门;我进去;壁炉;蜡烛盘在壁炉上;我点亮蜡烛;把火柴扔进烟灰缸;一切井然;桌子;没有信;有的;一张名片;折了角;谁来过了?……儒尔·德里瓦尔……唉,多么遗憾,这个老朋友;我们曾是哲学班的同窗同座;那时候他多么斯文哪!他今天来过;看门人没对我说呀;亲爱的德里瓦尔此时在巴黎;他留着黑髭,颇有骑兵军官的派头;是个风度翩翩的家伙;他会再来的;他连住址也没留下,真糊涂!嘿,名片反面忘了看,有留言:"我明天等你吃午饭;11点碰头,拉菲特街,拜伦旅馆。"我一定去,一定去,那我两点的法律课呢?如果没有时间去就不去呗。德里瓦尔这老兄，他大概很有钱；外省的贵族；嗯，谁知道呢？明天，11点，拉菲特街。此刻，我该更衣去莱奥家啦；还有一个半小时多点儿，时间非常充裕。我的外套和帽子放在一张椅子上。我走进卧室；两个灯头的鹳型蜡烛台；点灯吧；卧室明亮了；床上铺着白色的针织品，左边，那儿，床上方挂着旧式花毯的帷幔，红色的图案模糊了，晕化了，萎缩了，变成似蓝似紫，变成一种红中隐黛和蓝中隐黛的杂色，色调大大减弱了。盥洗室里需要增添一块新的擦鞋垫；去便宜市场选购一块；去歌剧院大街选购更好。快梳洗吧。干吗？反正我不在莱奥家留宿，我得回家过夜；不过谁知道会发生什么事情？谁知道事情会怎么变化？谁知道什么时候时来运转？哎，何时何日我们能做爱呢？管它呢；先梳洗再说；我有时间，而且时间挺富余；20分钟内就可到她家；不必匆忙；今晚气温宜人，和煦，适意；预示着有许多欢乐；我们将在车上聊天；一路上经过绿树成荫的街道；天空明朗，空气温和，气氛欢快，我们兜风，怡然自得；美丽的夜晚。我打开窗怎么样？好；我把窗开得大大的。半明半暗的夜；初升的星星照亮的夜；清澈明净的夜；但景物依然朦朦胧胧；我身后的房间，烛光闪烁，空气沉闷潮湿，摆设笨重；我倚在阳台俯身下去，深深吸着夜晚的空气，茫然望着户外的美景；美景，阴影；幽远的天，感伤的人，夜晚的美；天际似灰非灰，似黑非黑，是一片幽深的黑蓝；

点点繁星好似滴滴水珠，水珠似的星星微微颤动，繁星四周呈白色；近处，繁茂的树木；远处，屋宇，黑黑的，有的窗户亮着灯；屋顶，漆黑漆黑的；屋下，模糊一片，花园、墙壁、景物，辨别不清；有亮光的和没亮光的房子混杂在了一起；初升的星星把无垠的天际映照得蓝蓝的，白白的；空气温和，没有一丝儿风；温热的空气，5月初的气息；柔和的夜色使人感到温暖、舒适；团团簇簇的树木和繁星闪耀的灰蓝色苍穹相映成趣；温和的空气；啊，春末和煦的气息，夏夜和煦的气息！莱奥，我温柔的亲人，我的小莱奥，我的心上人儿，我的莱奥！夜色把万物混杂在一起；哦，我的女友在微笑，在吟笑；眼睛，大眼睛在笑，嘴巴，小嘴巴在笑，是的，嘴唇在微笑！暗处，花园模糊不清，可天空是那样的明净。瞧她那美丽的金发，年轻的小脸蛋儿有几分嘲弄的神色，细小的鼻子，可爱的小脸颊，细软的金发，细嫩白皙的皮肤；她孩子似的对我微笑，对我嬉笑，对我嘲笑，我们亲热，我们依恋。夜色笼罩下，阳台逐渐消失，远处的房屋难以区分，空气温和宜人，周围的景物越来越模糊。你美丽、妩媚，仙女般的妩媚；你走路时轻轻扭动臀部，你懒洋洋的步子踏在地毯上，沿着放满鲜花的桌子转圈；在你黄色的客厅里一切是那样的精美；你沿着波纹地毯上的一排鲜花懒洋洋地走动，充满童贞微笑的脸时而慢慢地向右倾斜，时而慢慢地向左倾斜，头发蓬松，象牙白的脸上笑容可掬，你缓步来回走动，神采飘逸；细挑的连衣裙飘飘悠悠，乳色的绉绸波动起伏，腰间系着丝带的褶裙紧裹着你的乳房、臀部和童贞的躯体；你微微努嘴时，是那么迷人；我的女友，我爱你。团团簇簇的树影渐渐向上延伸，一直升到天边。我在暗处察看，你笑眯眯的，显得格外透明，天真，善良，妩媚；我，贞洁地爱你；我只要你的爱情；你的吻，你出于爱情的吻……哎！我占有了她，占有时，她并不爱我！……夜晚；树木黑乎乎一片；越来越多的星星晶莹闪耀；夜更浓了；我背后的房间看不清了，但我知道它依然存在；房间里的空气比较沉闷；室外的空气又新鲜又温和；啊，离开阳台是多么的困难！回房吧，找点事干干，做点事情吧；在闲逸的晚间凭窗遐想是多么美好哇，沉思爱情，想念情人，眺望宁静的夜晚，总之，沉思遐想；在洁净的夜晚，沉思有可能得到的纯洁的爱情，想念有可能不被玷污的情人；在舒适宁静的夜晚，沉思遐想美不胜言……窗外空气凉爽，夜色浓厚；空气越来越凉爽，夜色越来越浓厚；窗内，温度越来越高，越来越热，烛光呈青色；室外凉爽，室内温和、暖和；室外凉得近乎冷；夜晚最终总是凄凉的；在沉睡的万物中搜寻真是令人焦虑；灰白的天色，成团的树木，冰冷的星光；夜静得令人悲伤；我惧怕广漠无声的黑夜；室内温暖，微湿，舒适；地毯，织物，严实的四壁，柔软舒适的物件应有尽有；进去吧……我挺直身子，向后转……壁炉上蜡烛，火焰光亮；

床洁白的，柔软的；地毯；我靠在敞开的窗子上；感到背后的窗外一片漆黑；黑夜冷飕飕的，阴沉凄凉；黑暗中一些古怪的东西在蠕动；寂静中沙子飒飒作响；一排排高大的树木板结成黑色的团团；城郭空落落的；没有点灯的窗户和点灯的窗户都是陌生人的窗户。繁星在苍白的天空眨巴着泪汪汪的眼睛；浓厚的、板结的夜幕深处神秘莫测，令人生畏；那里不知道藏着什么东西，莫名其妙……我不禁毛骨悚然。我急忙转身，把窗扇一合，关上了。窗户关得严严实实。窗帘呢？我立即拉上。顿时黑夜消散了。我明亮的房间充满和缓的气氛；在自己的窝里好不怡然自得！房间里一切都是柔软的；不必恐惧冷清清的黑夜；安逸；光明。我靠在墙上，感到非常放心，非常高兴，非常精神；烛光明亮，金灿灿的；地毯和帷幔软绵绵的；这是一种享受，一种魅力，一种幸福；我有幸在这里，在这狭窄却宁静的房间里养精蓄锐。盥洗室明亮，自来水的清澈和大理石的白净交融成闪闪的亮光。我该换衣服了；今天穿的是灰裤子和黑礼服；蛮可以这样去莱奥家；她经常看见我穿这套服装；其他的服装，她也见过多次；这身穿戴是得体的；穿大氅？没有必要；只是见见莱奥罢了；这双高帮皮鞋也不换了；不缺鞋扣吧？一个不缺；而且不脏，用刷子刷一下就行了；但应该换衬衫；身上这件是昨天换的，还很干净；袖口和领子还是雪白的；换起来挺麻烦；不过还得换；万一今晚，在莱奥家，谁知道呢？亲爱的美人儿，万一今晚……见鬼，见鬼，难道我疯了？快换衣服吧，穿另外一件衬衫。我的礼服在床上；我的背心也在床上；现在，我在盥洗室；我的盥洗室非常整齐；女佣收拾得细心周到；梳妆台上方的大镜子映照着点燃的蜡烛；墙壁是草黄色的；白色的盥洗盆盛满了水；水，透明，晶莹，滴几滴麝香精，很少几滴就行了；把衬衫挂在衣帽钩上；我很高兴没有法兰绒衬衫；这种衬衫不伦不类；海绵；手浸入凉水；头浸入凉水；嗨，凉得彻骨！涓涓的流水，汩汩的流水，溢出的水，溅出的水，把头浸泡在清澈的水中令人陶醉；耳朵里渗进了水，嗡嗡作响；眼睛先闭上然后张开，欣赏水的绿色；皮肤受到刺激，微打寒噤，酷似抚摸的快感；啊，今年夏天去海边，一定会很快活；大概我们会去伊波；我母亲喜欢那个地方；森林，悬崖；我的头还泡在盥洗盆里，海绵向我的脖子上喷射清水，我的胸前感到一阵清凉，再洒上一点儿香水；我的毛巾，喔唷！中午我已叫人刮了脸；今天这样就行了；如果我自己能刮脸就好了；自己总刮不好；留胡子对我又不合适。我现在像样儿了；不过得处处留神；今晚我去莱奥家呀；噢，噢，假如我在那里留宿呢？该多有意思呀！……得了，得了……我的发刷呢？真奇怪，不顾贞操的小姐们怎么能容忍那么多的男人？唔，我不也容忍她们嘛。行了，我干干净净；好极了！快，穿衣服吧；否则会着凉的；一件白衬衫；快点穿吧；袖口的纽扣，领子的纽扣；

嘿！干净的内衣内裤；我多笨哪！快点吧；在我的卧室；我的领带；我的背带太难看，选得太差劲了；我的背心；我的怀表，在口袋里；我的礼服；我忘刷高帮皮鞋了；算了！不，简单刷一刷吧；我的衣刷；没有多少灰尘；刷一两下就行了；现在穿礼服；领带已经就位；很好；我准备就绪；可以出发啦；我的手绢；我的证件套；很好；几点钟？8点半；用不着这么早出发呀；坐下来吧，坐扶手椅；我得等一个小时；这里安安静静的，非常地安静，值得羡慕地安静；我亲爱的小伙子，你经过一刻钟梳妆和凉水的洗刷，在舒适的扶手椅上打个盹儿，妙不可言哪！

五

既然我无事可做，那么认真想一想今晚我在莱奥家该如何行事；看来，我得跟她一起待到子夜或凌晨1点，然后离开；需要这么做，因为必须让她明白我的行为动机；啊，太难解释了！我在卧室感到不舒服；到客厅里去吧；我站住；办公桌上蜡烛亮着；我在壁炉和两扇窗之间来回走动；把窗帘拉上吧；我继续在客厅里没精打采地来回走动。我在想什么？每当我想什么事，立刻就走神，离题万里。这很讨厌。但我必须知道今晚干什么；总不能老走着瞧；我有义务向莱奥讲清楚……首先，我必须抓住时机主动告辞；已经好几次了，由于她不说让我留宿，我临走时好像被客客气气赶出门外。今晚,她也许会同意我留宿;假设她同意吧;那么我将对她说,大概最好跟她分手;假如她爱我不深,不是真心实意留我,我为什么要留宿呢?对,就这么回答她。困难哪;我不知道怎么才能成功;她会惊得发呆;会用半嘲弄半故作惊讶的大眼睛盯着我;就像我偶尔训斥她时见到的那样;她动作敏捷,踱来踱去,小手势时而迅速,时而迟缓;有一天她把帽子扔进花坛,那顶灰珠色的帽子;她哈哈大笑起来,前仰后合;小疯子!……我多么分心哪!从来不能把思想集中到一点上;真叫人失望。写下来怎么样?这个主意不错;我把要对她讲的话先写个扼要的提纲;至少可以把想法确定下来。我坐下;吸墨垫板,纸,墨水瓶,蘸水笔杆;笔够用了;很好。我的对面是一幅中国丝绸墙饰;几朵似曾相识的花,白色的花,水上游着翘首的鹳,是中国刺绣;白色的刺绣图案在光滑的黑绸上显得格外分明。吸墨垫板上有纸;好;写吧……她最近的信写了些什么?我得先再看一遍这封信;她写来的信都在这儿;瞧瞧吧。抽屉里放着一叠信;全部通信都在这里,她的信和我写的信的底稿。下面是她4个月前的第一张便条。

先生:
  我完全不可能接受您今晚亲切的邀请。如果您愿意推迟到明天,我就有空了。

此致敬礼。

那天晚上,我想请她吃夜宵;我们前一天才初次见面;当时已经半夜12点,我到剧院看门人那里去找她,人家交给我上面的便条。第二天呢?就在第二天,她在看门人那里把我打发走了。下面是她两星期后给我的第二张便条。

先生:
我非常感谢您的美意,您帮了大忙……

我又一次去斯泰旺斯街。每当我们着手干一件事,我们决不乐意一下子洗手不干的。我进行了一些活动,写了信,给了小费;我不能就此罢休,不能半途而废,不能置之脑后。路易丝,当时是她的女佣;我给了这个胖姑娘许多金路易[1]!莱奥外出的那两周,我在斯泰旺斯街只见到这个非同一般的路易丝。后来发生了这件事。达赛小姐耽搁在香槟的一个什么地方,身无分文。上午我收到父亲寄来的600法郎;我不假思索地产生一种欲望,使人惊奇的欲望,使人迷惑的欲望,使人赞叹的欲望;这简直是发疯;平白给了300法郎;一个只见过两次的女人,一个把

---

[1] 金路易,有路易十三等人头像的法国旧金币,一个金路易相当于20法郎(第一次世界大战之前)。

我赶出门外的女人；诚然这是个漂亮的举动，但把我拴住了。这样她才给我写了第二张便条。

> 我非常感谢您的美意，您帮了大忙。早知道您是如此殷勤，我该立即向您表示谢意……

她先写"早"，又赘加"立即"。

> ……但是我最近才知道您的好意。我急切地告诉您，我星期三晚上回巴黎，如果您肯赏光，星期四下午4点来看我，欢迎您来，我一定恭候，友好地握您的手。
>
> 莱奥·达赛

我产生了一个念头，把跟这个女人的来往每天扼要记在一个本上；但后来没有坚持下来；大错特错；要不然挺有意思的；仅开始3个星期写的备忘录就耐人咀嚼；恰好是莱奥回巴黎后的3周，即我们交往的头3周。果然，她第2天回来了。

"1月27日星期四：4时，我去斯泰旺斯街；莱奥接待我。她一身白色打扮；向我诉说她的烦恼，到期的房租尚未支付，等等；我答应晚上12点给她送200法郎来；一言为定。

"子夜;她在母亲的陪同下从剧院回家;在她的卧室接待我;开始不大和蔼;我给她200法郎;她变得和蔼了;但不肯留我;说身体不适……"

说真的,我既然已经开始了,就得继续下去;再说,我有理由认为最近这次新的馈赠会使一切困难得以排除;我没有别的选择余地,不能因一次拒绝而甩手不干。

"1月28日星期五:我送去洁白的百合花。

"1月29日星期六:我好像瞥见她乘车经过烈士街。我去斯泰旺斯街,路易丝对我说莱奥出去吃晚饭了;我说明天1点钟再来。

"1月30日星期日:1点钟,斯泰旺斯街;路易丝对我说莱奥去乡下了,准备待好几天,是她母亲强迫她去的,她遭到了粗暴的对待;我表现出不满情绪,说我将离开巴黎一周。我打听到领事[1]有多少退休金;每月500法郎,外加衣服和礼物。

"1月31至2月12日:我去比利时旅行。

"2月5日:我写信。

"2月9日:收到回信。

"2月10日:我写第二封信……"

我保存着我的两封信的底稿和她的回信。下面是我第一封信的底稿:

---

[1] 大概是指莱奥的父亲生前的职务,按法国政府的规定,他死后由莱奥的母亲继续领退休金。

我希望星期一能握了您的手之后才离开……

如此等等；没意思。还是瞧瞧她的回信吧。

您亲切的话语无疑是真挚的，我深受感动。您上次来访时我显得抑郁不欢；是的，我确实忧郁。您大概已发现我有点心烦意乱。我不敢对您说我眼下陷入了极大的困境，日夜不宁。我债务累累，需要清偿；我必须摆脱这方面的负担才能恢复本来的样子，才能听您支配。不幸，我身不由己，要对付沉重的负担哪；我的心把我推向您的心，但我是正派的女人，不能再对您隐瞒我的处境了，尽管不了解您的处境，尽管不知道您能马上做出多大的牺牲把我从走投无路的困境中搭救出来。听了上述实情，您是否能成为我绝对信赖的朋友；请定夺；如不行，那么只当从未听说这次实情的吐露，并请永远忘记我。

莱奥·达赛

我写的第二封信（1887年2月10日）：

亲爱的朋友：

我肯定地告诉您，我非常感谢您的坦率……

我回答说，能够帮助她，但又说我有点害怕，困难太大了……最初这两封信是相当体面的，而且写得挺干净。

咱们继续往下看日记。

"2月13日星期日：我去斯泰旺斯街；路易丝对我说，莱奥身体不舒服，卧床休息了；是拒绝泻药造成的；明天再见吧。

"2月14日星期一：下午1点半，斯泰旺斯街；莱奥接待我；浅蓝色衣着；我待了1个小时；询问她的难处；奉送10个金路易；如果她愿意的话，我晚上就给她送去；她同意晚上11点见面，但有个条件，我必须凌晨1点离开，因为她母亲的关系。

"晚11点；她在餐厅接待我；她母亲邀请了一些女朋友，事先没告诉她；她不能留我久坐；央求我别以为是她的过错，别责怪她；下次一定留我，她发誓；她还没有像这般温存过；我拥抱她许久；10分钟后我离开，给她留下所答应的10个金路易；约会定在星期三。

"2月16日星期三：2点钟，斯泰旺斯街；她正准备出去；在她的房间接待我半个小时；她戴上帽子，穿上大衣；我们计划明天或后天一起到什么地方吃晚饭。

"2月17日星期四：1点钟，斯泰旺斯街；我待了一小时；同她一起喝咖啡，传来街头歌手的歌声；我们跳舞；

她的衬裙松了;她干脆脱下重穿;门铃声;她回来说是送煤人收钱;小小的争执;我愿为她解囊,不过提了条件:明晚9点约会;她对我说,如果她不能依靠我,那就毫无办法了。

"2月18日星期五:晚9点;路易丝独自一人;莱奥大概出去吃晚饭了;很晚才回来;给我留下一封信。"

瞧瞧这封信(2月18日)吧。

> 真抱歉,今晚我不能待在家里。我目前的处境您是知道的,我身不由己,无法自主;如果我有把握得到您所许诺的东西,那就留下恭候了;但我必须马上摆脱困境。我不该指望您的善意吗?我希望您遵守诺言,在这种情况下,请把您准备给我的东西交给路易丝,那么星期日1点钟我会谢谢您的。

这个不可思议的姑娘对我失约,因为她认为我不会再给她什么了,她一定要我先把东西交给她的女佣。

把这些信放回原处吧。

"2月18日星期五:9点……莱奥大概出去吃晚饭了……只给我留下一封信……

"我冲着路易丝说,我拒绝再给任何钱;路易丝苦苦哀求,连连许诺;求我至少为她想想;她的女儿寄养在奥特耶的奶妈家，她等着工资去支付拖欠的寄养费；她对我说莱奥的日子很不好过。我斩钉截铁地表明，莱奥根本不把我放在眼里，并宣布在她遵守诺言之前，一分钱也不给了。我离开时只给路易丝留下20法郎。"

我的话笔录到此为止；真遗憾！故事只开了个头。第二天星期六呢？第二天星期六莱奥终于下决心给我爱情了；我记得是在下午，风和日丽，我给了她所需要的200法郎；为了做一次爱，这个数目是相当可观的；这也叫着了魔吧；一旦陷进去，就很难自拔了；再说，跟别的女人搞，又得从头来一遍，没完没了；这次必须有个结果；要锲而不舍；我做得很对。她事先把通往客厅的门锁上；我当时恰巧有205法郎；用剩下的5法郎买了玫瑰花晚上送去；我第一次到汉塞-哈杜安花店买花；有个女售货员长得很漂亮，样子优雅却不给顾客送秋波；我还要去买花，这个卖花姑娘不寻常。

亲爱的朋友：

无论如何您必须来……

一次约会：

我很抱歉，明天不能守在家里……我得去试演。……星期一下午4点来吧，咱们一起待一会儿……

她在另一封信中写道:

……因为我处于困境,我不能像我希望的那么自由……我心中烦恼极了……必须摆脱这种绝境……

见鬼!我居然写了一封催告信。
"2月28日:见鬼!叫人受不了的信!一封造孽的信;我怎么能写这样的信呢?哎,是我一个月来的行为所造成的;我为什么写这封信呢?"

亲爱的朋友:

我对您讲过您可以指望我,但必须附带颇有约束的条件。假如我有很大的财源,我就请您接受维持您家用所需的费用了。此外,我对您的措辞感到吃惊,什么叫认真的金钱牺牲,请原谅。我所做的牺牲比我想做的牺牲确实小得多,但您认为这是轻而易举的吗?而您呢,两个月来您做了什么呢?您的许诺岂止下午1个小时的幽会。我只能后天下午5点去您家;请给我留下便条,讲清我是否可以晚上再去。我决不失约,再见,此致……

星期二上午她的来信:

您充满善意的话使我深受感动。很遗憾您明天1点钟不能来;即便如此,我也将恭候您到2点。您知道我有苦说不出;事情是这样的,我雇请了1个人,现在不准备再用。但明晚我必须有150法郎才可把她解雇;此人解雇后,我的行动就比较自由了。设法明天给我弄来这笔小数目,您自己看得出这件事的迫切性。明天见,请帮我解围,盼复。我的心属于您。

星期二下午两点我的复信:

亲爱的朋友:

我回家时见到您的小笺。您对我昨天写的信很不高兴吧?我在给您写信时自己完全陷于绝望。但您得承认您对我太不像话了;难道您故意威胁我吗?我向您肯定,这使我痛苦到极点。我曾想象您会爱上我的;现在看来这是多么痴迷,于是我对自己说,得了,随俗浮沉吧!……原谅我,请忘记这一切。我今晚就来;发发慈悲吧,别赶我走;至于我,保证给您带上您需要的一切。把可恶的烦恼置之脑后吧;您将发现我是多么喜欢您……

当晚9点,她不在家。她收到了我的信,但连答复都没给我留下。她现在可以随心所欲了。吓唬她,发脾气,向她求饶,都无济于事!如果我善于取悦于人,她本可以喜欢我的。

"3月1日星期二晚11点:

"我准备着腹稿;我散步很长时间;这里,我独自一人,要事先想好明天她接待我时所说的话。

"我心想,一踏进她的房间,我就抓住她的双臂说:'您不相信我爱您吗?'——呵,我将采取行动打动她可怜的心!……"

我打这份腹稿的晚上正巧在大街上遇到一个大眼睛的姑娘,她目光茫然,穿着寒酸的女工服,在光秃秃的树下,无精打采地走来走去。3月晴朗的夜晚却是冷飕飕的;我走近她;她的样子十分孱弱,两眼无光地望着我,俯首帖耳。我想到另一个女人,我心爱的美人。可怜兮兮的女性,百般痛苦的女性!……在她那里得到了一时的欢快。室外,冷冰冰的;天空,明亮而不柔和;无风;高高的天际显得格外邈远;一束亮光拖着世间万物驶向九重天外;室内,炉火熊熊,温暖如春,清静得使人回想往事。

"……'您不相信我爱您吗？'——呵，我将采取行动打动她可怜的心！——'我的女友，我反复思量咱俩之间的事情；我对您充满疯狂的性爱；请宽恕我吧；我强制您了，向您道歉。今晚我可以在这里过夜，我的女友。永别了！您太可爱了；我奉还贵体，跟您分手，因为我爱您。——我双手捧住她的头，盯着她的眼睛，亲吻她的嘴唇。——永别了。'"

这些话并非恶意挑唆，但我始终未有机会说出口。

一个便条。

亲爱的朋友：

    我非常需要见您。今晚10点我等您。

您的莱奥

那天晚上发生了什么事？哪个晚上？她病倒的那个晚上吗？是的，即我照料她的那个夜晚。她是那么憔悴，那么虚弱，那么沮丧！我等了她好久；她到家已是狼狈不堪，她立即躺下，我一直待在她身边；我们给她换额上的敷料；她把女佣打发走；由我照料她；因此我在扶手椅上过了一夜：她，一声不吭，一动不动，昏昏沉沉；我，郁郁闷闷，怜惜疼爱，朦朦胧胧。早晨她苏醒过来；我打开窗帘；时间是8点；她朝我微笑。这是我的爱情最美好的时刻，是的，最珍贵的时刻。下午，她已恢复；我守了她一刻钟;那么第二天呢?第二天她开心得有点不检点了,又笑,又唱,又叫。

莱奥·达赛很乐意明天同达尼埃尔·普兰思去歌剧院。

最友好的问候。

去歌剧院那晚,她十分俊俏,粉红缎子的衣着,白色皮鞋;沙韦纳不得不承认她确实俏丽;沙韦纳可从来不肯随声附和的呀。一天晚上去奥德翁剧场,上演悲剧《安德洛玛克》[1];莱奥想听一个不知名的女新手演唱;奇怪的想法;我们在福约餐厅吃晚饭;她点了一份野鸭;我给小费不够慷慨,显得滑稽可笑,好在莱奥没有发现;不管怎么说,我不该如此;从餐室开向卢森堡公园的窗户眺望,可见一些大学生来来往往。莱奥穿丝绒服,戴红翎毛制的帽子,在公共场合,态度庄重,气度非凡。每天晚上我送她回家后说声再见就走了;这样挺好;有一两回,她让我在车门旁止步;但我总是坚持送她上楼,待上 10 分钟;现在已成习惯;在她的房间闲聊一会儿真是其乐无穷。

下面是路易丝写的一封信,信笺上方印着男爵夫人的徽标。

---

[1] 拉辛的一部代表作。

先生：

　　普兰思先生，您曾吩咐我，当小姐遇到难处，立即向您报告。兹禀报如下：小姐眼下十分为难；我们拖欠了140法郎的家具费。她成天哭丧着脸，因为人家说如果明晚不清账，就把所有的东西拿走，小姐对我说要是到那步田地，那她就不知怎么办了。我向她提起您，她说您已经无力相助了。但我仍对她说我一定把她的困境告诉您。因为我知道无法找到您，所以冒昧瞒着小姐给您写信。如果我们有幸得到您的帮助，那我恳求您不要告诉小姐我知道您星期天对她说的话，这是她所不允许的。请原谅，先生，我敢说我对您是忠心耿耿的。

路易丝

莱奥的名片：

　　感谢普兰思先生送来美丽的花，将于明天（星期一）下午1点恭候驾临。

另一封信。

亲爱的达尼埃尔:

我还得求助于您,请通融40或50法郎的小数目,我明天急需。您最好亲自带来,不胜感谢。

亲切地握手。

另一张名片。

莱奥·达赛向她的朋友达尼埃尔·普兰思致以深切的歉意;收到邀请信为时已晚,不能赴约,但希望不久见到他,时间另定,是为盼。

还有一张名片。

莱奥·达赛希望有幸同普兰思先生今晚共进晚餐,7时专候。

喏,一周前的一封长信,即有关首饰的那封信。

亲爱的朋友:

为了拯救我的首饰,您无论如何要给200法郎,至少给我这个数目的借据,以资抵押。如蒙通融,您的小女友莱奥将不胜感激,她要是看到心爱的首饰统统卖掉会伤心死的。如果这笔钱不如期交到事务所，那后天即星期二他们肯定拍卖。我刚收到债务通知书。玛丽明天11点去听候您的裁定。

真辣手！首饰只典押120法郎，但还有15天的期限；我已代她付了120法郎；之后她没有向我开口要什么；有一星期了；这不，她又需要什么了；不可让她提出过分的要求；得寸进尺地要钱，叫人感到负担不起了。

　　亲爱的朋友，我回家时得知……

这是她最近的信，前天的。

　　亲爱的朋友，我回家时得知您已来过，不巧未遇。明天（星期日）1点或1点半我一定在家，来吧。您肯定能见到我。明天见。
　　　　　　　　　　　　　您的莱奥

果然昨天1点我见到她了；她满脸笑容，妩媚动人，甚至喜欢爱抚；我一下子着了魔，把她紧紧抱在怀里，如醉如痴；她注视着我；我百般体贴地低声喊着"莱奥"；难道我已失去自控能力，不能自已了吗？莱奥显得惊讶，但没有生气，只表示惊讶；也许有点嘲弄；谁叫她表现出喜欢得到爱抚呢?得怪她自己;她穿宽松的浅色布料服装,是那样俊俏,那样勾引人;黑色连衣裙对她最合适;合身的、无纹饰的黑缎连衣裙使她胸脯变得圆圆的……

快9点半了;该出发了。我没写下打算说的话,唔,大可不必了,反正我记得起来;再说,一个月前已有一纸草稿。我站起身;帽子;手套在外套口袋里。一切就绪了?信件放归原处。出去以前,应当再念一念这份草稿。

"一踏进她的房间,我就抓住她的双臂说:'您不相信我爱您吗?'……'我对您充满疯狂的性爱;请宽恕我吧……向您道歉……今晚我可以在这里过夜……我奉还贵体……永别了。'"

别永别了,快走吧。楼梯有煤气灯照亮;我打开门,吹熄蜡烛;行了;别磕着碰着;门又关上;下楼;我的手套;我的手套干净,得体。当然,我会记得,一定记得该对莱奥说的话;再容易不过了;再自然不过了;她终将明白我为什么放弃对她的权利,我多么爱她,我为什么不占有她……今晚我可以在这里过夜,我的女友,我跟您分手……她一定会明白的;再自然不过了,再容易不过了……我一定记得……您不相信我爱您……我对您充满疯狂的性爱……All right(好极了)……我奉还贵体……

六

街,黑乎乎的,路旁的两行煤气路灯并排延伸,逐渐稀少;街上没有行人;路面在月光和晴朗的天色的照映下呈白色,在我的脚下发出响声;月亮在天空的尽头;白色的月光照射街区,一片洁白;两旁的房屋无限延伸;高大,无声;黑洞洞的大窗户,紧闭的铁门;这些房屋的主人呢?不在吧;寂静;我形单影只,独自沿着沿街房默默行走;我走着;向前走着;左边,那不勒斯街;花园围墙;树荫覆盖着围墙,灰蒙蒙的;那边,远处,马莱泽布林荫大道一片亮光,红黄杂错的灯火掩映出车如流水、马如游龙;那车水马龙,那人行道上奔走的人群,似乎融化在万籁俱寂的街道中;这边,一座正在新建的楼房,脚手架黯然无光,布满灰泥;看不清新砌的砖墙;我很想爬上脚手架,爬到顶端眺望远方;上边大概可以看到巴黎的远处,可以远远地听见巴黎各处的声响。一个男人迎面走来;一个工人;他走近了;多么孤独,多么凄楚的孤独!远离繁华,远离生活!街已到尽头;现在,蒙梭街;还是这种高大的房屋,雄伟的建筑,煤气灯向建筑物照射黄亮亮的光。这扇门里是怎么回事?喔,一个男人;这幢楼的看门人;他抽着烟斗,望着行人;没有人经过;只有我;这个肥胖的老看门人在孤独中盼望什么?我转入另一条街;街道突然变小变窄;老式的房屋,石灰抹的墙;人行道上,小孩、顽童,席地而坐,沉默寡言;岩石街;过后,林荫大道;于是,灯火通明,嘈杂喧哗;交通繁忙;左右两排煤气路灯;左边,一辆车斜停在树丛里;一群工人;有轨电车鸣喇叭,车上载满了人,车后跟着两条狗;街面房子的窗户灯火辉煌;对面的咖啡馆,白窗帘亮晶晶的;我身旁一辆公共马车,吵吵嚷嚷;一个姑娘,粉红色的脸蛋儿,深蓝色的衣服;人群;林荫道;我将穿过这块空地,到那边去;我将置身于这些人中间;我还是我;在那边仍然是我,已经离开这里的我,但始终是我;前面上方,蒙马特山岗;在明亮的天空下,灯光通亮;右边,水库的围墙,我沿着围墙向前;我不认识这里的任何人;他们有注意到我吗?他们以为我是谁?玩耍的孩子在喊叫;沉重的轮子在铺石路上滚动;马步履缓慢,一步步向前;在树木比较稠密的地方天色黑沉沉的;我踏着柏油路一步步单调地往前走。一个手摇风琴手边奏边唱一首舞曲,一种回旋舞曲,一种慢节奏的华尔兹舞曲;手摇风琴在哪儿呢?只听得后面某个地方传来他那高昂而柔和的歌声:"……我爱你胜过爱我的公火鸡[1]……"歌曲反反复复,周而复始……在恬静的景色中,在恬静的爱情中,歌声显得格外镇定;开始竭力抑制情欲;平稳细弱的嗓音逐渐升高,不断追求,变得越来越高昂,对情欲的追求也越

---

[1] 法语公火鸡(dindon)也有"笨蛋,蠢货"的意思。

来越强烈；朴素的风光，朴素的人们；在他们心中，单调的、交错的、平稳的上升总是伴随着淡淡的焦虑；朴实而柔和的歌声以简明的节奏慢慢升高；穿过清凉的叶丛，透过低沉的嗓音，细弱的嗓子唱出高昂而柔和的歌；单调的重复；固定的慢步舞节奏。爱情突然出现……在纯净的田野，我偏不爱田野，我更爱你，我的女友；美丽澄清的田野，悠然散落的羊群；我更爱你，美丽的羊群，在清凉的树荫下咩叫，羊群，可爱的羊群；我更爱你；我梦想的田野是多么的美好；但我更爱你，我的女友，我爱你明亮的眼睛；线状的万家灯火不断伸展，树干成行而立；我更爱听你唱歌；条条灯河在影影绰绰的夜色中缓缓流动，伴着幽远的声响；如诉似泣的歌声已经远去，朴实的嗓子和简明的节奏已经远去；虔诚的歌曲消失了；但不管什么歌，与你相比，我更爱你。清新的夜间景色，一排排井然有序的树木，一群群井然有序的行人；周围，人来人往；话语不绝；色彩斑斓；空气由温转凉；树林覆盖山丘，我将去草地边缘的杉林；在那里度过温暖的爱情之夜，获得难得的性爱温暖；我们大家都会到这样的地方去；啊，多么美妙的时刻，远离巴黎，度过好多个星期！但何时能实现呢？……嘈杂声越来越大；这是古利希广场；赶紧走吧；绵延不断的阴森森的围墙；厚厚的阴影倒在柏油马路中央。妓女开始出现，三个妓女聚在一起聊天；她们没有注意到我；有一个非常年轻、娇弱，不知羞耻的眼睛，撩人性欲的嘴唇！一幢楼上的房间空荡荡的，灰蒙蒙的，烛光烟雾缭绕，耳听楼下街头的喧哗，不由得昏昏入睡；是的，楼上狭窄的房间，简陋的床，椅子，桌子，灰色的墙；……喏，就是那个妓女；她在说话；三人聚在人行道上聊天，对行人漫不经心；我，明天有课，学校使人厌倦，过三个月就考试了；我将结业；告别无忧无虑的生活，肩挑一种职业的重担；此刻，妓女遍处皆是；咖啡馆；一些青年人进去；其中一位先生很像我的裁缝；不知会不会遇见某个朋友；当然最好谁也不认识，自由自在地走走，晚间沿着大街小巷，毫无目的；树荫落在柏油马路上的投影随风波动，一阵阵短暂的凉风吹过，干燥发白的人行道亮晶晶的；那边一帮年轻姑娘个个挺拔，修长，苗条，举止迷人；这边一些孩子；店铺灯光闪烁；月亮消失了；四周，一阵阵轻微的响声；什么响声？单调的响声，轻微的响声，模糊的，乱糟糟的……多么美好的4月！啊，美丽的夜晚，自由自在的夜晚，无忧无虑的夜晚，只身独处的夜晚。

七

我到达斯泰旺斯街莱奥的家门前；门厅，楼梯；旋转式楼梯；终于，三层楼；是这儿吗？当然是的；按铃吧；我的高帮皮鞋是干净的，领带是笔直的，小胡子恰如其分地卷起；我有许多事情要对她讲；许多事情应当对她讲；她显然刚回家；穿黑开司米连衣裙；我真傻，还没按铃呐；要是让她瞧见我这样子；我按铃；里面有脚步声；门打开；是玛丽。

"达赛小姐在家吗？"

"在家，先生，请进。"

我进屋。

"我去对小姐说您到了。"

玛丽，她挺和蔼的。啊，这间小客厅，我可爱的莱奥的可爱的小客厅；我到靠窗的那把扶手椅坐下吧；这些花调配得真好看！噢，这是我送的丁香花束；镜子；我的穿戴无可指摘；我相当像样儿；着实不差；莱奥喜欢男人理短发；我的头发短而且是褐色的……莱奥……

"您好。"莱奥细声细气地说。

嗬，她那雅致的女性微笑，她那善意嘲弄的眼睛，她那仙女般的微笑，她那满额轻舞的刘海儿，她那又细又甜的问好，这就是她，美丽的莱奥。不，我不该吻她的手；太可笑了；还是简单地致意吧。

"我的朋友，您好吗？"

"很好。"

她穿着黑缎子连衣裙。我们坐长沙发，她在左边；她仰靠在垫子上瞧我；今晚她很亲切。她问我：

"喂，您要对我说些什么呢？"

我没有什么要对她说的；对啦；为什么她给我写信不让我去剧院？

"很遗憾，我没能去剧院接您。"

"没法子；演出后我得跟经理谈话，有时候立即见得到他，有时候要等一晚上；他可不管，9点或10点到，随他方便。"

不必跟她争辩；她肯定是在编造。

"您今天等了好久吗？"

"相当久喽；我回家刚10分钟；下场后我去经理室；布朗什·法尼已经在等了；她没有卸妆就去了；您知道，她第二幕上场；我们俩在那间斗室里好苦哇，只有放两把椅子的地方；布朗什她一个人就占了所有的地方；她胖得实在可怕。"

"我不懂怎么还叫她演反串角色；她不年轻了吧。"

"她并不老哇；您以为她有多大年纪了？"

"呃……"

"不该认为她很老；让咱们猜猜；她多大年纪？40岁？"

她好滑稽，莱奥，20岁，又认真又孩子气，卖弄风情的娇小姐！

"咱们出去兜兜风，怎么样？"我问。

"哎，我累了；我吃不消了；我想睡觉。"

"您到底怎么啦？"

"我累了。"

"您在剧院等得恼火了吧。"

"不是的。"

"您待在一把椅子上好难受,您是爱活动的,一会儿也待不住。"

"好极了;您笑话我;我现在不就待了一刻钟没动窝哇。"

我逗弄她。

"不管动窝还是不动窝,您总那么可爱。"

"噢!拣好听的说!……"

她从不赏识我的风趣话;跟女人无法开玩笑;那么说什么好呢?她站起身,慢慢走向窗户;她身体的曲线扭动起伏,缕缕金发在脖子上飘动;她拨开窗帘,向外眺望。这长沙发是多么的柔软舒适!白色的四壁和镜子反射着淡淡的烛光。她说:

"今晚天气很好;出去走走也许能提精神……"

"请吧!"

她终于同意了;但不要高兴得过早;她在钢琴旁坐下;我们相对无言。今晚餐馆里那个诉讼代理模样的人十分奇怪。莱奥一手翻阅一叠乐谱,一手搭在钢琴上;我必须说点什么;她快厌倦了;她最怕别人沉默不语;我必须说话,绝对有必要。我们面面相觑;不能这么继续下去;我未免滑稽可笑;对啦,跟她谈谈那位恶形恶状的母亲的麻烦事吧……

"您跟母亲相处得好一些了吗?"

"根本合不来。"

她好像不乐意谈论这些事;我不该提起;那么跟她说什么呢?

"没法跟她合得来,"她继续说,"她要我跟着她胡来;您知道,这日子没法过。"

"您为什么容忍她?"

"因为我没有别的办法。"

"怎么?既然您讨厌母亲,就对她直说呗……"

"那她非闹得天翻地覆不可。"

"这是您的家哇。"

"不,这不是我的家;倒霉透了;这套房子是以她的名义租的;家具,一切都在她的名下……可是由我付钱。"

她俯身趴在钢琴上。我猜想房子确是她母亲管的;怎么办?没办法。她懒洋洋地来到长沙发前,慢慢坐下;连衣裙拖落下来;她把垫子塞在美丽的头下,满脸愁容;她举起双臂,反捧着头。

"唉!这是什么样的生活呀!倒霉的生活!我真想扔下一切。"

"您说什么,我的朋友?"

"我不如去布列塔尼养火鸡,也许会快活些。要是亡父知道我当戏子!"

"您愿意去布列塔尼养火鸡?"

"至少不必犯愁;我可以与我父亲家的人团聚;您猜想不出我过的是什么日子。"

我向她走去;在她旁边坐下;我握她的手。

"我可怜的人儿,请别这么讲;别胡思乱想;您知道我真心爱您;为什么您不肯让我带您离开,跟我一起过日子?嗯?"

"得了,"她和蔼而忧郁地回答,"得了,您发疯了吗?"

"怎么发疯,我的朋友?"

我直盯着她的眼睛;她的头仰靠在垫子上;烛光照映我们的脸;她,和蔼地、忧郁地躺着,脸色苍白;我瞧着她,紧握她的双手。她微笑着说:

"很少见到像您这样长的睫毛。"

她瞧着我,始终笑容可掬。我说:

"您真是个不幸的姑娘。"

她闭上眼睛。

"啊,我多么想摆脱一切!要是有个办法了结,一下子了结,无痛苦地了结,转眼之间地了结,那该多好哇;彻底地睡过去,因为只有在熟睡时人才幸福。"

对她说什么好呢?我不可以发笑,也不必把她太当真;令人困惑。她一动不动地半躺在我身旁,迷迷蒙蒙。

"行了,小姐,睡吧。"

我双手抓起她的双臂;她仍闭着眼睛;我轻轻拉开她的双臂;她听任摆布;她灵巧的头朝后仰;嘿,她那充满坏水的脑袋变着法子无耻地戏弄我;我轻轻地仰靠在垫子上;把她的上身拉向我;她的胸脯贴着我的胸膛;她的头倚在我的肩上;我的双手搂着她的腰身;她贴着我休息;在我怀抱里休息;我脸上、脖上好像有什么东西在轻拂,噢,原来是她的头发;她一动不动,整个身子平压在我身上;我感觉到她躯体的每个部位;我轻轻地搂着她柔滑的臀部和她的胸脯。

"睡吧,小姐。"

她闭着眼睛,微微喘气,很轻很轻地回答:

"好吧。"

可怜的人儿,可爱的人儿,可亲的人儿,她听任我搂抱;她整个身躯躺在我身上休息;和衣平躺着,只有灵巧的头部露在外边;瞧她的胸脯,她的乳房,瞧她的双臂,她那玉笋似的双手;瞧她的脖颈儿,以及玉白皮肤上散乱的金黄细发;瞧她那苗条的腰身,宽宽的臀部紧裹在黑色缎子里;瞧她纤细的小脚,多么可爱。连衣裙的上部随着平稳而均匀的呼吸,慢慢地一起一伏,一鼓一鼓地带动纽扣儿微微颤抖;黑色的花边在胸前微波荡漾;一束较亮的烛火反光映在她的左边乳房上;女性的生命在运动,在两个乳房不停的运动中生存;她的躯体,尽管表面纹丝不动,却像平静的湖面,难以觉察地在波动;圆润的双臂,起伏的胸脯,玉白的脖子,苗条的腰身,凸起的臀部,构成三度曲线,含蓄雅致,加上放松的金发玉肤以及渐远的、模糊的轮廓,更是美不胜收;年轻的脸蛋儿在休息,微开的双唇间透出一阵阵气息。壁炉上的蜡烛在燃烧;火苗上升,火光似黄非黄,似蓝非蓝,亮闪闪的;周围,轮廓模糊的花卉,团团簇簇;轮廓模糊的彩瓷,若隐若现;后面,镜子的反光柔和、平稳。冬天我来这里参加舞会,美不可言的舞会,客厅摆着一盆盆花木,灯光半明半暗,客人中有两个英国姑娘,皮肤白皙的姑娘!这里发生过许多温情脉脉的事情,我的朋友。她纹丝不动的躯体慢慢散出热气;通过接触的部位,热气从她身上传到我身上;既然她这般不愉快,为什么不愿改变生活呢?她柔和的体温夹着某种清香,徐徐散发。这是什么芳香?多么沁人心脾!是多种香料的混合物;是她亲手调制而成的;这种香味布满她的全身,肉体上,衣服上,处处散发;她的气息从双唇间吐出,上升到盘髻的头发;可怜的人儿,她在我充满深情的怀里睡着了;我被她的芳香陶醉了;这种自制的、沁人心脾的混合香精,洒在她全身,浸入她肌肤,成为她肉体的香味,我可以从多种花卉香精中辨别出来;是的,她很有女性特征;在男性的控制下,肉欲的效应体现在接吻中,由此产生陶醉,辛味的、猛烈的、使人苍白的陶醉……啊,享受这种欢快吧!……她,头部动了一动,微微转身;我是不是搂得太紧了?……她半睡半醒地问我:

"您怎么啦?哎,我累……几点钟了?"

"别管它，再睡一会儿吧。"

她纹丝不动，是那样的秀丽，那样的年轻，那样的娇艳；而她的生活又是那样的凄苦；对于爱她的人来说，需要何等的爱才能减轻她的苦楚呀，芳龄20就陷入困境……现在这样睡在一起，忘记一切，只有两个人在一起；她相信我的诚意，我醉心于她的妩媚；我们有许多共同的爱好，在一起十分快活……今晚我们出去玩，在树荫下聆听渺远的乐声……"你爱我"……"你，你爱我"……是的，我不再说"我爱你"，而只说"你爱我"，"你爱我"，让咱们接吻吧……她睡着了；我感到自己也昏昏欲睡；我微微闭上眼睛，紧贴着她的身子；她的胸脯一起一伏；一鼓一鼓地送来甜美的、多味的芳香……4月美丽的夜晚……一会儿我们要出去散步……空气凉爽……我们一会儿出发……一会儿……两支蜡烛……行驶在林荫大道上……"我爱你胜过爱我的绵羊"……我更爱你……那个妓女，不知羞耻的眼睛，娇弱的身躯，红红的嘴唇……房间，高高的壁炉……客厅……我的父亲……三个人坐着：我父亲，我母亲，我自己……为什么我母亲脸色苍白？她瞧着我……我们去吃晚饭，是的，在树丛里……女佣……把桌子挪过来……莱奥……她摆好桌子……我父亲……看门人……一封信……一封她写来的信？……一封她写来的信？……谢谢……一阵波动，一阵喧哗，一片月光……您，安托妮娅，我初恋的情人，唯一的、永久的心上人……亮光闪烁……您笑什么……一排排煤气路灯无限地延伸……嚙!……夜晚……寒冷,冰冷……夜晚……啊!!!太恐怖了!!!什么?有人推我,拉我,杀我……噢,原来什么事也没有……房间……莱奥……哎呀!……我睡着了吗?

"好样的,我亲爱的……"莱奥在说话,"您睡得怎么样哪?"莱奥站着笑话我,"您觉得好一点了吗?"

"瞧您说的,亲爱的朋友!"

她笑着转过身去;我也笑了;她在客厅里踱步……显然,她刚才醒来,见我昏昏沉沉,猛地从我怀里抽身出来……我一定滑稽可笑吧?怎么办?她怎么想?我站起身,过去坐在琴凳上;她在我对面照镜子,喜形于色,问道:

"您昨晚没睡吗?"

"好像睡了,小姐,而且睡得不错。刚才,您的魅力给我催眠……"

"咱们出去好吗?天气好极了;乘车去爱丽舍田园大道兜一小时;您看怎么样?"

"当然,我太高兴了。"

"希望您不要再睡着了。"

"不会的,您给我讲故事。"

"很好;我会让您开心的;随您点什么节目。"

"您真厉害!"

天知道,有些日子你不得不求她开金口。

"我去戴帽子。"

她从我身边走过,笑逐颜开;我注意到她雪白的牙齿;水汪汪的眼睛闪闪发亮;玫瑰红的嘴唇微微张开;在小小的玫瑰红三角中嵌着雪白的牙齿;嗬,小姐,您哀怨的神情是多么的优美;还有您双颊上白里透红的酒窝;还有您几分前倾几分忧伤的高贵的额头;当然还有您的大眼睛,注视我的大眼睛。

"可怜的女友,我的好人儿,我多么愿意您幸福哇!"

我抓住她的双臂拥抱,让她的头部、头发搭在我的肩上;然后用双臂搂住她的腰;她没有觉察到我在轻吻她的头发,是的,没有觉察到;这样才幸福呢;我的心上人,她是那么温存,那么美丽,那么亲切;我的情人,她十分善良;爱她,会叫人着迷的!……她仰起头,惊讶地,专注地望着我;她举起手,示意我别说话;干什么?她边聆听边和蔼地问道:

"您怎么啦?"

"什么怎么啦?"

"您不舒服吗?"

"不……"

"您心跳得厉害呀,是吗?"

她把手放在我左胸膛上,俯首听;确实,我的心跳得厉害。

"肯定吗?"她又问道。

"没事儿;我向您保证;您贴在我的胸膛,所以……"

"您是个孩子。"她轻声说道。

她的声音很轻很轻,"您是个孩子";声音是这样的平静,这样的真切;她说"您是个孩子"的时候,含笑的眼睛变得严肃起来;她说我是个孩子的时候,感情是那样的真挚,那样的富有女性美,那样的深沉;恍如隔世呀;美丽的,妩媚的莱奥。

"请稍等一下,我的朋友。"

她说话间已到门口;我说"好吧";她跨出客厅时说:"我戴上帽子就来。"

门半开半掩;我坐下等候;我专心致志地等她,一心一意地等她。

"我让玛丽去叫一辆车来……玛丽!"她补充道。

"要不要我自己去叫车?"

"不;让玛丽去吧!"

她在房间里跟玛丽说话;说些什么?我听不清;我待着无事;无事可干;明天11点钟我跟德里瓦尔一起吃中饭;大概在大马路的一家咖啡馆;有时睡得晚,很难在11点或10点半准时赴约;确保早起的最好办法是不睡在家里;譬如说,在这里过夜;不过,得总结一下,我为什么待在这儿?

"我准备好了。"

莱奥出现在门口,戴着红丝绒帽子;装作一本正经的贵人闹着玩;因此,我欠身致意;她行屈膝礼答谢。街上,传来一辆车的滚动声。

"车来了,"她说,"咱们下去吧。"

"您没忘什么吧,莱奥?"

"没有;我的大衣在这儿。"

"给我吧……谢谢。"

"走吧。"

我们出门;我把她柔软暖和的皮大衣搭在臂上。

"您的手套呢?您戴着一只。"

"我忘了,另一只在钢琴上;请拿一下。"

我就知道她要忘记什么,特意提醒。

"喏,拿好。"

玛丽回来道:

"车已在楼下,小姐。"

"我过一小时回来,给我房间生点火。"

"晚安,玛丽。"我说。

应当认真地向玛丽说再见;莱奥下楼;提着褶子浓密的黑缎裙下摆;她下楼;我跟在后面;她每下一步,双肩晃一下,朝后面送来道光泽;头上帽子的红翎前倾,后仰,前倾,随着她笔直往下去;她慢慢扣上左手的黑色长手套的纽扣;迈着均匀的步子走下每个台阶,一直走到楼下;街上一片白中隐红的微光;马车像一大块黑团挡着亮光。

"您不怕敞篷车冷吗?"我问道。

"不;天气很好。"

"请上车吧!"

她登上马车;我也上了车。

"当心别坐着我的裙子。"

否则要恨我一辈子。

"咱们去星星广场那边吗?"

"是的。"

"车夫,沿着大马路一直到星星广场。"

我坐下;马车移动,这时的莱奥严肃、庄重,俨然是个法兰西剧院领固定报酬的演员。

八

马车经过一条条街道……

我是芸芸众生中的一个,从今以后,像其他人一样,开辟着自己的前程;今天,此地、此时,生活在我身上产生了效应;就是说,我成了一心想拥抱的人;所谓今天,就是想念女人;我的"此地",就是接触女人的肉体;我的"此时",就是接近女人;这就是我的生活走向。今晚,这个姑娘……大街小巷,时而声音嘈杂,时而声音低沉,马车经过铺石路面,颠簸摇晃;夜色明朗,我们坐在车里听着轮子的滚动声,看着万物成行而逝,美妙的夜晚……

"您看今天的夜晚充满诗意,美妙极了,不是吗?"

莱奥问道。

莱奥出门时吩咐女佣生火,说她一小时后回来;我将送她回家,跟她一起上楼;林荫大道上的树木比较茂密;我将陪她上楼,待一刻钟,然后跟她分手,既然我必须这么做;她仰靠在车座上是多么的美呀!她的脸时明时暗,车子经过灯光充足的地方时,明亮,车子经过灯光暗淡的地方时,暗淡;车子靠近煤气路灯的地方时,明亮,车子远离煤气路灯的地方时,暗淡;右边的路灯更亮一些;啊,她美丽的面庞,白白的,时而白得无光,时而白如象牙,时而白如脏雪,随着黑色投影的变化而变化;在灯火通明的情况下,她的脸白得亮晶晶的,在阴影里,白的光彩减退了,但不久又恢复原有的光彩。我们的马车继续在铺石路面上滚动;我轻轻抓住她放在裙上的手指;她微微后缩了一下。我对她说:

"您的脸在明暗交错的光线下显得格外和谐……"

"是吗?您真的这么认为吗?"

她的回答带有讥讽的语气,不耐烦的语气,有点咄咄逼人;她为什么要这样?我又和气地问道:

"是的,莱奥,您不乐意听我这么说吗?"

"乐意;我非常喜欢听奉承话。"

必须批评她这么说话。"喂,莱奥,不是奉承话。"

我们相对无言;行人过往;车夫扬鞭驾驶车子曲折而行;我放下莱奥的手指;我们外出时,她经常令人不愉快；或许她害怕举止不当；简直无法跟她说话，除非态度庄重，文质彬彬；这边是水库的围墙；那边是我刚才独自经过的地方；现在有莱奥做伴；她快不高兴了；可是我想不出不使她生气的话来说。一辆有轨电车的两个前灯冲破黑暗迎面开来。莱奥问：

"您星期六去新闻节吗？"

"大陆大厦举行的节庆？"

"是的。"

"不知道；也许去吧；您呢？"

"我应邀去当售货员。"

"嗬！"

"吕茜·阿雷尔组办一家商场；很像时兴服饰用品商店，什么都卖。"

"我听说了；太好了。您负责一个柜台吗？"

"是的。"

"那么我一定去。"

我少不得花100法郎，否则过不了关。我找得到借口闭门不出吗？莱奥不会原谅我的；不过，如果借口充分呢？总不能说我生病吧；得找个严肃的脱身之计；这种晚间活动无聊透顶；得了，我把沙韦纳带去吧。

"您穿化装服吗？"

"穿哪，穿侍女服。"

"妙！"

"叫人把我那件小歌舞剧服装改一改;把上衣不合适的褶子去掉……"

好哇,她穿侍女服,粉红的缎子,带花边的围裙,短裙……

"我将系一条相同的缎子料腰带,袖上也加上缎带;这样一来,衣服全变样了;再说,我设法换一条围裙,一条非常出色的围裙,您来瞧吧。"

"另搞一条围裙?"

"那条围裙的花边用旧了;太旧不行的;干脆用瓦朗西纳花边[1]代替,您认为行吗?"

"当然行。"

她对自己的想法很得意,笑了;难道需要问我吗?……

"况且,"她接着说,"瓦朗西纳花边不贵;买得到15法郎1公尺的,两边加起来3公尺足够了。"

这就成了;我得给她买花边;但我不去参加节庆。

"您的主意很好,莱奥;如果您需要这类花边,如果我能为您效劳,请您……"

"谢谢您;我很乐意。"

又得花四五个金路易;15法郎1公尺将变成20或30法郎1公尺;我活见鬼才去那儿呐;换个话题吧,但不要露出不愉快的神情。

---

[1] 原由法国瓦朗西纳市生产,后改由比利时生产。

"您那件小歌舞剧服装很漂亮;改一改也一定好看。"

"是吧?"

"再说参加这种庆祝活动的人一向很多。"

"是的。"

"您知道这次人也很多吗?"

"不知道。"

"噢!"

"我怎么会知道呢?"

"我以为别人会告诉您的……除了吕茜·阿雷尔的商场,还有别的商场吗?"

"您知道,这家商场很大很大。"

"在一家时兴服饰用品商店安排化装接待,这个主意很有意思;您一定大获成功……"

她很少答话;再一次神情冷漠;对她说些什么呢?

"成功不成功还难说咧。"

她沉默不语了;甚至微微闭上眼睛。

"穿侍女服,您一定很讨人喜欢;不过您卖的东西可不能太贵喽。出售什么呢?另外,不要对人太亲热,否则我会吃醋的。"

她嘲弄地微微一笑。我的玩笑太干巴巴了。快回家去吧。

"开始冷了。"莱奥说。

她装作没听见我的话。

"您冷了,莱奥!咱们回去,好吗?"

"不,再过一会儿。"

黑沉沉的树木,黑乎乎的栅栏,蓝幽幽的亮光;这是蒙梭公园;栅栏后面,树丛下边,羊肠小径;到那里散步一定很愉快;莱奥愿意去吗?

"莱奥,您愿意咱们下车走走吗?您要是冷的话……"

"不,我不冷;待在车上吧。"

算了;她决意不想说什么也不想干什么;天气太凉;她会感冒的。

"莱奥,您穿上大衣吧。"

她直起身子,伸出一条胳膊;我替她套上大衣;她好像屈从着,似乎我在强迫她穿。她这样不是更好吗?穿皮大衣多么好看哪!毛皮裹着她的脖子;戴黑手套的双手和毛皮袖子很协调;她若愿意跟你亲热,可以亲热得不得了。她妩媚动人,一动不动,裹着绫罗绸缎狐裘,白皙的脸蛋儿好似出水芙蓉;假如德里欧一家见到她!假如有什么朋友从这儿经过,那该多有意思;到德里欧家带上莱奥,那将妙不可言;他们很讲究时髦,不过为什么老爱穿方头皮鞋?还有德里瓦尔,假如让他遇上了,他一定赞不绝口!明天午餐,几杯酒下肚,他少不了开我的玩笑;他会眼红的、会羡慕的;我得抽个晚上请他吃晚饭;我们一起去看马戏;不,还是带他去新戏剧院;借此机会向他介绍我和莱奥的事。我再跟莱奥谈点什么?每当她闷声不响，我不知道该说什么；同样的事情，有时她感兴趣，有时她感到厌烦；她比任何一个女人都任性；对她谈什么呢？谈谈她演的戏？这叫人厌烦，但不失为一个话题。

"您是否知道快排新戏了？"

"排不了了。"

"为什么？"

"现在上演的戏天天晚上有钱可赚。"

"您知道新戏是什么吗？"

"一无所知。"

"您曾说过，好像第三幕您才上场。"

"我宁愿只上场一次。"

"噢？"

"我不明白有些不演主角的人却乐意幕幕上场。去年小玛纽拉最后一幕上场，却唱得很成功；相反，您瞧达维伊，她比玛纽拉高明得多；漂亮得多；说穿了，玛纽拉，她平庸至极；今年她的演出正说明这一点；再说，那场戏也确实无聊！达维伊尽管一半时间都在场上，却没有引起任何人的注意。"

"也怪她自己；她不怎么样。"

"她演得非常出色，嗓子也非常漂亮，比所有的小配角都好；其他那些小姐不伦不类，可笑极了；您总爱高谈艺术家，高谈演唱，高谈技巧，真的看人家演出时，却根本不加注意。"

用句奉承话把她的嘴堵上吧。

"可是,亲爱的朋友,我觉得每天晚上您获得的成功正好证明相反的结论。"

她沉默了;没有生气;奉承话触动了敏感的心弦,而且总是受用的。

"喂,您瞧,"莱奥指着说,"马路这边那个穿浅色连衣裙的女人,这种季节外出亏她想得出如此打扮!"

林荫大道另一边也有一个穿着俊俏的女人,也穿浅色连衣裙。

"好奇怪呀;不过,衣着倒不难看。"

"但与季节不相宜。"

她盯着我,脸上带着又惊又喜的神情。

"确实不相宜。"

"对吧?"

她不明白,可怜的莱奥,我在讥讽她,觉得她可笑;她喜怒无常,无缘无故地喜怒无常;今天下午,她闹得简直不像话。

"今晚街上几乎没有什么人。"她说。

"但天气很好。"

"是的,不过有点冷。"

"我肯定您冷了;为什么不愿回家呢?"

"不,我不冷。"

她很固执;明明冷,却不肯承认;女人多么古怪哟!

天气确实转凉了;凉风一阵阵掠过树木;我们到达彩票广场;看来到不了爱丽舍田园大道了;马路上空无一人;铺面阴暗凄凉;如果我们坚持去爱丽舍田园大道,那半夜或凌晨一点都回不了家。

"好冷哪,"莱奥说,"咱们回家吧。"

行了,她终于发话了。

"车夫,我们往回走吧;斯泰旺斯街14号。"

马车夫停车掉头;马被勒住,僵持片刻,又出发了;马又小跑起来,车又颤动起来;又是单调的滚动;鞭子啪啪作响;一辆车驶近我们,超过我们;我们为什么行驶得这么慢?人行道上,两个耄耋老者;轮子滚动,轻微颠簸;又一次经过蒙梭公园,圆亭;过一刻钟,我们就到家了;莱奥会对我说什么呢?我跟她上楼;我必须跟她上楼;跟她进卧室;她会留我吗?有一天她定要我马上走;不过通常我等到她开始脱衣服才走;当我们的车到达她家门口,为慎重起见,我不得不要求陪她上楼;她坐右边,靠近人行道,因此她先下车;她至少会同意我陪她到房间;她会对我说什么呢?最终会留我住下吗?不,这不大可能;我也不乐意;在她的房间待一刻钟,看着她脱大衣,脱帽子;这就很好。要是她愿意留我住下呢?她应该想到迟早总有一天要这么做的;今晚她好像专门安排了空闲;是在今晚还是不在今晚,她总得下决心吧;她总不能想象我乐意老当个柏拉图式的情人吧;总之,我从来没有向她宣布有这种意图；她也不应该想象叫我忍受一切而什么也得不到；啊，真叫人心烦意乱！再一次靠近一长条一长条的灯光；马车多起来了；这是马莱泽布林荫大道；我们的车向前奔驶，载着莱奥和我；她为什么在今天而不在昨天留我过夜呢？她一向善于客气地把我打发走；而我也没有向她提出任何要求，我装作对她毫无所求；那么她怎么会主动请我呢？要是她主动提出，那该多好哇！此刻她在我身旁，纹丝不动；咳！希望是多么的遥远哪！她，纹丝不动，无动于衷，平庸无奇；她茫然望着前方；漫不经心地睁着眼睛，双手藏在大衣里；在这宁静的夜晚我们不感到疲劳；高楼大厦半明半暗，不时从窗户中透出红红的亮光；左边，树林；马在街面上踏着均匀的步子；灰白马快步小跑，步子平稳；车上，她，一声不吭，一动不动，大概在胡思乱想吧；她无动于衷，平庸无奇，纹丝不动，毫无情意；哎，不知要等到猴年马月她才会把身心交给我；此刻，她仍然毫无情意，外露的只是女性的剪影；难道她的心灵深处没有萌发一点儿友情？我虔诚的爱慕丝毫没有触动她的心灵。爱情渗进被爱的心田；情欲相求相应；爱情是吸铁石；那为什么她的心田没有萌生情意？为什么在她心里情感不能增强，不能变成爱情？今天她的舌头和眼睛之所以沉默，是因为友情远离嘴唇和目光，深深埋藏在心底；让我们祈祷，让我们幻想；总有一天她会爱的，这个坐在这儿的孩子，这个身子紧贴着我的孩子，这个娇弱而无忧无虑的孩子;她,在这凉飕飕的夜晚,在这星光灿烂的天幕下,什么也不想,脑子里一片空白。随着车轮在街面上协调的滚动,我们的遐想沿着模糊的道路,一波三折,驶向轮廓模糊的远方,这辆幸福之车载着我们俩不停地驶向模糊的地平线……我终于温情脉脉地对莱奥说话,仅仅为了让说话声在夜空回荡。我说:

"您在想什么,我的朋友?"

她瞟了我一眼,苍白无力,好像没有思想内容;她沉默着;马车在铺石路面上猛烈地滚动;莱奥,再一次默默地望着前方;她不设想什么,她不梦想什么;您设想什么?什么也不设想;您设想什么?我不知道;您设想什么?我什么也不设想,什么也不想,我不会想,我不能想;得了,得了!我不再管你有什么设想,你就永远发呆吧,永远没心肝吧;她望着前方,茫然若失;天空明亮,没有刚才明亮了,但还是亮亮的;马车在团团簇簇的树荫间奔驶;驼背的老马车夫的灰色剪影显得特别高大。莱奥突然开腔:

"但愿玛丽没忘了生火!"

"您冷了,莱奥。"

"有点冷。"

"贴我紧一点。"

她更靠近我,朝我笑笑,歪歪头。

"很好,"我说,"这样您就暖和了。"

"只一边暖和。"

"那么再贴紧些。"

"请放稳重些!"

她轻声责怪我;我们在外面,应当注意举止;是的,有人看着我们;对面过来一位漂亮的先生,眼睛盯住我们,他是谁呀?这位先生为什么注视我们?他不停地瞧我们;真讨厌;他靠近我们的马车,看他是否转身;不,他没有转身;他想对我们干什么?莱奥注意到他了吗?她好像没有注意他;看来此公认识莱奥;我肯定他生气了;这位仁兄,他羡慕我了;当然啰,不是所有的人都能在半夜陪莱奥·达赛乘车兜风的;还看得见这位先生吗?是的,他在那边;嘀,他转身了,他转身了;走吧,老兄,到榆树下等着去吧。[1]

"这是布朗什广场,莱奥,快到家啦。"

鞭子在空中噼啪作响;马车继续在铺石街面上滚动。

"瞧,莱奥,这座房子好像在拆。"

"什么房子?咖啡馆吗?"

"您家快到了……"我说。

她家;是决定性的时刻吗?……突然我莫名其妙地心慌意乱起来,太荒诞了;我身旁是最漂亮的年轻女子;我跟她一起兜风;我陪她回家;难道还有更高的企求吗?刚

---

[1] 暗喻永远等不到。

才那位先生大概气得发疯了；我是最幸福的男人……啊，烦死人了，烦死人了；我快发疯了；我肯定自己幸福吗？难道我不应当幸福吗？……已经到皮加尔广场；马车夫全速赶车；斯泰旺斯小巷；过一分钟就到她的家；上帝呀，上帝，她会对我说什么呢？她会怎样对待我呢？我该怎么办呢？看着办吧！马车夫放慢速度，转弯；她还会打发我走吗？啊，她的家，她的房间……马车停下；莱奥站起身。下车；我的焦虑太糟糕了；可怜的女友，她乐意吗？莱奥下了车……怎么办？……

"喂，您不给马车夫付钱吗？"

我还没给马车夫付钱；真的，对不起；2法郎50生丁；喏……莱奥按门铃……我完了；噢，我恳求您……

"允许我陪您上去吗？"

"如果您愿意的话。"

见鬼！车走了……不遗憾，管它呢，上楼吧……几点钟了？不到12点；咱们还有时间；每次我回家太晚，我那幢房子的看门人总让我在门口等几刻钟；真叫人受不了。

九

莱奥在我前面上楼；我跟在她后面；我们的影子贴着淡色的墙移动；我身上有钱吗？我的证件夹里有50法郎，口袋里有4个金路易；50加80，一共130法郎；我家里还有一些钱；月底的日子不好过呀，管它呢；不过应该让莱奥通情达理；暂且上楼再说；我们到了；门开着；玛丽。

"晚上好，玛丽。"

"晚上好，先生。"

"你没忘生火吧，玛丽？"莱奥问。

"没忘，小姐；请小姐进卧室……"

通道尽头是盥洗室的门；后面就是卧室；莱奥懒洋洋地走过去，漫不经心的样子十分可爱；我跟她过去吗？等她叫我过去吗？她会忘的，如果她打发我走呢？豁出去走了，在通道里傻等太没出息了；我进去再说；让她责怪我好了；我穿过盥洗室，跨进卧室；卧室里闪着壁炉的火光；天花板上的小灯也亮亮的；还有小桌子上的两支点燃的蜡烛；莱奥坐在炉火旁；晶莹洁白的小灯发出白光，熊熊燃烧的劈柴发出明亮的红光；灯光闪烁着，火光跳动着；她坐在靠近壁炉的扶手椅上；她仍戴着帽子和手套，一动不动地在暗处取暖；那对蜡烛的火焰向上冒着；在灯光和火光的映照下，她的连衣裙闪着金黄的、青黛的反光；嘿，室内温度舒适极了。

"您方才冷了吧，莱奥？"

她还不愿意回家哩，好固执哟。

"您最好把大衣和帽子脱掉。"

她靠近炉火缩在半明半暗的扶手椅里；难道现在她想热得出汗吗？但见她突然站起来，动作迅速，声音急促地说：

"是的，这儿太热了。"

她摘下帽子，扔在床上；整理一下头发；她脱下手套，扔在床上；我背靠着壁炉；她解掉大衣纽扣；我过去帮忙。

"不，谢谢，玛丽帮我脱。"

玛丽帮她脱；我回到壁炉前；玛丽拿走大衣；炉火温暖着我的腿肚；莱奥转过身来，微笑着问道：

"看您手上还拿着帽子，大衣也不脱，站着干吗？"

她这是什么意思？她要我脱大衣？为什么？留宿吗？这可能吗？……她仍旧满脸笑容。我喃喃地回答：

"如果您允许的话……"

她慢慢地转过身子，慢慢地挪动着臀部走向壁炉对面的镜柜；我把帽子和外套搁在窗口的一张椅子上；莱奥在镜柜前整理胸前的绉泡饰带和脖子上的黑缎带；我靠着墙，靠着拉上的窗帘而立，从镜中欣赏她可爱的脸蛋儿，美丽的脸色，若露若掩的肉体；用衣服或遮或露女性肉体的某些部位成为了不起的时装款式，风行一时，她以轻柔的步子走近我，刘海儿在额前一跳一跳，姿态媚惑撩人；我想得到吗？难道她乐意成全今宵？她叫我脱下大衣；怎么办？我向她迈出一步；我们停下；嗬，她的目光充满真正的温情。胜利了！这一天终于来到了！她讨好地轻声说道：

"请到那边客厅里暂待5分钟。"

"是的,遵命。"

她从壁炉上拿起一支蜡台,点燃蜡烛。这么说她同意了,要我等她;她送我过来说:

"您等在这儿;5分钟;请不要弹钢琴。"她关门时说,"回头见。"

我再一次独自待在客厅里;和一个小时以前是多么的不同哪!显而易见,莱奥想叫我留宿,绝对没错儿;否则她不会让我等她梳洗完毕;今晚她是多么殷勤哪!我不必怀疑,她想叫我留宿;但为什么在今晚而不在别的晚上?为什么不可以在今晚呢?我不应当怀疑,她留我了;想到这层,我激动万分!真想不到哇!过一会儿她叫我进去,我回到她的卧室,把她抱在怀里,解开她柔软喷香的长袍,然后一起上床!别高兴得太早;走着瞧吧;必须注意自己的言行;最好在我独自一人时做好各种准备;打在塞巴斯托波尔林荫大道上厕所后到现在快6个小时没小便了……厕所就在前厅的左边;亲密的谈话需要平心静气;但当心出客厅时别发出声响,别让人家听见;前厅大概有灯火吧;反正我有火柴;打开门吧;当心!别出声;用脚尖走……好运气!有灯;正好厕所门虚掩着;走吧……当心别弄脏衣服……喔唷!总算解决了!预防措施很有必要;我把门像刚才那样虚掩着;客厅的门;轻轻地,轻轻地!好极了!谁也没听见;现在找把扶手椅坐下,舒舒服服地坐下;莱奥正在脱衣服;她换上室内便袍;很奇怪,她从来不肯在我跟前脱下或穿上高帮皮鞋。现在几点钟？12点欠一刻；通常莱奥换衣服的时间不长；过一会儿她就叫我；我好可笑哇；两个小时前我准备做的事情，一个月来决心做的事情，没想到，一切是那么的简单；莱奥想要我跟她一起过夜；嗨，我应当拒绝，这再好不过地证明我的爱情，再好不过地证明我的爱情方式；不接受她为报恩所奉献的肉体，不模仿那些恋人们的虚情假意，向她表明至深的爱情，也希望得到爱情；就这样吧；我非但不接受她的牺牲，还向她奉献我的牺牲；如果她生气呢？不会；我将向她说明为什么不留宿，她会感动的。嘿！我是懦夫，是笨蛋；事到如今还犹豫；好不容易盼到的机会来了，还犹豫咧。不，我不犹豫了；见鬼，别那么激动嘛；应当选择，像占有别的姑娘那样占有这个姑娘一个晚上呢，还是卿卿我我亲热一阵，交个女朋友呢；用不着准备豪言壮语，也用不着死乞白赖；过一会儿，简简单单，跟她说声晚安……但她会以为我胆小、愚蠢，甚至以为我在追求柏拉图式的爱情的同时沾染上了什么花柳病。我的上帝，她梳洗的时间真长哪！几点钟？12点欠10分；她没个完啦；有好几次她把我久久撂在这里，然后跟我撒娇一刻钟就把我打发走了；等待使人恼火，不知该坚持什么也使人恼火；莱奥临了会嘲笑我。她以为我等在客厅里盼她开门很有趣吗？我将装作气度非凡，宽宏大量，追求纯粹的爱情，而不是愚不可及地图一夜之欢；装腔作势，戏谑打诨;莱奥打发我走,因为我不善于迫使她留我过夜;我让她玩弄我而我却自设奇妙的借口,得以博取她的尊敬;我其实比个男孩还软弱,荒谬透顶;这一切必须结束了;因此,今晚,我跟她睡觉,活该!否则太愚蠢了;惨淡经营那么长时间,花费了那么多金钱,结果毫无所获;那么多金钱,那么多烦恼,仅仅为了观赏一位小姐美丽的眼睛;一个在新戏剧院演反串角色的小姐;愚不可及!最多值200法郎;居然把感情投到这等人身上!她,一个每晚在舞台上进行劝诱的姑娘,一个手头拮据时到青楼鬼混的姑娘;是的,她一定经常去那种地方,我毫不觉得奇怪;对先生们照应不过来时由女仆上场对付;见鬼,我满可以把钱花在别处,总比为她修饰衣服买花边要强嘛;大陆大厦星期六将会很热闹;我将在她勾引的人们中间扮演一个漂亮的角色,第二天这帮人就可以向她献殷勤了;那天将热闹非凡,像在艺术家宫举行舞会,有一次在舞会上我的帽子被人家弄破了;那些商店没啥看头,转一圈出来乘车回家就是了……怎么搞的,今晚她真慢哪!叫人忍受不了。我去敲门。不,我不能。哎,需要多大的耐心呀!好像她来了。这里听不见房间里的动静。是的;她打开门,总算来了!……

"喂,我亲爱的,您在干吗?等得不耐烦了吧。"

她穿一件宽舒的长浴衣,乳白色的,腰间松松地系住,乳白色的褶子飘动着,泛起一层白浪。

"我可以进去吗?"

"请进。"

她走到壁炉旁躺靠在矮扶手椅上;一把椅子上放着白色衬裙;旁边,搭着黑色连衣裙;炉火几乎熄了;室内各处的温度相同,暖意融融;我的帽子和外套靠窗摆着;我拿了一把矮椅,到莱奥身旁坐下;她卧靠在扶手椅里,双手平伸着;蓝色的矮扶手椅包着刺绣阔条纹套子,她,一身白色,脸颊粉红。靠着镜柜是一张铺着长毛绒的小桌子,上面摆着许多小东西:盒子,象牙工艺品,剪刀,等等,在白色的灯光下,显得富有生气。我们坐在暖融融、静悄悄的卧室里……

"您还没有告诉我刚才您离开我之后干了些什么。"她说。

"噢,什么也没干。"我回答。

今晚她是多么美呀!

"您至少吃过晚饭,回过家了吧?"

"您真想知道我确切干了些什么吗?"

"是的,讲给我听听。"

"好吧,离开这里以后,我去见了一位年轻的绅士,是我的朋友,跟他一起逛了一刻钟。"

她笑了笑说:

"跟这个朋友谈起我了吧。"

"当然。"

"您的朋友非常嫉妒您吧。然后你们去哪儿？"

哪儿？

"我去哪儿了？"

……今晚……今晚6点，巴黎街头，行人摩肩接踵，熙来攘往；街上车水马龙；马车越匆忙越走不动；王宫街……

"噢，我去了王宫街。"

在卢浮宫街一家橱窗前遇到的那位金发女郎是那样的撩人；她，苗条，修长，心高气傲，可惜很快消失在人群中了。

"我的朋友今天去法兰西剧院听《吕伊·布拉斯》；我拒绝陪他去。"

"为了我吧；真了不起。"

重听《吕伊·布拉斯》也许很有意思；但我拒绝了；然后我吃晚饭。

"然后我吃晚饭；哪儿？在歌剧院大街的一家咖啡馆；您不认识这些简朴的地方。您想知道我吃什么菜吗？"

"下回咱们一起吃饭时再告诉我吧。在那里您也见到朋友了？"

"没有。"

但在我对面坐着一位非常漂亮的女人和一位秃头先生，执达员或商事裁判；她笑容可掬，我真想再见到她。

"不过，离我不远，有一位漂亮的夫人，由一位老先生陪着,大概是什么商事裁判或公证人。"

"好极了。"

在灯火通明,色彩斑斓的咖啡馆里,晚饭吃得缓慢又舒适,可以观察许多陌生人……醇酒,赌博,美人……埃登剧场,即从前的佳作剧场,在夜幕笼罩的街区,大放光彩,一队队舞女在剧场门前鱼贯入场;我的一个朋友,那个快结婚的朋友,是百分之百的幸运儿,他的心上人爱他,他爱他的心上人。

"我平平安安回到家,不过路上遇见了一个正在恋爱的友人,他爱一个女人,这个女人也爱他。对不起,我举了这个例子。"

"这样的例子很罕见哪,一个恋爱的男人。"

"您是这样认为吗?"

"能使男人爱恋的女人太少了;一个女人有好几个男人对她说爱她,必定没有一个爱她的。"

莱奥说的话太糟糕了;说什么话能使她不生气呢?为什么她们,所有的女人不受人爱恋呢?除非她们不愿意被爱嘛。

"如果一个女人不受人爱恋,那常常是因为她不愿意被爱。"

在这一点上,一切女人一旦受到男人注意而不被男人所爱,应属咎由自取;莱奥笑笑,带着嘲弄的神情;她瞧着正在熄灭的火;她和她的照片简直是一模一样。

月桂树已砍尽 121

"您回到家马上收到我的便条了吧?"

"是的,但假如我不回家呢?"

"您一定会回家的。"

"我来这里以前 1 小时没事可干;我待在家里。"

"干些什么?"

"没干什么;我写东西。"

然后在窗前对着花园和树木欣赏夜景,欣赏窗前的大树,欣赏僻静的、无花的大花园,夜的清香从敞开的窗口飘进来,沁人心脾;然后徒步走过空荡荡的大街小巷,走过声音嘈杂的大街大道,听到手摇风琴歌手唱的回旋曲迭句,歌声在暗处飘荡,是那样的温柔……我对莱奥说:

"今晚返回您这里时,手摇风琴歌手唱的回旋曲叠句仿佛在我耳边萦绕。"

"您很喜欢音乐。"

"比任何时候都喜欢,但更喜欢您。"

至于她的信件,如:"莱奥·达赛请达尼埃尔·普兰思……"为什么要让莱奥知道我重读了她的信呢?至少她会讥笑我;关于她那些抑郁不欢的信能对她说些什么呢?还有我反复思考的计划,即为她牺牲我的情欲,要对她直说吗?也许她说得对,很少有爱恋的男子,从来没有人爱过她;因此,我也不爱她吗?咳!不管我是否真的爱她,但我强迫自己去爱。

"这么说,您这一天过得挺不错喽。"她接着说。

"晚上过得更好,尽管发生打盹儿这样非常不得体的事情。"

她笑了。

"最后乘车兜风,带着一位非常迷人却非常坏的年轻女子兜风,痛快极了。"

确实,她可坏啦,引得那位先生在大马路上尾随我们。蒙马特小岗在轻雾缭绕中清晰可见;灯亮的窗户使一排排的房子变成一行行的亮光,照映着一些消失在黑夜里的树木;是的,是的,刚才她假装出来的庄重是那样的滑稽又是那样的可爱!现在的可爱不是假装出来的;她仰起头,金黄的头发,白皙的面庞,宽舒的乳白色浴衣;女孩子纤细的身材,纤细得优美、均匀,该纤细的部位纤细,该丰满的部位丰满;一个诱人的微笑,一个亲热的约定,一个温柔的委身表示;白日过后,黑夜来临,此刻夜阑人静,是爱情的时辰。

"哦,我的女友……您的嘴唇是多么的轻佻,风一吹就飘起来了……"

她的手;她的手通过我的手、臂、心,使我感到一阵头晕,一阵战栗,一阵温暖;我的眼睛迷离了;难道我会踉跄吗?什么永久的规矩,什么谦卑的热爱,什么美妙的计划,什么长期酝酿的想法,什么出走私奔,什么超脱红尘,统统让它们见鬼去吧,让克己节操见鬼去吧,我要占有她!我瞧着她,注意到她的脸泛起一阵预示肉体欢快的苍白，我决不放过她，做梦也不放过她。然而她把手从我的手中抽走；我向后退了两步；她向我逼近；把双手搭在我肩上；我陶醉了，失去了理智。她对我说：

"星期六来参加大陆大厦的庆祝活动吧，我会很漂亮的……"

是的，当然啰……

"……见不到您我会非常伤心的；再说，我将为您争光……"

确实……

"……别忘记为我那件衣服配围裙……"

哪件衣服？……对，围裙，我答应过她这笔钱……的确忘了……这笔钱她马上想要；我许诺过的；再说数目不大；得了，现在就给吧……

"请告诉我，莱奥，您大致需要多少，现在就给您留下，如不介意的话……"

"我不知道……大概要……最多……100来法郎吧。"

"请允许我现在就交给您。"

我从证件夹中取出50法郎，又从钱包中取出好几个金路易；都是20法郎的金币；一共有110法郎；好吧；把3个金路易加50法郎放到壁炉上。

"您真好。"莱奥说。

她向我靠近；我使她高兴了；这使我付出更高的代价，每次她对我满意就和蔼可亲；这样我留下过夜就不必太拘谨，也更有权利了；况且这不是正好向她证明我的爱情吗？证明我不拒绝她的爱吗？今宵的爱情，我要表现得非常温存，非常亲切，非常和善，这将胜过一切表白，胜过一切节操；诚然，如果我善于表现，那将更成功地向她证明我真正的爱情；应当如此。我拢了拢她的头发，问道：

"这么说，您留我过夜喽？"

她的大眼睛，惊讶地张得更大了，好像非常委屈的样子……想说什么呢？

"噢，今晚不行；我求您了；我不能……"

怎么？今晚不行？她不愿意？

"下一次吧，我答应您，可今晚不行。"

一次一次往后推，她还不愿意吗？……我不能强迫她……是的，她真的不愿意。

"莱奥，您不愿意？"

"我确实不愿意……"

何必再坚持呢？

"那么晚安吧。"

我为什么向她提出请求呢？我的决心动摇了？怎么没有体面地离开呢？

"晚安，我的朋友。"

我吻她的前额；可望不可即的欢快！致命的，绝望的欢快！

"请星期三下午3点来。"她说。

"好吧,谢谢。"

我为什么想占有她呢?哎,以后也占有不了她。应该走了;我的大衣,我的帽子。

"再见,"她说,"星期三下午3点。"

她拿起烛台,打开客厅门;玛丽在那里恭候;我们穿过前厅。

"星期三下午3点,再见。"我说。

不,我不再见她了;我不应该再见她了;为什么还要见她呢?她和我之间产生爱情的可能性永远消失了……我的女友布朗什,漂亮的布朗什,令人难忘的布朗什,正在向我伸出她的手。

"再见。"

"再见。"

她友好地笑了笑;时明时暗的黄色微光在她胸前跳动。

美人,我的心上人……

[法]瓦莱里·拉博

献给阿利坎特城以及我在阿利坎特城的朋友们,这部中篇小说充满了我对"故土"的怀念。

瓦莱里·拉博
1920年3月于阿利坎特

美人，我的心上人，你那游移不定的灵魂……

——《玛莱勃诗集》第 10 卷第 1 首

常春藤，玻璃窗，各处粉红色和浅色的砖墙，沉浸在混有蒸汽、烟雾、晚霞的气流中，青色的气流冉冉缭绕……街道宁静，尽管人来人往，还是非常宁静。宁静的花市，宁静的河滨道，宁静的教堂街，即上世纪郊区一镇的大街。树木葱茏、绿茵如丝的空地一直延伸到河边。

这座巨大的城市扩展到该镇后把它归并了。如今教堂街和教堂成了这个城区珍贵的古迹，原封不动地保存下来，并得到精心的维护：弯弯曲曲的街道和带一小块残缺墓地的小教堂。也有比较新近的遗迹：一位以雷鸣般的声音大肆鼓吹崇拜英雄的预言家曾生活过的房子。后因遭到巫术的诅咒改为博物馆。但周围的房子仍有人居住，甚至其中一幢房子刻着铭文，说明这里住过一位风流倜傥的诗人，至于他的身世，只有他的著作间或提起过：他是人口众多的一家之主，整天操劳，所得报酬却十分微薄；一辈子孩子似的怀念他的故土安的列斯群岛和一个14岁的小姑娘，尽管这个小姑娘他只见过一面，后来再未重逢。

房子虽有人居住，但居民们决意保持宁静和平安。在城市的这个角上，仿佛任何东西都由深渊般的寂静分隔着，哪怕最亲近的人们之间也不例外。18世纪这里制造陶器，而今人们潜心培育宝贵的宁静。这里，每件东西和其他的一切都不相干——花园、市区、布满湿烟炱的树、小教堂、医院、出租汽车站，所有这一切无声无息地存在着，过往行人看不出其中进行的任何活动。一切都是孤独的，不引人注目的，连颜色也不显眼，比别处更费眼神，非得在日光下走近细看才辨出由八个桥墩支撑的大桥以及贯穿两头的双料花叶边饰是漆成绿色的。桥下的河流在浓雾中按不同的时辰呈暗银色或暗铜色。西边的地平线布满工厂，一座座耸立的塔楼如同鳞次栉比的巴比伦群塔，黑乎乎地标志着城市的界线，如果还有界线可言的话。

马克·富尼埃躺在底层凸窗边的长沙发上体会着街区的宁静，竭力想悟出个所以然来。一切的一切怎么会如此孤立？没有喜悦，人们老死不相往来，连说话的声音都听不见。他的思想沿街挨门挨户地巡行，从卡莱尔家和利·亨特家直到另一条突然转弯的更宽的街道，两条街汇合处的左角上，有一座围着黑色栅栏的别墅沉睡在花园深处若隐若现，园中小径长满野草，鲜花昏昏沉沉，如梦似幻。全街区的居民决意保持这种不自然的沉默，大自然与之配合默契,迎合着全区的一切旧习俗,参与各处的扩展,耐心地、执着地磨灭人们的往事,磨灭人类的历史,尽管人们的足迹也许还留在覆盖着树叶和嫩枝的沙地上;一只看不见的鸟发出三声粗野的、狂热的鸣叫,好似冲击波,沉重地、匀称地坠落在幽暗的、珍贵的寂静中。也许这里正是从前那些被摈弃的小美女的隐身之地,那些河岸上的马路天使,那些保护陶瓷工的女神,铁匠铺的女神,乡镇牧场的女神,总之切尔西区[1]所有的美女和仙女都隐藏在这里!这比郁闷不堪地纪念从前在这里住过的伟人重要得多,因为可以使这个街道变成仙女之乡:人们置身于梦幻般的寂静之中,水光和绿丛交融,在朦胧而温柔的光线下,万物出其不意地时隐时现,叫你情不自禁地把手指竖压嘴唇,叫你倍感迷离,恍如身临仙境。

"是的,"马克若有所悟,自言自语,"从前是文人区,现在是画家区,到处碰见一群群模特儿:一些褐发女孩戴着又大又圆的耳环和打开的书一般的白色帽子……但解释不了这种寂静,这些看不见的美人的存在,这般貌似偏僻的街道的安宁,否则……"

这时仙女突然出现了。从街对面传来一阵轻微的铃铛声、嬉笑声、铃鼓声,两辆载满身穿化装服的小孩的马车在一扇面朝河滨马路的门前停了下来。

---

[1] 伦敦的文化区,作家、艺术家多居于此。

周围却毫无动静，没有惊动任何人，五月周末的傍晚依然沉浸在凝思的氛围中，对仙女们的到来无动于衷，甚至对几个小时前的周末停止工作也无动于衷，即对使几百万人扔下工作远离市中心的大溃散无动于衷。而马克则发现仙女们为了在大庭广众之下引人注目，化装成意大利喜剧中的各式人物。阿拉甘[1]首先跳下马车，哥伦比娜[2]犹豫片刻，拉着阿拉甘伸出的手，沉甸甸地从脚踏板跳到人行道。其他的人物逐个下车，最后是小疯婆，她身着蓝白相间的衣服，头戴白缎面具，一直沿人行道走到头，朝马克眺望的窗口挥动饰有蓝白绸带的帽子。然后她跑步追赶同伴们，跟大家一起进入门前停马车的那幢房子。

克罗斯兰德太太进屋，走近窗户，俯在长沙发上把窗帘拉开。

"你见到奎妮了吗？"她问马克，"她一定在这些人中间。她化装成小疯婆，穿一套非常漂亮的服装，是慈善事业的女施主们借给她的！哟，我还没有向你提起过吧，马克？女施主们时不时给各家医院正在康复的病人送去意想不到的快乐，多么仁慈的主意呀……尽管我们在服丧，但我不想让我的女儿拒绝女施主们的邀请。奎妮答应我说慰

---

[1] 阿拉甘，其形象为黑脸、大胡子、塌鼻梁，愚蠢而滑稽。该人物始于意大利喜剧，后在德、法等国的喜剧中相继出现。
[2] 哥伦比娜，意大利喜剧中侍女的典型人物，表面聪明伶俐，其实狡猾奸诈。

问完就来这儿。"

"我希望她能待一会儿,和我们一起喝茶,伊迪丝,请准备茶,端到这儿来,好吗?"

克罗斯兰德太太离开马克,片刻后端着饮茶用具回来,对马克说:

"我想你不会不高兴吧,马克,是吗?因为你经常对我说愿意认识我的女儿。我本想早一点把她介绍给你,但实在没有机会。只有那天晚上我送她回姑姑家时,你碰见我们,可……"

有人按门铃。片刻后,穿蓝白相间衣服的疯婆子出现了,但面具已拿掉,面颊嫩红,蓝眼睛在掺杂着金色的睫毛间闪闪烁烁,走动时裙子上的铃铛一起发出响声。她把面具和帽子扔到马克刚离开的长沙发上,在克罗斯兰德太太拥吻她之后,伸出手来到马克跟前:

"你好吗?"

快25岁的马克·富尼埃尽管自称情场老手,这时未免对自己颇为不满,发现自己还没有学会在非常美丽的姑娘面前掩饰激动和困窘。他希望做到不动声色。

然而,当他坐在令人目眩的女神和对他百依百顺的女人之间,当他想到妙人儿无非是这个女人的女儿,他镇静下来,清醒过来,开始无顾忌地操外国口音说话,只是注意不要在她女儿面前管克罗斯兰德太太叫"伊迪丝"。气氛很快融洽了。仙女趁回答马克问题的机会讲述她如何化装,如何匆忙地又拆又缝,改制太小的服装。她边说边笑,时而不由自主地提高嗓门,但她的举止,例如切割涂果酱的面包片和送入嘴中的动作,十分斯文。她双手双臂生机勃勃的白皙和桌布死板僵硬的白净形成鲜明的对照,但两种白汇合时显得相得益彰,更加烘托出奎妮健康、文雅、高洁的形象。她确实温柔、高雅、纯洁。马克特别注视她脸部的光泽,看到的同样是健康的、温柔的、纯洁的光彩,充满活力,富有表情,耐人寻味。甚至眼白也亮晶晶的。晚些时候,她端起茶杯喝茶,遮住半边脸,她的眼光和马克的眼光相遇时坦然自若,是幽蓝的、纯蓝的,使他不禁想起一首德国歌谣,诗人说当他想起心上人的眼睛时,蔚蓝色的思想海洋淹没了他的灵魂:

蔚蓝色的思想海洋……

对于诗的鉴赏马克不太有把握,他记得曾对这首诗发表过看法,说什么诗的情趣太像明信片格调了。但几乎同时又想起使他久久难忘的目光:温柔得叫你难堪的目光,恰似施舍,恰似永不实践的允诺,那正是陪伴的姑娘的目光,坐在男人身旁的女人们的目光,新婚旅行的少夫人的目光……但奎妮的眼睛中只有快活、坦诚以及好像朦胧而甜蜜的梦境似的东西。

他感到有点拘束,把视线移向克罗斯兰德太太,感激她显得那么和蔼可亲,发现她尽管已经38岁,和15岁的姑娘做伴却一点不显老。她的女儿真是15岁吗?母女俩的眼睛长得一模一样,母亲的眼睛不那么活泼,不那么快活,但更加温柔。她此刻微微低着头,纯净白皙的肤色和曲线分明的双颊流露出一种孩儿的稚气,始终叫他激动。

他寻思:她是否猜到我正在比较她们母女俩呢?她不敢正视我,一定想到了我们俩的秘密。也许当着女儿的面坐在我身旁感到尴尬吧?而奎妮,她猜想得到吗?

"嗨,他们撇下我走了,"仙女朝窗户看了看说道,"我该怎么办呢?我总不能这副打扮上街吧。"

这不难办。马克走出屋。不一会儿,传来看门人的口哨声,片刻后一辆出租车停在大门前。穿好外出服装的马克进来说:

"我陪奎妮回去,克罗斯兰德太太。"

小疯婆欢蹦乱跳,发出悦耳的铃铛声和缎子的窸窣声,飞快地抢先钻进汽车,缩在一个角落里,马克跟着上车。克罗斯兰德太太亲自把地址交给司机。汽车开动的时候,奎妮摇下她那侧的窗玻璃,一手撑着车门,一手挥动帽子,一直到街角转弯,看不见家门。马克把窗玻璃摇上,勉强笑了笑,问道:

"奎妮是你的名字吗?"

"是的,怎么了?"

"我以为是你母亲给你的昵称呢。"

"不,我就叫奎妮。"

她笑得非常天真,马克也自然地跟着笑了。

"奎妮……"他轻声喊道。

接着靠近她,眼前明净的脸和蓝色的眼汇成一汪清凉的甘露。他的嘴唇贴住湿润的、甜蜜的小嘴,感到一股清香透过胡子溢出。起先她往后退了一下,但很快就回吻他,闭上双眼,勇敢地接吻,热烈而笨拙。之后,她挣扎着说"不",孩子似的撒娇。马克感到她肘关节的压力,顺势放开她,但用手压住她放在坐垫上的小手,对她说:

"我希望你不会迟到。"

"我希望不会,我想他们会等我的。"

马克的整个心田充满喜悦,恬静的喜悦。曾几何时,令人目眩的女神、仙女、穿蓝白相间服装的小疯婆,已倒在他的怀里;半个小时前他还不敢抬头正视的这张小脸……噢,原来不过是个小凡女,甜蜜温柔的小凡女。想到这里,他责备自己不该如此激动,不该对刚才的举动那么郑重其事。已经25岁了,还像个中学生,不像话。像他这样年纪的男子亲吻一个姑娘应当是毫无拘束的,甚至几乎是漫不经心的。真正的诱惑者应当像邮政所的职员打邮戳那样沉静地对待女人的第一个吻。嗬!这个女孩子接吻时倒比他更若无其事!

确实如此,马克后来才弄明白。奎妮对刚才发生的事感到得意胜过激动。她以前已经接受过吻,也吻过别人,但如今看来那些吻已算不得什么了,只是同龄孩子的接吻而已。而刚才,她生平第一次跟一个男子汉接吻,跟硬邦邦的短须嘴衔舌融,这在她是一种全新的感觉,其乐无穷,尤其令她自豪的是发现一个大人、一个男子、一位先生,因为她,一时失去了她所想象的任何大人应有的严肃和庄重。然而,当马克再次贴近她,带着请求,几乎恳求的目光望着她,她以沉着的声音轻轻对他说:

"不。我们快到了,会被他们看见的。"

她重新戴上面具。出租汽车停下。还没等马克下车扶一下,她已经下车了。她伸出手对他说:

"那么,再见……"

他只简单地回答"再见",一边却用目光竭力从面具的眼孔里寻找她的眼睛。她随手关上了车门。

他坐进把他送回家的出租汽车,第一个动作是点香烟,但立即克制住了:他想保存奎妮刚才离开时留下的沁人的清香。难道这就是唯一留给他的纪念吗?他本应向她要一点摸得到的东西,如她的面具(她可以推说丢了)或头发上的饰带。她也许丢下手帕了吧?他俯身用手摸车底盘,触及一个东西,喜出望外,原来是个小铃铛,蓝白相间的条纹缎裙上掉下来的。裙子上的吗?不错。帽子上的小铃铛要小得多。她的每个动作都带动它发出响声!可惜现在不会响了,被踩瘪了,兴许是她踩的。马克小心翼翼地把瘪铃铛放进衬衣的里口袋，感到莫大的快乐。

他情不自禁地喊出"奎妮"，接着又一声"奎妮·克罗斯兰德"。他已经忘记，七八个星期以前也是在这种乐不可支的时刻，他不由自主地喊出"伊迪丝"，接着又一声"伊迪丝·克罗斯兰德"。他哼起小曲儿，接着毫无羞涩地用充满感情的语调轻轻背诵那两段有关蔚蓝色的思想海洋的歌谣。但还没来得及平静下来和自我解嘲，汽车已把他送到家门口了。

他竭力提醒自己必须谨慎从事，在克罗斯兰德太太面前称赞奎妮时尽可能装出无所谓的样子。其实他大可不必为自己提出这种行为准则，因为一见到伊迪丝，刚才从她女儿那里感染的温情立即可以转到她身上。

"你的女儿可爱极了，伊迪丝，非常有教养……嘿，头发金黄，皮肤白皙，温柔体贴，跟你一模一样哪！你们俩像得叫人吃惊……我很想知道像到什么程度，连示意动作都跟你相像，是吗？"

"马克，你真好问哪！是的，我想她的示意动作是像我的。"

对于她的微笑马克不大懂或不愿懂吧，她补充说：

"你知道，她还是个孩子呐，去年12月20日才14岁！"

"哦！"马克不无遗憾地叹了一声，自己也不明白为什么感到失望。

但他没意识到这对他很有用。因为晚些时候，他说欢

迎奎妮有时下午来,跟克罗斯兰德太太和他一起玩玩,伊迪丝同意了。她说:

"好吧,下星期天下午。明天不行,我来不及通知朗赫斯特太太,但下星期天奎妮一定来。"

"好极了,"马克说,"这么说我每个星期天都可当一家之主了。亲爱的,我只缺当父亲的幸福哪。"

马克结束一天的工作,乘公共汽车经过气象万千的都市返回他的住区,心里着实盼望家中安稳的幸福。

对他来说,变化不定的年代,自强不息的年代,喜忧参半的年代,热火朝天的年代,都已过去了。尽管白天还想着发奋,但长期发奋所要达到的幸福,他已获得了。急躁和匆忙的年代在他已经过去了。他和伊迪丝情投意合,如胶似漆,但讨厌任何东西妨碍他们在一起的时期也许即将结束。比较平静的时期,简言之,更加和睦的时期开始了:相互熟悉彼此的习惯,配合默契;慢条斯理地,津津有味地品尝他们的幸福,并使之日臻完美。他们心照不宣,日益紧密结合,渐渐合二而一,融为一体。所以马克此刻所谓的"家中",指的是他的思想或感情不仅充满对家中四壁、家具、炉火、书籍、三餐、过夜、起床等的回忆,而且更充满对伊迪丝·克罗斯兰德日益增加的幸福的回忆。伊迪丝是他的家最珍贵、最密切、最隐秘的组成部分。马克思忖,一言以蔽之,工作干完了,过一会儿就可以跟恭候他的女人在一起了,一个殷勤的、温柔的女人。

好就好在她同意住在他家里,不是外人,不是客人,而是时时刻刻陪伴着他。一到家有个女人侍候,他的女人;他是这个女人的绝对主宰,完全的占有者,而且得来不费吹灰之力。克罗斯兰德太太守寡将近两年,带着女儿住在丈夫的一个姐妹家,即一个姓朗赫斯特的太太家,分担着家庭的费用。马克通过朗赫斯特家的朋友结识伊迪丝,很快得知姑嫂俩相处不大好,伊迪丝颇受寄人篱下之苦。马克跟她谈得来,谈话到了相当投机的时候,向她建议陪他在切尔西区的公寓住几个月,预先告诉她一到初冬他像往年那样要去另一个国家。她应该把自己看作受邀的客人,作为交换,她管理家务,对女佣和所有的家务事享有充分的权力。总之,让所有跟马克打交道的人看出,她是他的女管家。这对她,对他,对外人,都是最好的解决办法。起先他担心她接受这种安排会觉得损坏名声。但他们非常谨慎小心,暗中相好,一点儿不外露,使她很快消除了担忧。最近她还说,即使与当年享有妻子的社会利益和种种特权的时期相比,她也从未像现在这么幸福过。而她的朋友和熟人还以为她已经离开伦敦了。

每当他使一个女人喜欢,或一个女人使他喜欢,马克总不免感到惊讶。等到这种事已确定无疑,他往往相信是机缘凑巧,是奇迹,并相信这种异乎寻常的现象一辈子也不会重现。并非他一点自鸣得意的情绪也没有,即使有也是表面的,他内心的审视十分严厉,对自己毫无信心。

他的想法并不完全错,因为如果往深处仔细观察,他会发现起初,尤其是起初,对克罗斯兰德太太来说,他只是个机会而已。但成为女人一生中的机会已经很难得了。进一步观察,深一步思考,将会在伊迪丝的性格中找到缘由,多少能使他的自尊心得到满足的缘由,那就是她对他确有真情实意。一次,他突然向往:"一辈子沉浸在朦胧而纯洁的梦幻中,沉浸在夫妻间的房事中。"然而,事情没有那么简单。首先,克罗斯兰德太太有非常明确的年龄感。眼下她还颇有姿色,但她明白有些日子已经不能像梅纳尔[1]笔下的女主人公那样"用得意的目光照镜子"。也许还不至于"百合和玫瑰般的容颜"已败,但显而易见"生命的冬天"不会有"第二个春天"。她明确感到绝对无权长久独享一个25岁的情人。她的所作所为是对自然和时间的一种小偷小摸。常言道:"偷喝的水更甜,偷吃的面包更香。"

另外,她具有某种浪漫气质,常常以云雾溟濛般的梦幻和光彩奕奕的形象把现实团团环绕起来。一方面她意识到现有的生活,另一方面却向往高层次的生活,即富贵豪华的、精神文雅的、激情澎湃的生活。奇怪的是她居然能使这两者相辅相成,既能非常节制和谨慎,又能发疯似的

---

[1] 梅纳尔(Franois Maynard, 1582—1646),法国诗人。下文引号中的话是诗人一首爱情诗的引文。

孤注一掷，有时两者集于一身，同时是"圣女和魔鬼"。她也具有某种猎奇感。不错，她爱马克，对自己说她爱马克，但实际上对他只是一种深情的眷恋，"爱"他的种种原因之一，是因为他在欧洲大陆长大。在她眼里，马克是"另一个种族"的男人，有点神秘莫测，有点难以应付，但肯定比她迄今结识的男子们更亲切，更殷勤。每个星期天早晨，马克去罗马天主教小教堂听弥撒，她情不自禁地热烈遥想那些她从未见过的国家：法国、意大利、西班牙，那些热情的民族，浪漫的民族，又高雅又胡闹的民族。马克发现伊迪丝有这种心态之后，乐于给她讲意大利的夜生活，巴黎的丑闻，给她描绘斗牛的场景。

他喜欢在伊迪丝身上发掘这类讨人喜欢的好奇心，把它视为思想开放的印证。然而与此同时，她对所谓"精神生活"的趣味却令人遗憾。她念过许多书，小说尤多，其中几本涉及重大问题的泛泛之谈，诸如美学、心理学之类；把种种学说问题汇总在一起就是人们常说的思想领域。于是乎这个领域，这种精神生活，变成她最崇高的享受，深入其间是她义不容辞的责任。她认为应当把全部身心装饰起来，增添光彩。但是她失败了。任何人处在她的地位，按这种方式行事，都会失败的。令人吃惊的是她博览群书之后，依然信书，一本正经地相信。不过她把什么都混在一起，再者她的书本知识还有许多空白。但这并不妨碍她在马克面前炫耀，甚至表露出在智力方面高于马克的样子。一天她竟对马克讲这样的话:"这是些一般性的概念,而你的一般性概念混乱不堪。你太主观了……"马克很不高兴,忍不住提醒她说:"得了,伊迪丝,收起你的哲学吧,光念点有趣的书就行了。""嘿,这是纯粹享乐主义的言论哪!"她言之有理,确是享乐主义的言论。但马克怀疑她是否明白这个可怕的字眼的含义,怀疑她是否知道创立享乐主义学说的哲学家的名字。从此他便任她海阔天空,信口乱说,有时候她竟在一句话中同时引用斯威登堡[1]、康德和柏格森。这倒令人感动,她对待精神生活有如不会弹琴的孩子站在钢琴面前胡乱击键,偶尔弹出一个和弦,便惊叹不已。

不过,这是她唯一的怪癖。这位极其可爱、极富女性魅力的女子同书打交道确实不大成功。除此以外,她思想敏捷,头脑清醒,精神抖擞。这跟她的血统不无关系,这个民族为全世界奉献了最伟大的幽默家。她继承了本民族的精明、诙谐感和优雅的谈吐。她善于捕捉一个事物或一个境遇的滑稽方面,并使人耳目一新地把它表达出来。她一本正经的样子有时叫人望而生畏,她从不姑息,甚至包括马克在内。看着她如此慷慨激昂,容光焕发,马克感到满心喜欢,一改平日简洁有力的"好",用出乎她意料的异国的感叹词来赞扬她。比如,"好样的,我的小美人!"

---

[1] 斯威登堡(Emanuel Swedenborg, 1688—1772),瑞典科学家、哲学家、神秘主义者。

或"我的好女人!",弄得她脸涨得通红,然后嫣然一笑,仿佛她的本能让她接受这种昵称的色情含义。

是的,她很温顺。马克想着这个温顺的女人在爬满常春藤的房子里恭候他,在那晚霞和温暖的轻雾笼罩的奇特的街区尽头恭候他,心中备感镇静、欣慰和难为情。他想:"我跟别人一样,也有人等着我哩。"一个25岁的男子,有世界头号城市的种种景观作消遣,有一份不会令人厌倦的差事,有一所安宁的住宅,有新鲜的面包,有乳房的温暖,他的幸福还缺什么呢?

"坐在我对面的年轻人,你马上就有称心如意的陪伴,可我一点也不羡慕你。也许今晚咱们会重逢,并排坐在切尔西区政府对面新剧院的正厅前座,届时你将发现你没有什么值得鄙人羡慕的。她们甚至还有点儿相像哩。倘若咱们相会,如上所说今晚相会,咱们会装出不知对方存在的神情,但她们,咱们的夫人,会相互凝视:两个女人,各自有一个男人做敬重而温存的护伴,各自对一个男人的生活施加含情脉脉的影响;两个被眷恋被侍奉的女人深知同样的欢快,同样的秘密。也许她们俩还会把你我比较一番呐。比就比吧,管他娘的,我才不害怕呢。"

马克想着想着,眼见已到号称安宁属地的爱情之乡。

然而,入夏以来的最近两三个星期,马克在回家的路上心头一直想念的伊迪丝似乎被另一个人取代了。现在出现一个美妙的名字：奎妮。为什么有些名字如此美丽呢？谁能解释这些名字所包含的魅力？这个名字，竟使人独处时口中不断念叨，置身于人群时心中念叨；竟使人有时不由自主地写出来，写在记事本的白边上，或写在日历本的页面里，认真细心地写，把字母拆散开，然后聚精会神地盯视。因此，马克在穿过嘈杂的伦敦市区时不断重复着"奎妮"，他几乎难以相信会有幸呼唤像奎妮这样的名字，而且还将有幸用这个名字喊她本人。他觉得同那些不认识奎妮的人相比，同那些见了她却不知她名字秘密的人相比，他有一种优越感。他多么同情那些只能管她叫"克罗斯兰德小姐"的人哪！那些可怜的人们哪能知道这个美丽的小姑娘是那样的无忧无虑，那样的不受束缚，那样的朝气蓬勃，那样的善于让人尊重，假如有人想不尊重她的话；他们哪能知道"克罗斯兰德小姐"让他，马克·富尼埃，亲吻，并回报他的亲吻，每当他们单独相处的时候！下个星期还会如此，在一位母亲，即一个情人的警戒下，居然也能争得几秒钟的偷情，小姑娘倒在他的怀里，像一个钟情和被爱的女人那样倒在他的怀里。

然而，他们真的相爱吗？也许骨子里他们只是喜欢有来有往的接吻吧？事情怪就怪在他们彼此什么也没说。话又说回来，他们根本没有时间表白呀。一旦克罗斯兰德太太离开他们一会儿，或他们有机会坐在一处（主要趁下午准备点心的机会），他们便不声不响地贴近，默默地，气呼吁地接吻，因为害怕被撞见，他们甜蜜的接吻带着一丝苦涩。等克罗斯兰德太太闯进来时，他们得立即恢复镇静，继续扮演各自的角色。于是他们又得自我检点了。奎妮的镇静使马克惊叹不已，总是她首先鼓起勇气向马克提些平庸的问题，语气活泼、随便。他也想让她惊异，慢慢控制兴奋之后，大着胆子说些恭维话或挑逗话，引得伊迪丝发笑。但活动的余地毕竟有限，他们只敢偷偷地相互瞟一眼，或有时候壮着胆子，趁吃点心的某个空当相互碰一下手指。

再说，小姑娘对马克不总是有求必应的。第一个星期天，当他们准备进行第二次或第三次接吻时，奎妮听到母亲走近的脚步声，立即离开他，咕哝道：

"真叫人扫兴！"

马克为这种天真的气恼所鼓舞，利用一个机会把她搂抱得更紧，做了他先前不敢做的动作。但接下来整个晚上，奎妮好像非常生气，至少表现出非常冷淡的样子，以致马克以为从此对她来说他只是个外国先生，母亲替他当管家而已。

后一个星期天，她还在赌气，有意放过两次接吻的机会，马克则足足等了一星期呀。他靠近她时，她待着一动也不动，慢慢地，坚决地摇摇头……他只来得及低声问道：

"至少对我说你原谅我，好吗？"

由于克罗斯兰德太太进来了，他提高嗓门谈论好天气。奎妮是多么狠心哪！把幸福的大好时光白白浪费了。

于是，当着伊迪丝的面，马克把写字桌上花瓶里的几朵花送给奎妮，这是他前一天买的，准备献给年轻的女友装点她的房间。她接受了鲜花，但漠然的神情叫马克惴惴不安，不知她是否肯把花带走，或许会装作忘记拿走。他心里直嘀咕，又不得不参加谈话。他勉强说些事情，但奎妮对他的强颜欢笑好像根本不予理睬。在这样的时刻，他感到与她疏远极了！晚些时候，母亲离开起居室时，她急忙跟了去，好像有什么知心话要对母亲说似的。

最后马克说了些笑话，奎妮瞧他了，虽没笑，但有赞许的样子。他感到一股暖流传遍全身，轻松多了，突然对自己满意起来。但她在走时没有拿放在桌上的鲜花。如果克罗斯兰德太太不提醒她，她就不带走了。她拿花的样子是生硬的，烦躁的。

确实，马克已经偏离"安宁的属地"，踏入"爱情之乡"坎坷的地带；或更确切地说，他就在"安宁的属地"里开始了一场新的私情纠葛，踏上以前经常走的而又总是崭新的路程。噢！偷偷交换的接吻，历历在目；忐忑的心情，焦急的等候，记忆犹新。为一束花被拒绝而痛苦，为一束花被接受而庆幸！孩子短促的盯视，霎时的微笑，会给我们增添极大的信心，而漫不经心的目光，对与事无干的人的赞赏又会给我们带来极大的痛苦，难以忍受的凌辱感。

后一个星期天,马克不再怀疑已得到原谅。其实她在不肯带走花束时已经原谅他了,只是不肯让他看出来。这个星期天她进屋时,马克觉得她身上发生了什么变化,但一时说不清,朝她打量了一番,弄得她垂下眼睛。什么变化呢?喔,裙子加长了。她拆下裙子的一条皱边,缝到下摆上。她发现马克看出这一变化时涨红了脸,扭过头去。再说,克罗斯兰德太太在场,他们只得默不作声,装出毫不介意的样子。甚至他们单独相处时,也没说什么。他们和解了,长久地拥抱接吻,马克只简单说了一句话:

"喂,奎妮,我多么害怕因为下雨你来不了啊!"

经过反复思考后,马克觉得加长裙子无可指摘。她发现他已注意到这一点,也就无话可说了。况且很难说清这意味着什么,也许有这么一层意思:"既然一个男人爱上我,我不愿意人家见我孩子似的打扮。"马克心想,确实的,她已经成熟了,值得爱慕。女人一旦发现自己被人爱上,第一个举动就是把自己遮掩起来。

接下来一个星期天正逢伦敦七月又闷又湿的炎热天气,出乎马克和克罗斯兰德太太的意料,奎妮带来了一个同龄的女友。她介绍道:

"我的朋友鲁比。"

鲁比的头发是褐色的,皮肤白里透红,小额头微微凸起，大眼睛若有所思，下巴稍稍上翘，合在一起有一种殷勤、耐心、温柔的神情。她的短发卷成环形，齐着娇嫩的耳朵抖动，脖子上网状的青筋明显可见，瘦削的颈背时不时裸露，两条肌肉在毛茸茸的皮肤下隆起，随着她头部的晃动，呈现鹅黄色，十分好看。鲁比庄重，冷漠；奎妮活泼，快活，其程度恰好成正比。她的庄重感染了奎妮，两人好久不说一句话，规规矩矩坐在椅子上，最后奎妮用几乎羞怯而颇为满意的目光打量了马克一番，好像为把马克介绍给鲁比感到自豪。马克从她的目光中看出这种天真的自豪感。她突然对鲁比说：

"喂，鲁比，别犯傻啦，你瞧钢琴开着呐，我肯定……这位先生很高兴听你弹琴。"

"这位先生"是说给她母亲听的，同时却给马克送去一个秋波，请求原谅——她用了十分礼貌而保持距离的称呼。钢琴很蹩脚，是马克按月租来的。鲁比的指法有点僵硬，她吃力地弹奏《盛开的香花》和《当别人轻声细语时》。年轻人纳闷，奎妮兴许把女友当作知心人，向她透露了他们的……友谊？——怎么说好呢？——总之，是那种学生式的爱情。这对一个自以为看破红尘的男子来说无关紧要。"莫非专门带她来见我的哟……不过她漂亮的女友，有碍我们的好事。"

但她们俩很会装傻，做出一副不在乎的样子，若无其事地逗乐，马克甚至怀疑奎妮已经向鲁比讲了私房话。此外，很可能奎妮对他们的接吻不像他那么看重，对她来说接吻只是一种游戏，久已习惯了……显然，把裙子加长是因为他的缘故……哎，他多么想单独跟她在一起，或至少让克罗斯兰德太太远离他们一段时间。

下午的点心比平时来得晚些，但非常丰盛，人们称之为"茶点便餐"，因为他们不想再吃晚饭了；马克吃点心时还在想那些事。克罗斯兰德太太有点不舒服，女佣正休假。就在吃点心时奎妮告诉他目前她住在女友的父母家，在里希蒙德，应邀小住几日。马克立即明白机会来了，得抓住不放哪。他说：

"克罗斯兰德太太，既然你累了，那由我把姑娘们送回里希蒙德吧。"

伊迪丝同意了。他赢得了重要的一分，只望她别临了又决定跟大家走。马克提心吊胆，直到在街上单独同鲁比和奎妮在一起才放心……临走时，伊迪丝叫住了他：

"富尼埃先生，请来一下！"

他跟着进她的卧室，她有点心神不定地说：

"你知道，我把最珍贵的宝贝托付给你了……"她在回报他的拥吻时补充道，"你走吧……"

他无意间发现她额头上三条平行的细道儿和唇角上两个细褶。当他终于出屋时，她又说：

"唉，富尼埃先生，看到你和这两个羊羔在一起怪有意思的。"语调叫人感到别扭。

马克和两个羊羔起先默默地走着,三个人保持相当的距离,街上空荡荡的,夏季的星期日街面总是这副惊慌和无奈的气氛,但在第一个转弯角上,奎妮走近马克身边,笑着对他说:

"马克,现在请让我拿你的手杖。"

他把手杖给她,听到她叫他的名字,非常激动,这还是第一次哩。他看到鲁比的眼睛露出一丝微笑,心里明白她已经知道他们的全部秘密,顿时感到莫大的自豪。奎妮靠近他迈着坚定而均衡的步子,拿着他的手杖有如为爵爷佩剑的年轻侍从。谁都看得出这位青春焕发的少女是他的"小娘儿",既可靠又忠贞。

经过晒延路和奥克利街,他把她们带到王府街,等候公共汽车。路上,他让她们通过涂柏油的栅栏空隙眺望僻静的别墅花园,那里成群的鸟儿欢蹦乱跳,叽叽喳喳,互告黄昏降临了。

"我真乐意自个儿到这里面去待上一整天。"鲁比说。

"我也乐意,但不是孤单一人。"马克说。

"我猜得出跟谁。"鲁比接着说。

"我可不知道跟谁呀。"奎妮装傻。

马克一时找不出合适的话来搭茬儿,为了摆脱尴尬,拿出烟来抽。他点燃香烟后说:

"喂,姑娘们,为什么咱们不直接去里希蒙德呢?我想咱们可以先去骑士团桥,我认识一处卖许多甜食的地方,是伦敦西区最好的糕点铺。那里有一路公共汽车,我们可以坐车去里希蒙德。女士们决定吧!我建议投票表决。"

她们欣然赞同,高高兴兴跟他走了。从骑士团桥下到人行道时,奎妮将手杖还给马克,把手热乎乎的,马克美滋滋地感到女友之手的温暖。

最后,等姑娘们各人拎了一口袋糖果,他们才乘上去里希蒙德的汽车。夜幕已经降临。双层公共汽车的顶层几乎只有他们三人,他们望着眼前茫茫的都市海洋,鳞次栉比的高楼大厦海浪般铺展,一望无际。夜色越来越浓。前排的座位已经空出来,马克过去占位,示意奎妮跟他一起过去。她犹豫不决,但鲁比轻轻推了一下她的手臂,她跟了过去。

"这才是乖姑娘呐。"马克说着,伸手搂住她,让她蜷缩着偎在他的身旁。噢,多么难忘的时刻,他透过衣服,感觉到她年轻的生命温顺、多情、茁壮,感觉到她的傲气屈服了,感觉到她的气力放松了。

他们的头顶上空闪烁着大城市夜晚特有的玫瑰红光,到处是灯火,像火花似的随着他们的奔驰而飞舞。整个伦敦城如同巨大的火炉,被染成一片绯红,而他们仿佛在天地之间悬空穿行。他们到达河边,跨过河流,一路上兴致勃勃,没有注意走的是什么街道,直到普特纳出口,感觉到阵阵草坪的清香和田园空旷清新的空气,这才注意到里希蒙德公园和温布尔顿网球场有一股股湿润的清馨扑面飘来。之后，很快就是里希蒙德街区一排排井然有序的路灯，在毛玻璃灯罩下闪着柔和的亮光。

"这里看上去像女子学校的宿舍。"马克说。

"是的，确实不假，"鲁比答道，"瞧！"她的目光投向她的女友。

奎妮睡着了，头搭在马克的肩上。

又等了一个星期。马克发现自己那么想念这个小姑娘，心里有点惭愧。谁知道哪天奎妮会从他的记忆中消失，淹没在成千上万个美丽的伦敦小姑娘中间，短短的裙子，披肩的头发，"伦敦城的花朵"，如同神秘的威廉·布莱克所赞美的那般美好。但弄不好只是个"轻佻女郎"呢？难道他不是已经获得供他修身养性的一切了吗？一个和颜悦色的女人侍候他修身养性还不够吗？不，不够。奎妮的青春活力在他心中的呼唤，是那样的激越、狂烈、悦耳，犹如僻静的别墅花园里孤独的奇鸟的歌唱。然而这不过是一场平淡无奇的艳遇，他都不好意思向友人谈及。也许可以再进一步，把事情搞得复杂一点？现在他已经肯定获得了奎妮的爱情，为什么不试一试征服鲁比呢？他觉得鲁比虽没有奎妮漂亮，但更稳重，更性感，尽管身材不如奎妮发育得好。可爱的凸额，美丽的眼睛，几乎准备奉献的嘴唇，特别是卷曲的黑短发下纤细的颈窝……是的，那样会很有趣的，而且终究是可能的。

他沿着牛津街在人群中懒洋洋地边走边想，突然一家铺子门口的镜子映照出他的全身。他乘机整理一下帽子，照了一照，对自己的形象颇为满意。一个里昂男子和一个米兰女子结婚后创造出的一个相当美的产品：一个细高个儿男子，其身材之健壮、穿着之讲究绝不亚于蓓尔美尔街或皮卡迪利街[1]上的任何一位"亚瑟"或"约翰尼"，而且手腕脚踝灵巧，眼睛熠熠生辉，这是亚瑟和约翰尼们所不具备的。尽管出身商贾，他却具有贵族的特征，贵族的神情，很难说这是运动员的风度还是稍稍有点土气，反正他红润的脸色和朴实有力的步子使人一眼分辨得出他是地道城市大资产阶级的少爷还是平民百姓的后代或是放荡不羁的公子哥儿。他摘下帽子，理了理中间分路上的黑发，把头发压得平平扁扁的，好似盖着一顶无边圆帽。这是布宜诺斯艾利斯流行的新发式，他刚在那里待了几个月。他重新戴上帽子，轻轻用口哨吹出一个曲调，向牛津广场走去。

……是的，会很有意思的，看看那个小姑娘愿不愿上钩，看看奎妮会不会嫉妒，这不失为一种消遣。恰恰是这些小小的角逐使我们更好地体察我们在生活、工作、生意中严肃认真的一面。

所以后来的一个星期天奎妮单独来访时，他有点失望。不过他们还谈得来，奎妮表现得那么活泼，那么信赖，那么顺从（已经像她母亲那么顺从了），马克几乎后

---

[1] 蓓尔美尔街是伦敦名街，有多所俱乐部，英国陆军部原在此街；皮卡迪利街位于繁华区，其广场附近是戏院及娱乐中心。

悔把他们的友情当作无关紧要的儿戏了。稍后,当伊迪丝在厨房喊她去帮忙准备茶点时,她急速地从小提包取出一个用绢纸包着的小包递给马克,结结巴巴地说:

"我做的,送给你,藏起来。"

她脸涨得通红,逃开了。

小包里是块细麻布手帕。马克发现手帕角上绣着他姓名的开头字母,绣得非常漂亮。此刻,他万万想不到以后的星期天再也见不到奎妮了。

事情发生在吃点心的时候,因为克罗斯兰德太太疏忽了什么或忘记了什么,马克发火了,对她说话很不耐烦。不但直呼她伊迪丝,而且说的话使在场的人谁都听得出他们的关系非同一般——绝不是主人与女管家的关系。伊迪丝的脸顿时变色,眼睛噙着泪水,说了声"对不起",飞快地离开房间。

奎妮欲跟去,马克却叫住她:"留下。"在母亲和情人之间犹豫片刻后,她留下了,低下头,把脸藏在裸露的双臂间,抽抽搭搭地哭起来。

"行了,冷静下来……说真的,你没有猜到吧?"

她正面逼视他,含泪的眼睛闪着愤怒的光芒。

"我怎么猜得着呢?我的亲生母亲!"

"难道她不是自由的吗?像你一样自由?想一想,你们俩之间谁最有理由抱怨呢,是她呀。你和我,咱们俩欺骗了她。"

她久久不作声,马克乘机补充道:

"我想你知道我更喜欢谁,更愿意放弃谁。"

再一次沉默不语。马克抓住她无意间放在桌上的手,她不禁苦苦一笑,也许想到竟成了自己母亲的情敌,真是走运。她说:

"我想还是去看看她吧,如果你允许的话。"

她站起身,但在她向房门迈步之前,马克拉住她,低声对她说:

"自从我认识你以来,每次在她的怀里我想的却是你。"

他不敢看她,说完就放她走了。过了一会儿,克罗斯兰德太太自个儿回来了。

"实在非常抱歉,伊迪丝……"

"没什么,马克,不必道歉。其实她从第一个星期天就什么都明白了。也许这样反倒好。我肯定她对姑姑什么也不会说的。反正咱们早晚都会暴露的。不过咱们还是装作若无其事吧。"

"是的,这样比较好些。"

奎妮也回到房间。这顿点心吃得还算快活,尽管奎妮的快活带点儿烦躁,伊迪丝的快活有点儿勉强。至于马克,他暗自得意。刚才跟姑娘说了那句话之后,他决心推动事情向深处发展。他想问奎妮下周内在哪儿能跟她会面。等了好长时间,终于他们俩单独在一起了。马克把奎妮拉到身边。

他们没有想到伊迪丝那么快返回。马克听到她在走廊里的脚步声,想摆脱奎妮,但奎妮钩住他不放。等他摆脱她时,克罗斯兰德太太已经进入房间,撞见了他们。奎妮昂起头,正面逼视母亲。

伊迪丝装作什么也没看见,但过了一会儿她找到一个借口,比平日更早地把奎妮送回朗赫斯特太太家。出发的时候,尽管她轻手轻脚、慢条斯理地关大门,但马克感觉得出她在竭力控制自己的纷乱或恼怒。他甚至一时担心她一去不复返了。

她回来了。马克看着她恼恨的神情和她装作若无其事的样子,先是意识到最好不提起刚发生的事情,然后明白他再也别指望在家里见到奎妮了。

首先他的自尊心受不了。伊迪丝对他也有点像对她女儿那样施展母亲的权威,不仅打乱了他的计划,剥夺了他的乐事,而且好像把他当小孩对待,就差没训斥他了,简直像母亲撞见儿子调戏女佣!话说回来,她有别的办法来防卫比她年轻的情敌吗?马克甚至应该感激她才对呐。她一声不吭,毫无反应,好像什么事情也没发生。

他会有办法见到她女儿的。自从伊迪丝来他家住,朗赫斯特太太已经搬家了。但他搞得到她的地址。那天他陪奎妮去里希蒙德,曾问过她:

"对啦,现在你姑姑住哪儿?"

美人,我的心上人……

"嗨,很远,比'天涯海角'还远。"她回答道。

"天涯海角"是王府街顶端的一个广场名或一条街名,不只是远离切尔西市中心。但只要有耐心,他能找到她住哪里,是的,他将不遗余力地证实伊迪丝的嫉妒。也许会与鲁比重逢……嗬,这个女人太叫人扫兴了,横插一杠子,搅扰他的乐事。

然而,就在当天晚上,伊迪丝表现得那么温顺、亲热、讨好,他觉得像久别重逢似的。再说,她是他的女人嘛,就在他的手掌之下。

马克在努力寻找奎妮,至少到王府街末尾的切尔西火车站那边去过两次。他记得对小姑娘讲过,她不仅讨同龄男孩子的喜欢,而且讨男人的喜欢。他设想奎妮在发现他和她母亲的关系之后一定心乱如麻,从而听凭任何一个敢于追她的情人的摆布。他开始后悔自己的所作所为,因为在涨红脸给他绣字手帕的小姑娘和倒在他怀里向她母亲挑战的情人之间有相当大的精神距离呀。而这一切竟发生在不到一个小时之内。可他无能为力呀。"得了,"他想起其他的艳遇,自言自语,"她现在也许正在给另一个男人绣姓名的开头字母呢。"

"我可以在你身边坐一会儿吗,马克?"伊迪丝在房门口请求道。

"可以,不过不许跟我说话,我要工作。"

"行了,别那么自私,马克,咱们待在一起的时间不多了。亲爱的,每当想到你离开的日子一天天临近,我心里一阵阵痛苦。"

7月、8月、9月都过去了,再过两三星期,克罗斯兰德太太所害怕的日子就要到了。

马克想到这一天即将来临,却暗自高兴。他已经开始怀念欧洲大陆了,正像在大陆住久之后怀念英伦诸岛,怀念英国的生活,特别怀念这座举世无双的城市一样——他喜欢伦敦胜过巴黎,大概因为对伦敦还不太熟悉,认识伦敦的时间也不大长久。然而在伦敦住上六七个月就开始觉得景色单调,他想念故城,想念那白色的教堂带着一大群天使守卫在喧闹的大街的十字路口,住在那里是美好的,景观又奇特又浪漫,而这儿则叫人厌倦,景色又广漠又呆板。他扫了一眼宽阔的大道,两旁毗连着凄凉的花园,灰墁砖头砌成的房屋,景象寒碜、暗淡、光秃,在人潮退隐的星期天尤为显著。他不由得转过脸,不去看一天经过四趟的大街。再说,眼下天气开始变凉,每次他进城,干脆到斯隆广场乘地铁。以前他却喜欢乘双层汽车游览,经常换换路线。从王府街出发到威斯敏斯特的汽车经过皮姆利科,一路上景物宜人,令人心旷神怡。汽车往右拐,出斯隆广场,途经绵延的草坪,从修剪齐整、浇灌有方的美丽的草坪飘来阵阵清香。而现在,这一切,他看够了,太熟了。连人群也引不起他的兴趣,他觉得好似变成其中一分子了。这成百万劳动的奴隶、习惯的奴隶，这芸芸众生每天按时被车站、工厂、银行、剧院吞进去吐出来，成串成批地往这些"露天阴沟"运来运去。哪能想得到第二年再来时，看到人群中一个熟悉的残疾人穿着红长衫，自己才突然意识到真正回到切尔西区，兴奋得心跳不已。但眼下，他环顾街区的人是为了庆幸自己即将离开，别人仍然待下去。他的心情有如一个中学生，在学年结束以前早就出发度假去了。等他奔走几个下午买好东西，他似乎觉得伦敦不会再给他增添什么快乐了。对啦，他得记住去哈罗德商场买防蛀虫的香粉，关闭他的公寓以前得好好在地毯上撒一撒。

他的公寓。他的家。唉，他的女人！同居在一起，很快就厌倦了，即使不想离开伦敦，也想离开伊迪丝。倒并不是对她有什么抱怨，相反，好像他越疏远她，她就越发顺从，越发殷勤，甚至放弃向他灌输她那模糊的哲学理想和"一般概念"。但他对她感到厌腻了。他们现在可以分开了，反正马克·富尼埃身上永远留着伊迪丝·克罗斯兰德的一些东西，正如伊迪丝身上永远留着马克的一些东西。他们俩过从甚密，对方的秘密互相知道得一清二楚，简直变成了同一个肉体，正因为如此，他们开始互相感到麻木了。

怎么，想当初他以为是艳福和猎物的东西原来如此？今天他看清楚了，这不过是一件又平庸又拙劣的事，一场不可告人的、不光彩的私情。幸亏未公开,否则会变成可鄙的姘居,如果再拖延几周的话。

不对,言过其实了。事实是,即使不把征服这个女人看成是满足年轻人自尊心的胜利,至少达到了实用占有的目的。马克享有克罗斯兰德太太这个把家务理得井井有条的贤内助和可爱的、得体的、有教养的伴侣,免遭女佣的摆布:一般女佣都存欺骗之心,一心乘主人不注意的时候偷家用物品。总之,伊迪丝管家的这段时期,一切顺顺当当的。

再者,马克对"大陆"的怀念随着动身时间的临近更加迫切了,因为他不时惦记着几个风流的计划。

他将在那边同一位夫人重逢,是他母亲的朋友,风韵依旧,好像对他蛮有兴趣的。特别是有一天他们谈到但丁的诗,她朝他含情脉脉地瞥了一眼,说她十分理解上帝惩罚凶杀、贪财、偷窃,但不理解为什么惩罚爱情。她叹道:"爱情,我的上帝,爱情可不是罪孽呀。"马克情不自禁地微微一笑,暗中为这位夫人起了一个绰号——"无罪的爱神",但他又感到一阵心慌意乱。

征服那个女人是件很体面的事,因为她属于"上流社会",而且她没有不规矩的名声。再说,由于他们不便经常幽会甚至不便经常见面,互相之间不至于很快厌倦。此外还有一个平民姑娘,十分标致,是个纯托斯卡纳[1]女性。

---
1 意大利中部地区名。

一天,他尾随到她家,甚至有机会请求亲吻一下,不过被拒绝了。但他会再去追的。多么美丽的姑娘!她那明暗相映的脸,微笑时一团和气,皱眉时如同正义女神,遐想时充满希望。只可惜她的父母给这个健壮的褐发姑娘取了个过于温柔的黄发姑娘的名字,叫什么拉维妮。她应当叫吕克蕾丝或克洛迪娅才好呢。

然而,他应当全力追求那个上流社会的女子。为了满足他的自尊心,为了博得朋友们对他的好评,他必须这么做。有了这种私情,他就遐迩闻名了。但会不会受她控制呢?说不好哇。反正他喜欢女人的方式颇像画家和雕塑家而不大像道德家和小说家。拉维妮天生漂亮,另一个只是打扮得风姿招展。他应当区别对待。是的,一个意味着义务,另一个意味着快乐。马克·富尼埃已经做了选择,因为无论追哪一个,都太叫人专心致志,太叫人醉心迷眼,他无法脚踏两只船哪。离开。旅行。拉维妮,拉维妮,"拉维妮娅"。

"你说什么,亲爱的?"

"我说话了吗,伊迪丝?噢,我在想事情哪……"

"你想你的意大利了,不是吗?"

他朝她瞧瞧。她背向窗户,脸上的表情看不清,好像她已经有点从他的记忆中消失了,好像已经成为他生活中的一道阴影。他顿时产生内疚感、怜悯感、亲切感,走过去在她脚边的一个垫子上坐下。在他们同居的最初几个星期,他是多么爱她呀!他们俩小心翼翼为私情保密,采取谨慎的措施。比如他们从来不一起外出,不让女佣看出任何破绽,这一切在他看来倒为他们的私生活增加了魅力。有时他们给女佣放假一下午加晚上,在一张桌上吃晚饭,情同夫妻。星期天他们经常待在家里,放下帘,点上灯,多么美好的回忆!那时他们暂时的分离看上去很像约会:她先出门,到一个很远的、行人不多的街头等他;他乘出租汽车去接她,然后在维多利亚火车站前不远的地方让她下车。马克的朋友们蒙在鼓里,以为他是一个人来的。

"想念意大利对我来说是伤感的,亲爱的。"

"你真的不高兴离开吗?你是否想过,毕竟没有任何东西阻止你留下,对吗?这儿的冬天不大冷,你曾对我说你以前待过一个冬天。你的居所……"

"咱们的居所,伊迪丝。"

"不,你的居所,很容易生火取暖,瞧瞧这火多好哇,想过没有,到了那边,在你的意大利,有时会后悔离开这里的,待在你的英国家里闭门不出,由你的英国小老婆陪伴,嗯?马克,别皱眉头,请允许我讲另一句话……可以讲吗?好吧,马克,总有一天你要娶媳妇,你的妻子不会像我这样爱你、尊重你。不会的!不,请让我讲下去。我想到一件事。既然这里是你的家,我的意思是说,既然你付了租金,你留下来住在这里也许更省钱。必要的话,可以把女佣辞退。况且有一间房间空着,我可以叫女儿来帮我,由我们两个人来管理你的家务。"

"让奎妮来这儿?"

"是的,"她回答,目光避开马克,"我想过了,这样可以省下一个女佣的工资。"

他差一点喊出:"你为什么不早说呢?"但他早已决定不再提及奎妮,所以什么也没说。况且,时间和分离起了作用,他已经放弃这起幼稚的角逐。他说:

"不,我必须走啦,我答应过父母,要不然他们会不高兴的。再说,那边我有事要办。"

晚些时候,他又想起克罗斯兰德太太的话以及她说话的方式。在镜子的照映中,他注意到她的神情,心想:"她多么想挽留我呀……不惜牺牲女儿!"除非她心怀鬼胎,迫使马克娶奎妮。"如此这般,小心为好……唔,反正明年要同她们重逢,届时……"

以前在好几个国家断断续续的逗留期间,他对私通有个固定的看法,说到底,对这种露水夫妻的结合不大重视,因为他仍相信"伟大的爱情",并殷殷期望着。他说过:"一场私通,或令人厌倦,或太消耗精力,或引起丑闻,或花费昂贵,或令人不愉快,反正过后加上句号,就此了结。一场不包括上述情况的私通,过后加上分号,还有余地。"这么说,同伊迪丝和奎妮相爱一场之后,宜加分号喽。

明天一清早有人来搬行李：标有运输公司开头字母的纸箱靠放在窗口。一次颇为平常的离别。马克独自在前屋忙于整理留下的纸张和书籍，检查各个抽屉，向他的居所告别。他关掉天花板上的灯，只让办公桌上的灯亮着。他在炉火前坐下，舒展双腿，装满烟斗，开始吸烟。

烟斗通畅，好抽极了！是伊迪丝照料的，从最小的细节中，他都看得出伊迪丝所倾注的情意，无微不至的关怀。哎，这是他们在一个屋子同居的最后一夜。一会儿等一切沉睡之后，他去找伊迪丝。女佣已经辞退了，不过来了另一个人，奎妮在这里过夜，他们不得不谨慎行事。奎妮或许已经知道，但小心为好……

马克还没见着奎妮，他在外边吃晚饭，回来晚了。不过伊迪丝事先已告诉他："我叫女儿来帮我打包行李和罩家具。"她就睡在空着的房间里。马克回来的声响可能把她吵醒了。得等一会儿再去伊……有人轻轻叩门。

"进来。"马克惊异伊迪丝来这间屋子找他。

门开了。

"母亲说你想跟我谈谈，是吗？"

原来是奎妮。母亲借她穿的睡衣太长了，她撩着下摆行走，露出光脚丫。

"我没有……我是说，唔，是的，我想……"马克结结巴巴地说。

她嫣然一笑，轻轻关上房门，一边用手指竖贴嘴唇，

一边穿过房间,走到壁炉前,在那里的一个墩状丝绒软垫上坐下。她说:

"咱们说话声轻一点,看大门的还没睡呢。这么说你要走了,我们再也见不到你了。"

"为什么见不到?不过我倒想知道……"

"我想你厌倦她了。"

"不,但自从我认识你以后,一直只想念你,我对你说过的。"

"我记得,也记得你对我表白爱情的样子。是的,然而我算什么,只不过是个小姑娘。"

"奎妮,告诉我,既然你母亲知道你来这儿,为什么你要我们轻声说话?"

"她知道吗?噢,是的,既然是她派我来的。"

"真的是她派你来的,还是你自作主张来的,两者对我来说有很大的区别,明白吗?"

"不明白。为什么呢?"她突然站起来,"哦,坐在炉火旁太热了。嗬,书架上这么多书哇,我不记得有这么多书,你不带走吗?……这只漂亮的花瓶是你从意大利带来的吧?"

"奎妮……"

"喂,你的烟斗熄灭了。要不要我再把它点着?用纸捻成细条点火是我母亲的拿手活儿,她捻得多好哇。不,我点不了,这玩意儿的纽扣全掉了,我蹲下的话……喂,你别胡闹嘛！母亲让我来看你可不是让你这德行的呀。对啦，你要对我说什么？别摸了，否则我喊了。当心点！"

她突然挣开马克，飞步朝门跑去，到门旁立即抓住门把手不放。在这短暂的挣扎中，那"纽扣全掉了的玩意儿"突然敞开，马克一时看呆了，这亭亭玉立的裸体叫人目眩神驰。她多么年轻哪！比穿着衣服时更年轻。不错，画家也罢，雕塑家也罢，他们的任何作品都比不上他眼前所见的，真没想到含苞待放的乳房是这种形状，修长的、秀气的，乳头纤细突出，呈粉红色，宛如草地上某些野花，破土而出的细茎上部呈淡紫色，下部是雪白的。马克突然产生一股恻隐之情，几乎不忍再看了。她却没想到把睡衣的两襟合拢。当马克的目光和她的目光相遇时，她天真地莞尔而笑，用那只空手把披在眼睛上的一缕柔亮的长发撩上去。她说：

"好啦，马克，永别了。我困了，要去睡觉了。请待着别动，我有几句正经话要对你说。如果你靠近我，我就喊，叫醒邻居。我才不在乎妈妈知道我来过这儿呢。你怎么会相信是她派我来的呢？我只请求你不要对她说我来过。事实是我自作主张来的，你说得对，你瞧，我在你回家前一小时取下这扇门的钥匙，怕你把我关在外边不让我进来。得了，先生，好自为之吧。不过，咱们要永远分离了，好聚好散吧，过来亲吻我，如果你愿意的话。对，就这样，直到我说'够了'。但是，一旦我说够了，你还缠住不放,我就跑到走廊里大喊大叫,街角上有个警察。对,就这样,直到我说'够了'。对,就这样!不,我还没说够了,直到……现在够了!永别了,亲爱的;晚安,宝贝儿。"

她走了。他站在房门口,听见奎妮把自己的房门扣上锁。他穿过走廊,跨进浴室,把头和手浸泡在凉水里。奎妮弄得他火烧火燎的。

然后,他去伊迪丝的房间。她正坐在壁炉旁看书。

"这部小说是你推荐的,马克,记得吗?我想这是本好书,但有些东西……譬如这一段,作者描写坐在寄宿学校墙上的女学生的大腿,你记得这段吗?几乎是下流的。"

马克·富尼埃在大理石拱门[1]车站附近徘徊了半个多小时,有点不耐烦,朝牛津街方向走去,直到遇见第一家香烟店。

他离开了三年,转眼来到伦敦已一个月。现在他在等奎妮·克罗斯兰德。记得临行前的晚上克罗斯兰德太太在她房间里看小说,第二天和奎妮见过一面,至今再未重逢。那是马克在切尔西区的公寓度过的倒数第二个年头,算起来前后已有四年了。

这期间,发生了许多事情,有些事情对他来说是十分

---

[1] 伦敦海德公园东北入口处。

重要的。他父亲去世了。他接手领导庞大的丝绸出口公司,因此忙得脱不开身到伦敦度夏,干脆把公寓连家具一起让了出去。他在巴黎做生意的时间比较长,于是找了个落脚点,搞到一套单身汉住的公寓房间,坐落在树木扶疏的老帕西区的一个角上。

他再没有跟克罗斯兰德太太见过面,而且永远见不着了。可怜的女人一年前死在费城。马克走后不久,费城的一个堂兄召她去当管家。她经常给马克写信,马克至今还留着她的那些长信,充满温情并不自觉地套用别人的词句,她在信封上写"法国"字样总加冠词,也许她觉得这样更正确,更具有地方色彩。有一次她谈起女儿:"奎妮在我身旁,她让我向你问候。如今她已是美丽的大姑娘了,而且没有染上美国口音。"后来有一天,他收到奎妮亲自写的信,说伊迪丝得病死了。马克伤心了好大一会儿。总之,他可以对自己说这个女人是真心爱过他的人之一,只为他好,即使在因他而处于不利的至少不愉快的境地时,也从未伤害过他。

他给奎妮写了一封慰问信,此后他们以明信片来往。所以他知道奎妮已从美国回来了,还是住在姑姑朗赫斯特太太家,但地址是个邮政所。他们通信的语气互相都很客气。不过,将近5个月来奎妮一直没有来信。马克到伦敦后不久给她发了一封信,但迟迟没有收到答复,他几乎觉得在临行前见不着她了,因为他事务在身,不得不过几天就重返大陆。奎妮大概不会按他指定的地点赴约了。

"我肯定没有搞错,是富尼埃先生吧?"

"噢,奎妮!……克罗斯兰德小姐,你好吗?"

马克几乎认不出她来了,她长高了许多,但他立即认出她蓝色的大眼睛,依旧那么温柔,那么明亮。

"请原谅,我晚到了。我工作到6点。"

"咳,没关系。咱们还有时间去吃点心,去个漂亮的地方,也许你还不认识,新开张的。在一处地下室,有许多安静的小间,厚厚的地毯,神秘的角落,粉红丝绸笼罩的灯光,漂亮的女招待,穿着十分引人注目。你去瞧吧,在皮卡迪利大街附近。"

她重复"嗬,皮卡迪利大街"时苦苦一笑,马克惊讶地盯着她,明白自己欠考虑了。她穿得太普通,带她去这么雅致的茶室不合适,她的样子甚至称得上穷酸。于是他设法弥补自己的疏忽。

"噢,确实,太远了。等咱们到了那里,已关门了。那么就在附近,到爱德华街找个地方吧。"

他们一同前往,找到一间茶室。

"现在请用茶吧,奎妮。既然我们有幸在这儿单独相会,请边用茶边给我讲讲你的事儿,行吗?"

"什么事儿?"

"自从你停止给我写信以来所发生的事呗。我怎么觉得你……"

"这么穷,对吗?"

"咳,不是这个意思。不过,你真的很穷吗?我以为你一定从母亲那里继承到一点儿东西。"

"母亲死的时候已一无所有。你认识我们那阵子,她已经靠父亲遗下的财产过日子了。"

马克垂下眼睛。原来事情复杂得多,说不定当时人家爱他不单单为了他,苦苦求他留下必另有动机……没错儿,自然是他负担一切家务费用……是的,但伊迪丝那样地节俭,那样地精心管理他的财务,尤其那样地深藏不露这个事实:她靠遗产度日,但从不为自己要求什么,甚至还送小礼物给别人。不管怎么说,这件事对马克的自尊来说无伤大雅。

"如果我的堂兄不打娶我的主意,我没准儿还留在美国哩。但我无论如何不肯嫁给他。这个男人怪癖多得很,又专横又爱挖苦人。病态。"奎妮带着厌恶的表情补充道,"可现在我后悔没答应他,后悔没有用,太晚了。"

"为什么?"

她沉默不语,狐疑地瞧瞧他,然后大概想起了什么,笑了笑,决定把事情说出来。马克这才知道奎妮·克罗斯兰德犯了一般妇女所谓的"过失"或"罪孽",而他称之为不幸的遭遇:她为世界上最大的都市增添了一个居民,已有六个星期,但幸亏上帝仁慈,把这个误入人间的可怜的小生命召去天堂了。

正是在遇到麻烦的时候她中止给马克写信。姑姑把她赶出家门,从美国回来后找到的打字员工作也丢了,又在保健医院住了几个星期。

"孩子的父亲呢?"

"出走了,谢天谢地。我想他不比别的男人更怯懦,但他走了,很远,去非洲了,走时说会给我写信的,但至今杳无音信,永远不会有音信了。既然他的儿子死了,这样更好。咳,我没爱过他,真是蠢事一桩,犯了个错误。当初,星期天的散步、郊区的约会是多么的抑郁呀!我才认识他不久,不知道怎么会同意他的。他从未提过要求,只是默默地在我身边走着,我猜出他的意图。有时他浑身发抖,我可怜他了。但在整个相处的过程中,我不记得有过任何快乐。他像个贼似的出走了。总之,谢天谢地,一切过去了。"

"现在呢?"

马克看出她到了解说的关键时刻,边问边投以最亲切的、最友好的目光。

现在嘛……事情是这样的:

她离开保健医院时只剩十几英镑,不知道靠什么生活。于是她接受了最初找到的事情。她不敢再去寻找打字员的工作,因为她不能以这副穿戴去谋职,离开姑姑家时太仓促了,除自己的钱外什么也没顾上拿。她的连衣裙和其他东西还留在姑姑家,但说什么也不肯去领取。再者,姑姑不会乐意她跨进门槛。她不得不接受偶然找到的第一份工作,几乎是女佣的工作,是的,应当说就是女佣的工作。在帕丁顿火车站附近普雷德街上的一家餐馆。咳,她母亲的在天之灵会怎么想啊!她在世时觉得什么也配不上她的奎妮。是呀,连奎妮本人也觉得好像不是真的,好像是化装的,为了闹着玩才干这一行的。

"有时候我想象顾客和我以及其他女店员,我们像孩子们玩吃饭游戏,想着不禁好笑哇。认识我的人会怎么想呢?"

"你住在……"

"我找到这份差使后买了几件家具,在哈莱斯登租了一个小房间。"

"你说哪儿?"

"哈莱斯登在肯萨尔高地那边。"

她的声音是那么柔和,她的发音是那么地道!在她嘴里,哈莱斯登,这个城郊荒僻的地名变得美丽动听,好似诗人用悦耳的声音赞美风景名胜。

"你一个人生活吗?"

"跟女房东住。没有别的房客。对啦,我现在一个人生活,但前不久有个伴侣——一条可怜的小狗,是一天晚上从哈莱斯登的街上捡回来的。它的样子可怜至极,脏得出奇,确是'鬈毛蓬松、满身跳蚤的野狗'。我把它带回家,给它洗澡,好生收养起来。它似乎习惯跟我相处,但最后也离开我了。"

"你真的一个人住吗?"

"嘿,我明白了!是呀,你怎么竟想得到呢?给你讲了发生的事情,更叫你难以想象?是的,我看出来了,活该如此。你不必道歉,富尼埃先生。不过,现在一切都结束了。再也不接受男人的追求了,我情愿饿死,跳运河溺死。你不理解吧?再也不走老路了!现在我必须重新振作起来。再过十个星期就到圣诞节,我将攒些钱买一件像样的连衣裙,然后在《每日电讯报》登个广告,寻找一个事务所的职务。这样我可以每月挣8英镑,没准儿挣10英镑。我自己动手用硬纸板做了一台打字机模型,晚上回家练习键盘,以保持原有的速度。等慢慢攒足钱,去买一台旧的打字机。大概过两年就买得起了,那样我也可以在家工作。我房间的租金微不足道,就是太远了,等将来多挣点钱,再向市中心靠近,而且可以省下乘汽车的钱。我想三年以后可以过上像样儿的生活,甚至养得起一条漂亮的狗或几只小鸟,不过我自己将是十足的老姑娘啦。不是吗?你瞧,我想做的事情太多了,这么多雄心勃勃的计划,所以没有时间垂头丧气,也没有时间设法找个人来安慰我。得了,我现在恨所有的男人!"

"请对我另眼看待吧,克罗斯兰德小姐。不管你是否恨我,我都要告诉你的。你知道我跟令堂的情谊有多深。(马克和奎妮同时垂下眼睛。)好啦,我决意像她在世那样为你好、为你做事。请不必感谢我,克罗斯兰德小姐,就当作不是为你而是为令堂尽点心意吧,我怀念她呀。现在请允许我陪你去哈莱斯登。"

"不,你不必陪了。我的意思是说,会引得邻居说闲话的。我的房东若对我有不好的看法,人家去调查,那就……不,请你别去。"

"我再次作为令堂的朋友请求你。况且天色不晚,我只待一会儿,不会引起人家注意的。如果你拒绝的话,我将认为你有什么事瞒着我。"

"好吧,这么说我就不好谢绝了。行,走吧。"

他们出门来到爱德华街。

"我想你不叫出租汽车吧,富尼埃先生?那边不常见我坐出租汽车。再说,一个来回你至少得花费12个先令。"

"没关系。请告诉我地址,上车吧。我叫司机在离你家有一段距离的地方停车。"

上车之后,她离他远远的。马克的第一个动作是想抓她的手,但他克制住自己。不,在他提出帮助她的时刻,即马上要给她钱的时刻,应该尊重她。即使她显得对他比对一般朋友更亲密,似乎还记得他们旧有的关系,他也要始终表现得高尚文雅。但他不得不承认,她并没有表现出比对一般朋友更亲密的程度。

"你没有掌握任何证据表明他允诺结婚吗?我有一个

朋友是律师……"

"起初我想到过。但连一封信都没有。即使我有什么证据,我也不想难为他,因为他虽然说过要结婚,但后来的事是我们都同意的。事情可能宣扬出去,或登在报上,闹得满城风雨。倘若孩子活下来……而现在,何苦呢?再说,我和以前相比,是不是真的掉价了?"

"没有,也许更宝贵了。"

他思忖:"是的,总之,就像输了钱的男人,在世人眼里,他掉价儿了,但精神上更贵重了,如果浪子回头的话。"他开始感到年轻的女友已经吸取了教训。

"嗨,已经好久没乘出租汽车了。"

马克听得出她还保留着无知而幸福的年代的腔调。当年他虽说不上多么爱她,但几乎是爱怜她的。曾记得,那隐蔽在僻静花园的鸟儿不停地啼叫,那甜蜜的接触,虽有点难对付,但又温柔又芬芳,他的双唇还留着回味哩;小仙女曾在他面前裸体过,当时半因在高墙深院内,半因在少年的执拗中。得了,不该想这些事,今非昔比,她不再是他的人,既然他即将给她钱。对他来说,她不再是奎妮,而是克罗斯兰德小姐了。

"你准备给我多少钱?"她问道,好像猜透了他的心思。

"喔……你看,需要多少都行。"马克感到意外,结巴着回答。

"因为我想尽早还给你,分批奉还,每次10先令。"

"不用担心。我给你的信中已经提到我下星期天就得离开,即再过三天。"

"还剩下三天?我想从这里邮汇的话,可以在法国支付给你,对吧?我打听一下。"

"克罗斯兰德小姐,你不必介意,随你怎么处理。我想现在就给你4张5英镑的钞票,然后……"

"20英镑?难道你想让我分批奉还的时间长达40个月吗?不,富尼埃先生,这对我不合适。别想引诱我。我有6英镑就足够了,这个数目我可以在1年或许8至10个月内偿还。"

"喏,10英镑,你一定要还那就还6英镑,其余4英镑,是我送给你的。"

"我不要。"

"你不肯接受我的任何馈赠吗?"

"原则上不接受任何男人的任何东西。请想一想,倘若我不下这样的决心,就不会好几个月不给堂兄写信了。他向我表示愿意提供帮助,甚至在我离开他之后。你可不要阻止我还你钱呐。我们快到了,叫司机停在这儿吧。"

他们下了车,步行穿过四周围着矮房的广场,满目凄凉。

"就在那儿。哎,想到你马上看见我的房间,我深感惭愧。"

黑洞洞的房子里还有一点点光线,又阴沉又肮脏。奎

美人,我的心上人……

妮打开门厅尽头的一扇门。怎么可能呢?房间空空的,只有发黑的砖墙高处有一扇气窗进光,真是家徒四壁。一个18岁的美丽姑娘竟住这么个房间?家具,她买的几样可怜的家具,原来只是一张狭窄的铁床,一张小桌子,两把椅子和一个未油漆的衣柜。

"一旦有了积蓄,"她说,"准备买点油漆,自己上漆。我喜欢蓝线条的浅灰色墙纸。你觉得怎么样?慢慢这个地方会变得非常让人喜欢的。"她喜悦地扫视阴沉的四壁,仿佛墙上已经糊了墙纸、挂了版画。

马克发现床前连一小块地毯都没有。

"我给你看件东西。"她说着从口袋掏出一把钥匙。

她打开衣柜,取出一件发亮的东西,交到马克手里。这是一张伊迪丝·克罗斯兰德的照片,框在实心银框里。

"我们并不像人们想象的那么穷,是吗?不管怎么说,我抢救了这件东西。白天我把它锁在柜子里,夜里把它放在长枕下。"马克从她手中接过伊迪丝的肖像,把它举起来,以便看得更清楚,但奎妮以为马克想把它贴到嘴唇上。她接着说:

"对啦,你可以吻她!"

她在床沿坐下,用手帕蒙住脸,抽抽噎噎地哭起来。

马克·富尼埃不喜欢哭哭啼啼的场面,看到奎妮稍微冷静下来,推说出租汽车还等着,便告辞了。他对奎妮说希望在他动身前再见一次,想知道她翌日在几家大报上刊登广告之后是否有回音。

"拿着这个地址,上面除我姓名的缩写外还有别人的缩写,为了提防姑姑和那些认识我的人……不,明天我不可能见你,但星期六晚上可以,如果你愿意的话。"

为此他约她在多佛街车站会面。他住在离那里很近的梅菲区,每次临时来伦敦总在那里的一所"单身汉"公寓下榻。

当晚剩下的时间和第二天一整天,马克都焦急不安。本来千方百计寻找奎妮,是想以一次有趣的小奇遇来结束在伦敦的小住,并决心把它搞成一次有声有色的艳遇。不料人事沧桑,他见到的奎妮使他失望。奎妮的不幸和贫穷在他们之间构成一道不可逾越的障碍。然而……既然她不再有任何东西可失去,为什么现今的美丽姑娘不愿像从前的妙龄姑娘那样赐予他青睐呢?咳,原来是钱在他们之间作怪。那么,既然他们一致同意忘记在切尔西区的那段美好的日子,为什么她不让他慷慨解囊呢?钱,还是钱!得了,顾不得这么多,不管她乐意不乐意,他要帮助她"回升"。过一天就给她汇上一张40英镑的支票。现在对他来说,40英镑算得了什么呢?从前在切尔西,用这笔钱可以过上一个月,如今他在科克斯珀大街的银行有一大笔个人的存款,完全有能力将这笔钱馈赠给一个处于贫困之中的女友而不要求有任何回报。当下填好一张支票并签了字,但一转念:"她会给我退回来的。"这样吧,给她寄支票的同时顺便写上一笔,说他已去大陆,向她告别。她把支票退回他在法国的地址之前,有时间考虑,没准儿会接受一个不在场的人的礼物。不过,如果这么做,他就失去与她重逢的快活了。还是等星期六约会时设法当面让她接受这张支票吧。

也许,她只肯接受迫切需要的几件东西吧。他在牛津街和托滕汉短街闲逛,不时在橱窗前止步,挑选衣服、家具、帷幔,想象着把所有这些东西送往哈莱斯登,把奎妮穷酸的房间变成豪华的小客厅,把她本人也打扮得像要出入王宫似的。但是他意识到这些礼物会有多么的冒失,多么的失礼,多么的可笑,多么的不受姑娘欢迎,即使她不把礼物退回。不过,总可以给她送几件比较简朴的家具吧,不,也不行哪,至少在跟她谈妥以前不行。她太注意自己的名声了,太顾忌房东和邻居对她的议论了……不过给她送块地毯去绝不至于冒失,瞧这块又厚又软的地毯很像他在切尔西有过的那些地毯。一天晚上,她曾用可爱的光脚丫踩过。他买了下来,并留下哈莱斯登的收件人地址。嘿!还有件东西他没想到,他本该首先想到的——一台打字机,她没指望在几年内买得起,但这对她改善生活条件大有用处。在富尼埃公司至少有十台名牌优质打字机,买一台送给奎妮有什么好犹豫的?他买了一台,正准备让人送到哈莱斯登时改变了主意:最好不要在一天内让人送上两件礼物。他留下了自己在梅菲的地址。

就这样一整天,他的思想围着奎妮转,时不时朝哈莱斯登的方向走动。傍晚 7 时他回家换衣服,发现一封克罗斯兰德小姐的来信:一张干巴巴的收据,收到他前一天给的 10 英镑,立字为据,并确认星期六晚六点她将去多佛车站赴约。

"你瞧,"她说,"我快把钱花完了,只剩 3 英镑 5 先令。"

"花得好,用在刀口上,美丽的少夫人。"

"咳,别笑话我啦。少夫人是在普雷德街时人家给我取的绰号。她们高谈阔论,拿着腔儿,哼哼唧唧……当时我对她们说:喂,姑娘们,干什么这样糟蹋你们自己,践踏你们自己呢?难道你们认为穷得像咱们这般还不够吗?难道你们想让别人看不起吗?我的上帝,倘若她们知道我发生的事情!"

"不要再去想它了。"

"正相反,我应当念念不忘,这是唯一支撑我同这个世界斗的东西。行了,这下好了,我在霍旁的一家办事处找到一份差使。谢谢你帮我登广告。过一个月我就可以还债。但我对你不十分满意:地毯太漂亮了。不过,还得谢谢你。"

"我已对你说过,千万不要道谢。不要再提了。我家里还有一台打字机要送给你。"

"是吗?可能吗?我怎么敢当呢?"

美人,我的心上人……

"我希望你早日还清债务,如此而已。"

他很高兴奎妮与他并肩同行,她的步子均匀有力。马克感觉得到她每个动作的活力,充满妩媚的活力;感觉得到她能够奋斗,能够吃苦。女人总能实践儿时的诺言。他们经过皮卡迪利大街时,马克颇希望撞见一个朋友。她用那一点儿他给的钱创造了奇迹:她大变样了,那天在大理石拱门附近见到的还是个惶惑的、受委屈的姑娘,她眼睛里那种冷酷的、顽强的表情消失了。这时是另一个奎妮,是从前他认识的奎妮的延伸:一个修长的金发女郎,温顺,准备接受幸福、给予幸福。

"我们先去茶室,然后一起吃晚饭,然后去看戏,散场后去我家拿打字机,再送你回家。"

"不,我从不9点后回家,也没有在外边吃晚饭的习惯。但如果你高兴,咱们就去你说的那家茶室吧。"

他们走进茶室,在靠近壁炉的一角坐下,炉火熊熊,宛如一篮子红玫瑰。柔和的灯光下,坐在矮扶手椅里,好像置身于自己家中,豪华而宁静,亲密无间。

"你差不多把钱都花了,肯定还缺许多东西,这是为你准备的,算作告别礼物吧,谁知道咱们什么时候再见面。"

"一张40英镑的支票!这是为我开的,我签字就行了?"

"是的,当然。"

"今晚你不知道对我说多少次'是的,当然'。我乐意接受打字机作为告别礼物。至于这个吗,不行。"她说着,把支票慢慢撕成碎片,扔到熊熊的炉火里,然后以挑战的神情凝视马克,又说:"我希望你不会生气,富尼埃先生?"

自此她变得神经质,好像无意似的对马克说些令人不愉快的事情。比如她对马克说哈莱斯登的房东在他来她家的那个晚上正好不在,说什么:"幸亏她没有看见你。"接着她觉得茶不好喝,多次询问几点钟了。她还带着讥讽的口吻说:"我还以为你在那边结婚了呢。"没等马克回答,她便闹着要离开。走出茶室,她说没有必要去马克家取打字机,让他第二天叫人送去,或她自己下个星期一到门房去取。

"你总不能这么早回哈莱斯登吧,克罗斯兰德小姐,才7点半钟呐。咱们散散步吧。我想到一个可以去的地方,一定得去看看,哪怕一个人也得在出发前去看看。"

"喔,去切尔西,是吗?"

"是的,去切尔西,那里留下了我青年时代的足迹,留下了你少年时代的足迹。咱们共同缅怀失去的非常亲爱的人。"

她同意了,但要求步行一段路程。他们一直走到海德公园拐角才乘汽车。当他们在王府街和奥克利街交叉路口处下车时,天色已晚。

这是10月上旬的一个夜晚,气温宜人。他们沿奥克利街朝河的方向行走,然后向右拐到晒延步道。

"这是卡莱尔[1]雕像。"奎妮说。

"也许他是我们当年的邻居中唯一留下来的,在这个街区,我也许只认识他这张脸了,瞧他多像老牧羊狗!哎,瞧我的旧居,我的底层窗户。我就在那个窗口第一次瞥见你,那天你跟一些年轻人化了装来慰问医院的康复期病人。你记得吗?你记得那个夏天的傍晚我送你和你的小朋友鲁比回里希蒙德吗?我们三个人多么快活啊!不知道为什么,你说'搞错了'时,把'我犯了一个错误'这句中的名词'错误'故意用成动词'错误'的过去式,我第一次听到这类女学生的玩笑。我经常想起那次送你回里希蒙德的情景,汽车到站时你睡着了。"

"多么好的记性哪!"

"你难道全忘了吗?"

"也许没有吧。"

"记得晒延路尽头那个荒芜的别墅花园吗?那里成群的鸟儿欢蹦乱跳,你记得吧,一会儿我们将经过那儿……你见过安德罗米达[2]的肖像?喏,想得起不满15岁的小安德罗米达吗?她那时还没有被绑在岩石上,而且背着一扇门,手抓门把,在她脚下一个丑八怪……"

---

[1] 指托马斯·卡莱尔(Thomas Carlyle, 1795—1881),英国作家,历史学家,哲学家。
[2] 安德罗米达(Andromeda),希腊神话中的埃塞俄比亚公主,其母因夸她美貌而得罪海神,致使全国遭殃。

"请别说了……是的,"她低下头喃喃说道,"我记得的。"

"奎妮,今晚你为什么这般不听话?说话不假思索,是吧?或更确切地说,你不相信我……呃,你是不是觉得刚才咱们离梅菲区太近了?是吗?"

"也许是吧。"

"好,明白了。其实,你尽管对我放心好了,甚至可以去我'单身汉'公寓待一会儿。里面布置得非常别致。比如浴室安在壁橱里。还有各种各样舒适的设备。外人根本看不见谁进入电梯。夜里随便什么时候总能在楼梯和走廊里撞见香气袭人的影子,他们走起路来蹑手蹑脚的,活像幽灵。今晚咱们见面以来你第一次笑了。"

"可能是最后一次,快到回家的时间了。"

"奎妮,别再闹别扭了。想一想,我明天早晨就走了。当然会让你回家的,但在分手前,有些事我必须跟你讲清楚。你做的一些事对你来说无关紧要,或许出于小姑娘的冲动,但对有些人却至关重要。刚才我提醒你的那桩事情就属这一类。你对我说你记得起来,而我则每时每刻都在想念,从那一夜到现在四年过去了,我记忆犹新,就像昨天发生的事情。你也许一次都没有回想过。但在男人心里,这种事情是铭刻在心的,每当夜晚他孤身一人时,总是浮想联翩。丑八怪经常想念小安德罗米达,奎妮。他重温旧梦,那迷人的挪威,阳光下白雪皑皑的美丽的国家。

听了你的遭遇，我心里好难过，你为另一个男人浪费了你曾让我瞥见过的珍宝，它好像总有一天要属于我的。四年当中你以为我没有思念你吗？如果没有超过友谊的感情，为什么我会想方设法找你？如今终于找到你，我心满意足了。请不要把我对你的这种敬重看作冷漠，它是我对你表示的无限深情，是自我克制的证明。我打算过四个月再来伦敦，将在这里建立一个分支办事处，与我大陆的各公司联络。我将需要一名私人秘书，想请你担任。你只跟我打交道，不用害怕与外人杂处和谗言。"

"奎妮！奎妮！"

奎妮突然跑着离开，围观者立即出现，马克不敢追赶。但见她跑到博福特街角，正好从巴特西开来一辆公共汽车，她大概先看到了车灯。当马克到达街角，奎妮已不见了，想必已上了公共汽车。

没人注意到他们不欢而散，再说注意到又怎么样？他快步走上王家大道，还抱着找到奎妮的一线希望。不，真荒唐，她怎么跟他捉迷藏呢？他依旧往前走，来到切尔西大道，经过他的旧居，一直走到切尔西路，在拐角处瞥见一位妇女站在荒废的别墅花园栅栏旁，身材很像奎妮，兴许就是她，但走近一看才确定看错人了。他在这充满青春回忆的街区徘徊了许久，茫然若有所失。突然一阵大风吹来，摇撼着他头顶上空的树枝，他打了个寒噤。

马克返回王家大道，但见灯光闪耀，熙熙攘攘，一片周末繁稠的景象。他忽然想去哈莱斯登:"乘出租汽车,没准比她先到。"可是没有一辆空车,又一转念,这么做也许更惹姑娘生气,不由得脸上火辣辣的。难道她在故意愚弄他?不,奎妮的全部言行和刚才的插曲使他确信她是自由的,只是因为害怕,在那次不幸的遭遇之后,见到男人就想躲开,成了惊弓之鸟。

马克乘上一辆开往皮卡迪利的公共汽车。时间已晚。他胡乱吃了顿晚饭便回到寓所,立即动手给奎妮写道歉信,并再次请她担当秘书的职务。

刚才谈话的时候,他不由自主地想起往事,被身旁的奎妮姑娘吸引,也被自己的话迷惑。总之,他忘记了自己的决定,试图当晚就把奎妮拉到梅菲。所以他有意把感情夸张了,以为大凡女子总把男子的多情话至少打个对折。等到奎妮打断他情意绵绵的话,这才明白情深意重的表白是装出来的。他的信也充满这种味道。重读一遍后,深感惭愧,于是从头再写。"但如果她也在演戏呢?如果一开始就有预谋呢?如果不图财谋利的表现也是假装的呢?"咳,谁能说得清楚呢?

他把写了一半的信撕碎,换上一张新信纸,竭力自圆其说,不写可能刺激奎妮的话,以免引起她的疑虑和猜疑或成为她手中的某种武器。难说呀!

他感到言犹未尽,恨不得再写一遍,可身后桌上的闹钟响了,提醒他该做乘火车的准备。为了使奎妮早点收到信,他下楼亲自把信送进街上最近的邮筒。

四天之后在巴黎,马克从早晨的邮件中发现奎妮的回信,一封用打字机写的信,笔调完全是商业性的,但不管行文如何平淡、冷漠,他仍激动不已,因为她接受了!

"哼,他赖着不肯走!"奎妮从事务所下班出来,心中直冒火,"他还会盯梢的。是的,我一旦在小饭店的桌旁坐下,5分钟之后,他就进来了,靠我旁边的一张桌子坐下,用疯人似的眼睛凝视我。开始他微笑着跟我打招呼,现在他注视的样子好像认识我。而我的打扮极其平常,要是换个男人,才想不着紧跟我呐,再说没人敢这么看我。一天他居然跟着我坐同一张餐桌,甚至想跟我聊天。但我不理不睬,装聋作哑。那一回我朝他瞪了一眼,让他从我的眼里清清楚楚地看出我把他视作没有教养的人,他涨红着脸立即走开了。他叫我不得安宁。我吃饭换饭店,回家绕弯道,经常改变走路的方向。但毫无办法,总看见他在几步远的地方出现,戴着不伦不类的帽子,神色好慌张。末了,他竟在大街上走近同我攀谈。"

"可以跟你谈谈吗?"

糟糕,神色慌张的男人站在她跟前,手里拿着不伦不类的帽子。

"不行!"她生硬地回答,把他从头到脚打量一番,用伞顶尖把他拨开,扬长而去。

他溜走了。等奎妮大着胆子环视四周,他已无影无踪。但她一走进饭店,便觉得有人坐在餐厅的尽头死死盯着她。正是此人。

如此这般持续了两个月,或至少在两个月前她发现此人盯着她。到底是什么时候开始盯梢的?也许她刚到这间事务所工作没几天就开始了,将近三个月前的事。她早已学会不看陌路人。因此,他可能盯她好久了。

倘若有个女同事做伴,就不会这般怕他了。但她不愿意请事务所的男同事帮这样的忙,男同事全是小伙子呀。因此她不得不毫无保护地,单枪匹马地面对危险。

他的眼睛,尤其他的目光令人毛骨悚然。她老梦见他的凶相。哪个孩子让他瞪上一眼都会吓得大哭的。多么古怪的呆视,多么放肆的眼神,多么焦虑的情思!晚上,当她在房间里坐在打字机前工作,冷不防会一阵心悸,感到某种不祥预兆的侵袭。仿佛房门即将打开,他昂首挺胸闯进来,瞪着眼睛,有的家具都快倒了。她很惊慌,跑到转换开关旁关了灯,哆嗦着脱掉衣服,摸黑睡下。

在大街上碰见之后的第二天,她没有见到他,第三天也没有见到。一个星期、两个星期平安地过去了。她开始感到如释重负、摆脱纠缠了,于是又敢逛街了,在商店的橱窗前停一停,绕着布卢姆茨伯里广场的栅栏兜圈儿,观赏凄凉废园里的鸟儿戏耍,附近的居民掌握着花园的门钥匙却不常进去。她更喜欢西西里拱廊,当时还新颖别致,

美人,我的心上人……

就像伦敦城里有一条塞维利亚街或巴勒莫街,叫人感到新奇,人们经过这些街,会不由得想起地中海,她不知不觉地也沉浸和融合在布卢姆茨伯里勤勉而俗气的氛围中。这一代许多人目睹兴建金斯街和拉斐尔林荫路[1],把它们做个对比将是研究城市居民心理的很有趣的主题。

奎妮终于可以随心地观赏西西里拱廊的店铺,她高兴极了,不再害怕那个蛮人、那个怪人、那个疯子突然出现在她身旁。说真的,几天不见,已经不那么厌恶他了,其实那次他走近说话时,她已经不那么紧张了,因为听到了他的声音,毕竟是人的声音嘛,又不是可怕的、不开口的魔鬼。

"如果你在报纸上读到……"

奎妮吓了一跳。他突然出现在她的左边,但目不转睛地瞧着正前方,就像专心致志观看铺面前展出的版画,只有嘴唇轻轻蠕动。她大惊失色,无力逃跑。

"……在报纸上读到下列通告:公证事务所的先生们急切盼望与奎妮·克罗斯兰德小姐取得联系,商谈她堂兄的遗嘱,其堂兄于10月24日死于费城。我猜你要么给这些先生写信,要么让他们派个男职员去找你谈,你会乐意倾听的。这不……"

奎妮一下子魂不附体,心想:"他知道我的名字!"

---

[1] 分别为伦敦和巴黎的著名大道。

她壮着胆朝他睨了一眼,看到他的侧影,惊异他的相貌这般年轻,几乎一脸稚气:圆圆的下巴,厚厚的嘴唇。但太阳穴附近依稀可见几根灰发。此人的剪影同她记忆中的目光形成滑稽的对照,她不禁想起"大男孩"的称谓。

"……这不,听男职员的报告比让一个使你讨厌使你害怕的男人每日每时跟踪要简便些愉快些,不是吗?"

他站着纹丝不动,身子钉着不转向;她发现他夹着熄灭的烟头的手在颤抖。

"如果你有这类消息要告诉我,为什么不直接说出来?我不知道我的堂兄死了。好吧,我洗耳恭听。"

"事情有点复杂,克罗斯兰德小姐。请允许我到你家去面谈好吗?"

"这么说你知道我的地址?"

"当然。"

"我不明白……不,不要去我家。"

"很好。那么请明天下午3点到离这里很近的地方,就在你下班出来的路上,在那个博物馆柱廊下见面。那里人很多,你用不着害怕。再见,克罗斯兰德小姐。"

她不会去赴约的,甚至不明白为什么听他说话,本该一见面就离开他。报上所谓的遗产告文纯属谎言,拙劣的谎言,纯属拉拢她的借口。可是,他不仅知道她的姓和名——他可以询问哈莱斯登的房东或邻居——而且知道她

美人,我的心上人……

的堂兄住在费城,堂兄确实病了好久。这个陌生人怎么知道得这般清楚?准是做了周密细致的调查,但这不能成为跟她拉关系的理由。倘若她的堂兄确实死了,她会知道的。但谁通知她呢?姑姑,跟她闹翻的姑姑呗,可姑姑不晓得她的住址呀!"我本该要求他立即解释清楚。"算了,现在太晚了。反正她不会赴约的。

第二天,她下班后直接回家,在房间里喝完茶,换上衣服,再次出去散步。已是4点钟。他大概等得不耐烦了。她先乘上去市中心的地铁,然后换乘公共汽车去南安普敦路。到站后差不多5点钟,她心想可以从博物馆前通过,专程去看看他还在不在。她刚进入大罗素街就看见他站在博物馆的台阶上。

她撤退、逃离,回到家才安下心来。想到他白白等这么久,禁不住笑了。嘿,活该他跟古董和奇品为伍,也变成博物馆的展品了。从街上看得见他靠近拱廊下的两尊面目庞大、古怪的石雕,好狼狈哟!吃过这回苦头,他不敢再露面了吧。但过了一会儿,她又不安起来,突然想起:"真是的,他知道我的住址呀!"

她仿佛觉得所有的退路都被切断了,他终究会闯入她的闺房,就像她经常想象的那样。跟这个男人进行简短交谈的最初印象还记忆犹新,那次谈话如同一场梦,一闪而过,他可怕的目光却久久追逐着她。"他胆敢来这儿,我就叫人抓他。"她心里盘算着。然后去转动钥匙,把房门锁上。

她刚刚坐下,就有人敲门,不禁一阵毛骨悚然。第二次敲门时,她鼓起勇气问道:

"什么事呀?"

"你的电报,克罗斯兰德小姐。"是房东太太的声音。她发现房东太太最近对她比较关照,甚至以礼相待了。

第一个明确的猜想是马克给她发电报,通知他回伦敦的日期。马克走后只给她写过两次信,第二封信也有5个星期了,两周前她给他汇去10先令,再一次分批还债。他大概太忙,没空写信,所以给她发电报。只能是马克的电报,因为只有他知道她的地址。除非另外……

她全猜错了。电报是姑姑打来的,朗赫斯特太太邀请她次日下午见面,并说有重要消息要告诉她。

开始她感到失望:为什么马克杳无音信?此时此刻,她多么需要安慰,多么想知道有人在体贴她。她不由得放松自己,低声唱起歌来。这种轻松的感觉叫她吃惊,仿佛最近数月她遇到的恶劣气氛突然之间变得温和了。她即将同家人团聚!姑姑曾对她说:"今后你不能留在我家了。"于是她上楼回到房间,等朗赫斯特太太外出时,毅然离开了家。

她下午3点左右到达姑姑家,好像以前什么事也没发生过。朗赫斯特太太拥抱她,问寒问暖,根本不提曾发生的事情,净说些无关紧要的话,甚至对她说:

"你比以前更漂亮了,亲爱的孩子!"

接着很快补充道:

"你应该和我们一起用茶,你姑父出去了,但咱们有个客人,一位朋友。对啦,我忘了告诉你一个消息。你的堂哥,根据他的遗嘱,你继承一千英镑。伊迪丝为他效劳那么长时间,他本该多给一些钱。嗯,不过……姑父是你的监护人,自然由他保管这笔钱,直到你成年。他会向你说清楚的。你知道,奎妮,你如果愿意回到这儿来住,完全可以的。"

"你知道……我的……孩子——他死了!"

奎妮用眼皮示意"是的"。

"你怎么知道的呢?我的住址,谁给你的?"

朗赫斯特太太瞧了瞧她,微微一笑,答道:

"有人对你非常感兴趣。我早就千方百计找你,但没有成功。他却找到了你。现在好了,奎妮。女佣出去了,你帮我准备茶点吧。"

她还没出厨房,姑姑就喊道:客人已到。

"哈丁先生,我的侄女奎妮。"

"你好吗?"哈丁先生问候。

原来是他,奎妮瞠目结舌。

好在她的惊讶很快消除了。哈丁先生显得非常快活,非常开朗,一副乐天男子的气派。他侃侃而谈,妙语连珠,笑声不断,还动手帮助夫人们摆茶桌,然后走向钢琴,打开琴盖,边弹边唱英文和法文歌曲,声调诙谐逗人,跌宕有致。最后奎妮同他面对面坐下喝茶,惊异地发现曾使她那么害怕的怪眼神消失了,准是她的想象捉弄了她。哈丁先生的眼睛确实炯炯发光,但富有同情心,眼神称得上"慈祥"。他转向奎妮的姑姑说道:

"你瞧,亲爱的朗赫斯特太太,确实,只要孜孜以求、坚韧不拔,便能发现一切。中国人有训:'礼仪行天下。'对啦,你对侄女说起她不在时所继承的遗产吗?她如今有嫁资了。所以我很想马上提出求婚……朗赫斯特太太,请允许我向你可爱的侄女做自我介绍:雷金纳德·哈丁,年金收益者,32岁,请问你是否愿意成为他的妻子。太太,你认为她会怎么回答?"

"奎妮,你听见了吧,他说话当真的,方法有点特别,但他刚才说的已经向我重复一百次了。"

"朗赫斯特太太,你认为她会怎么想呢?也许想问几个细节。好吧,我已经把我医生和存钱的银行的地址给你了,朗赫斯特太太,对吗?还需要知道什么呢?在伦敦有公寓,在乡间有别墅,有汽车。不知道还需要讲什么,对啦,再讲一个小细节:如果我的求婚被接受了,我的妻子将马上得到1000英镑添置衣服,2000英镑添置首饰,每月80英镑家用,20英镑零花,另外她个人的私用每年可达500英镑。"

"喂,奎妮,亲爱的,你觉得怎么样?咳,哈丁先生,她以为你在开玩笑哩,她不敢……奎妮,是哈丁先生把你的一切遭遇告诉了我,是他找到了你,是他使你回到这里。"

自谈话一开始,奎妮就感到局促不安。哈丁先生的话使她很不自在,她实在不明白这些话的意思,唯一明白的是这位先生和她姑姑勾结起来整她。姑姑的殷勤使她不安,哈丁先生的诙谐使她恼火。她立刻警觉起来,以防不测,想出了搪塞的话:

"我想我已经订婚了。"

"我不信!"朗赫斯特太太叫嚷起来,"你大概说不出你的未婚夫叫什么名字吧。"

"这件事我倒没听说啊。"哈丁先生结结巴巴地说。

"我的未婚夫叫马克·富尼埃,一个外国人,目前不在,下个月就回来。姑姑,我们去美国以前母亲就是替这位先生当的管家。现在我该走了。我很懊悔来这里,以后再也不会来了。"

说完连招呼也没打就走了。

她决意与姑姑第二次决裂,同时与哈丁先生决裂,一箭双雕:哈丁先生和姑姑订立攻守同盟与她为敌。假如他再敢在大街上走近跟她说话,她就喊警察。

然而她非常明白,跟家庭决裂是办不到的。就在她探望姑姑的第二天,朗赫斯特先生,她的姑父和监护人,亲自到她家看望。他讲了许许多多有关遗产的事情,她心不在焉地听着。

姑父也没有提起以前的事情。他是个沉着的人,在家里不爱管事儿,谈吐含讥带讽。侄女惊异地发现他比平时慈祥,甚至对她以礼相待。

10个月前发生那桩事以后,她以为姑父姑姑如果在大街上撞见她也不肯认她了。因此联想到这一切变化大概是哈丁先生干预的结果。正巧姑父讲完遗产事务,把话题转到哈丁先生身上。

"请允许我对你说你干得挺出色,你母亲当年就干得不错,成功地把克罗斯兰德抓在手里。但你更了不起,还不到19岁,居然让一个拥有近十万英镑的男人上了钩,鱼已经拉出水面,在你脚下的草地上乱蹦乱跳,抽动不止!而你却一味躲避他,坚决不愿见他,用伞顶尖拨开他,好像对待一个醉醺醺的乞丐。真精彩!昨天,达到了高潮:你已经订婚!这下可完蛋了。他大失所望,一直把我送到这条街的角上。尽管已向我告别,但过一会儿也许还见得着他。你姑妈和我经常琢磨他的意图是否差强人意,因为他的行为方式十分古怪。但这是他受的教育和财富所导致的:一个独生子,一个不习惯听否定意见的男子。再说,情势……有点摸不准。不过从昨天开始我们已毫无疑问了,他肯定是真心求婚的。如今他确信有个情敌!嗨,我敢说我很理解他……他费了多大的劲儿才打听到你并且一步步

美人,我的心上人……

地接近你呀！话说回来，反正他成天没有别的什么可干。"

她没有做任何回答，况且没怎么注意听。只要提起哈丁先生，她就想念马克·富尼埃，以求庇护。马克很快就会来伦敦。奎妮将成为他的秘书，很可能比现在干的工作轻松得多，空闲得多。有个人照顾她，保护她，而且是个她认识已久的男人。至于将来跟他可能发生的关系嘛……首先，她是他的秘书，不是吗？其次她希望马克像最近这次接触的两天那样对待她，但要保持警惕。她最关心的是证实马克的保护，把马克看作主人，在内心深处发誓效忠他。可马克为什么不写信来呢？

其实，她向自己提出这个问题的时候，马克已经给她写信了，因为第二天就收到了他的来信。这封从意大利发来的信说，他商务繁忙，不得不在大陆滞留数月，但非常想念她，争取夏季抽空来伦敦转一转，专程来探望她。总而言之，马克是爱她的……

然而，这个晚到的消息使她不安起来。她重新拿起信，第一次学她母亲当年怀有做知识分子的大志时所做的尝试：评论文本。"数月"，意味着三四个月，这么说来，马克最晚6月会来伦敦。但同时，他又宣布只来待几天，"在夏季"。这么说，他在伦敦设立事务所将推迟到夏天以后。因此，"数月"等于说"不是秋季以前"。这么长的时间，为什么他不确切说明日期呢？

姑父来访后，姑姑也来哈莱斯登看她。星期天早晨，朗赫斯特太太进屋时，奎妮坐在镜子前梳头，左手抓着一大束头发，右手有力地梳理，淡金色的头发细如蚕丝，柔软地沿袒露的左臂披散，一直落到胸前。

朗赫斯特太太挪动仅剩的椅子，坐到奎妮身旁，面对面地看着她说：

"我丈夫向我强调，他对你住在一间非常穷酸的房子里感到十分难过，今日眼见为实，没想到这般贫穷。可怜的孩子，你怎么落到这种田地？……好吧，我们想，尽管你的遗产票据还未寄到，但我们仍可以填付给你一半的年金，即20英镑。喏，收下吧。不，小傻瓜，别感谢我，这是你的钱。你的头发多美呀，我的孩子，又长又多又软，完全像你母亲那仙女般的头发，你长得真像她。一年来你长高了，结实多了！让我再好好瞧一瞧。"

朗赫斯特太太像解开糖果盒似的用手指同时松开奎妮衬衣两肩的蓝色系带，冷不防地拉下她的贴身内衣。

"软如绸缎的酥胸哪，亲爱的！你已经成熟，像你妈结婚时那般成熟了。想当初我们每年夏天都一起去贝克斯山的海边游泳。"

"行了，别往下拉了，怪疼的。"

"不要紧的，我得两边一块儿往下拉……对啦，好，没勒出印痕？"

她摇摇头。

美人，我的心上人……

"你的运气真好,时来运转!对啦,我得向你道歉,上星期天我说话太急,听你说已经订婚,我惊讶得没来得及看破这是个花招。"

"不是花招,我说的是实话!"

"真的?那好,几时结婚?"

"秋天,就是说……"

"就是说永远结不了婚,对吗?"

"为什么永远结不了婚?"她向姑姑简单说明了马克·富尼埃的职业和地位,接着归纳道:

"我们认识已有4年,没有中断过通信。我住在你们家那阵,经常去邮局取信。4个月前我们重逢,他本该最近来伦敦,但……"

"但推迟了,或以后再说。你们之间发生过什么事了吗?"

她摇摇头表示没有,并决定说出真情:

"没有,他只是主动让我当他的秘书。那么,我想也许……喏,瞧瞧,这台打字机和这块地毯就是他送的。"

"多么慷慨哪!"

"哦,他还想送我许多其他的东西,但我拒绝了,而且已经偿还了一部分他为我花费的钱。"

"你这完全是让别人娶你所采取的手法,但另一方要乐意舍命陪君子才行。"

"怎么能这么说呢?我可从来没有这么想过!"

"看来他也不这么想,可我却早已想到:你是自由的。你现在只有这种选择:要么费劲地拾取别人施舍扔给你的一点小钱儿,要么张开你这双小手,让一沓沓的钞票摞起来,一直到你双臂抱不住为止!这不,选择哪一种是明摆着的。瞧你,身上已戴上新娘传统的吉祥物,'蓝色的东西',瞧这些系带。亲爱的,我猜你允许我向哈丁先生汇报一下咱们刚才的谈话,关于你跟所谓的法国'未婚夫'的关系……哦,用婉转的方式,就是说,只给他讲对你非常有利的部分,也就是说几乎都可以讲,但让他对其情敌的意图存有几分疑虑,恰到好处地让他惴惴不安,刺激一下他的忌妒心。"

"为什么不统统照实讲呀?如果是他差你来查问,更应说个明明白白,不是吗?这碍不着我,反正我不喜欢他。"

"你简直发疯了!我不知道另一个男人是哪一路的,那个雷金纳德·哈丁一点不难看,蛮讨人喜欢的!"

"对他说我讨厌他!几个月来老放肆地盯着人看,恨死他了。那天,看他炫耀金钱的样子!根本不像个伦敦人,简直是个乡巴佬,既虚荣又愚蠢。"

"咳,亲爱的,你搞错了!他可是个风雅之士,在国外不知道待过多少年;而且还是个艺术家,他对我说,他闲时作画消遣。他不是伦敦人?是的,不在伦敦出生,但在萨默塞特的世族公馆降世,那可不是咱伦敦东部随便一间什么店铺的后屋呀。说到伦敦,他比你更熟悉。你瞧嘛,人家32岁,每年的年金近3000英镑,不比你更有伦敦气派!"

"是的,我知道,这正是他大肆吹嘘的资本,不可一世的资本,唯一的资本。但这位萨默塞特出生的先生,我不了解他,他也不了解我呀。"

"你刚才说几个月来一直恨他,现在又说不了解他。但不管怎么说,他却了解你。他对我说:'嗨,朗赫斯特太太,我久久端详了奎妮,现在十分有把握地说,我连她灵魂的深处都了解透了。'"

"哼!我知道他死盯着我瞧。他谈起我时竟敢直呼'奎妮'?再跟你说一遍,我不乐意!姑姑,我不懂你在这件事中所扮演的角色。喏,把这笔钱拿回去,谁知道这钱是不是来自这位叫什么来着的先生的口袋呢?我不稀罕,收起来吧。"

"别糊涂啦。你想知道我扮演什么角色?一个亲戚的角色,我这个亲戚希望看到你幸福,希望看到你有美满的婚姻,希望看到你抓住这个千载难逢的机会,一个独一无二的机遇,一千个姑娘中也找不出一个有这样的运气。想一想吧,他什么都知道了,并原谅所发生的一切。"

奎妮忽地站起来,浑身发抖,喊道:

"他敢说什么原谅!"

她愤怒得气喘吁吁,一时说不出话来。

朗赫斯特太太跟着站起来,有点慌了。奎妮两眼闪烁着凶狠的光芒,她的整个神态表现出好斗的撒克逊女青年的倔强、生硬和激烈。但同时,这对水灵灵的眸子闪出无邪和柔和的光亮,冲淡了逼人的目光,使人感到温柔、充足、平静。

"不,不,"朗赫斯特太太连连否认,"是我说的,不是他的原话,他没说原谅。他说:'自从我第一次遇到克罗斯兰德小姐,我和她便一见如故。我向自己发誓永远不提及她过去的那件事情。'亲爱的,你瞧他多体贴人哪。对一个女人来说,感到有人这般热恋自己,难道不愉快吗?当然愉快啰。请你冷静下来。下午我等你去喝茶。冷静一下,亲爱的。好啦,我的美人儿。说完了,再见,奎妮……"

姑姑走后,奎妮垂着眼睛,满腹狐疑地待了一会儿。然后脸上渐渐泛红,继而露出微笑,最后快乐地笑出声来。此刻她的模样很像根据忒奥克里托斯[1]的第一首牧歌所画的花瓶画上的女子,有人做了如下的描绘:

> 花环之中有一女子,是神灵的杰作,披着薄纱,系着腰带;在她两旁,几个头发梳得十分整齐的男子正在唇枪舌剑。但她对他们激烈的争辩根本无动于衷,时而笑着看看这边的男子,时而转过脸瞧瞧那边的男子。

---

[1] 忒奥克里托斯(Theokritos,约前325—前267),古希腊诗人,牧歌的创始者。

奎妮故意姗姗来迟，到姑姑家前暗自猜测，哈丁先生一定等得不耐烦了，心里为能折磨他而高兴。不过，她几乎指望他再次求婚，而且是讲究规矩、郑重其事的。但客厅里只见到姑父和姑妈，她不免感到惊讶和失望。

姑父和姑妈再三劝她搬出哈莱斯登那间房子，来跟他们一起住。她不用花费一文钱，而且会住得舒服许多。朗赫斯特太太领她上楼，让她重访旧居，少女时的卧室。她惊异地发现在旧有的几件东西中增加了几样新家具：一把漂亮的扶手椅和一张桌子，拉开桌子的横档就是一张小工作台。桌上的铅丝夹里甚至放好了信纸。窗帘和所有的帷幔全是新的。奎妮不声不响地走近窗口，向外俯视，宁静的景色是多么的熟悉呀：一小段街道，对面房屋的石柱门廊，黄色或白色灰墁刷的门面，正方形的窗户，屋里几乎始终垂着的帘子。左边看得到街心广场的树木，一座教堂的钟楼和尖顶耸立其间。没有任何变化。她想，她也没有变，自己的童心未变，依旧是无拘无束的、酷爱幻想的、唐突粗率的、不爱交往的。

"姑父为你准备的，奎妮，意想不到吧。"

"啊，是他！"她喊道。

"会是别的什么人吗？"朗赫斯特太太微笑着说，"怎么，回来跟我们一块住吗？"

奎妮上前拥抱姑姑，作为肯定的回答。之后，她们俩下楼回到客厅。

一个小时之后朗赫斯特太太才若无其事地说,哈丁先生来不了了,他表示歉意。

星期一晚上奎妮就搬出哈莱斯登,回到朗赫斯特家居住。

整整一个星期过去了,没人提起哈丁先生的名字。奎妮每每想张口询问,自尊心却使她欲言又止。哈丁先生不再来了吗?此公第二次交谈就向她求婚,好像一见钟情,又似只有一日之雅,刚接触就跟她疏远,岂不叫人无法理解、捉摸不透吗?她多么想知道姑姑那次去哈莱斯登看望她之后跟哈丁先生说了些什么!后来她见到哈丁先生了吗?

眼看快到周末,奎妮真的急了,至少她的好奇心快憋不住了。只有一件事令她快慰,那是姑父的一句暗示,或是她理解为暗示的一句话。星期六早晨,她匆匆吃完早点,从餐室出来,急匆匆走向衣帽架,抓起帽子往头上按,拿起雨衣往身上套,无意间撞了朗赫斯特先生,他说干啥急成这副样子。奎妮回答赶着去霍旁事务所上班,害怕迟到。

"嘿,你去事务所上班,亲爱的,亏你想得出来!"

终于在星期天喝茶的时候,门铃响了,来者正是哈丁先生。奎妮立即严阵以待。她说不清到底因哈丁先生上星期天没来而耿耿于怀,还是因他重新来访而生气,反正有

美人,我的心上人……

他在就很不自在,所以抓住一切机会向他表示反感。甚至后来一连几个星期都这样,她已习惯不怎么说话,但一插话就直接或间接地刺伤哈丁先生,弄得姑姑不得不常常提醒或警告她。但哈丁先生好像毫无察觉,况且他几乎从来不对着奎妮说话。

现在他每天晚饭后必来朗赫斯特家的客厅待一小时。朗赫斯特先生几乎从不奉陪,实际上,雷金纳德只跟两位女士做伴。他讲些有趣的故事,描述他主要在法国和阿尔及利亚看到的情景、风光和民俗。然后坐到钢琴旁,有时一口气弹上半个小时。弹完钢琴,他突然起身告辞,吻一吻朗赫斯特太太的手,非常有礼貌地向奎妮欠身致意。这些来访从不超过一个小时。

奎妮想让自己相信哈丁先生来访的时间太长了,一天晚上禁不住问姑姑:

"他来这里干什么呀!"

"怎么,你看不出来吗,亲爱的?"

一时间奎妮产生了一个愚蠢的念头:她对哈丁先生这般粗暴,这般挫损,他还继续来访,一定是冲着朗赫斯特太太来的。她已经注意到有一两次哈丁先生含情脉脉地注视她姑姑,或至少带着欣赏的神情。"总之,用不着她犯愁。下一次再这样,就让他们俩待着,我退到房间里去好了。"

然而她没有退场。"我妨碍他们,活该!"哈丁先生的故事和他演奏的乐曲使她很开心。她也乐于观察他,渐渐明白她曾在哈丁先生身上感到奇特的东西原来是他生活在国外时养成的。比如轻轻地耸一耸肩膀的样子,摇头晃脑的动作,脸部扭动的表情,手指摆动的姿态,甚至外乡口音——故意的——这使她想起马克·富尼埃的口音,所有这一切绝非萨默塞特人所特有。她悟出这点是在一天晚上,看到哈丁先生模拟一个法国南方人和一个英国人吵架与和好的情景。实际上马克·富尼埃在伦敦学了一点法国人所说的"英国派头",而雷金纳德·哈丁则在巴黎就读,吸收了法国人的潇洒,回到祖国就要卖弄一番。绝对没有情感的男子是罕见的,而且这样的人乏味无聊。

另外还有一个理由使她留在客厅里陪伴哈丁先生,即她自以为觉察到哈丁先生竭力不注视她,回避她的目光,而她则想方设法找碴儿。她白费心思,所得到的只是间或一个斯斯文文的、漫不经心的目光。她有时不禁疑心曾经那么坚决要娶她甚至已经求过婚的是不是这个男子,疑心他是不是为了她而来的。想到这里,心中升起一股莫名的怒火。有一次她发现哈丁先生经常朝挂在墙上的镜子看,起先以为他在欣赏他自己的容貌。但后来她明白了。从他们坐的角度,雷金纳德在偷看她的容貌……她惊异自己内心称呼"雷金纳德"而不称"哈丁先生"。这种不正面看而偷着看的方式使她大为不快,可谓火上浇油。又有一次,她不知不觉地专心端详哈丁先生,因为她确信哈丁先生躲避她的目光，不料被他瞪了一眼，好像在说："你什么时候才可以不瞄我呀？"她气恼得涨红了脸，但看到他在微笑并继续跟朗赫斯特太太高谈阔论，她又眉开眼笑了。

后来某个星期天，在喝茶的时候，奎妮心不在焉或精神紧张，不小心用餐刀刀尖把右拇指划破了一点。坐在她身旁的雷金纳德见此情景，不禁打了个寒战，立刻用左手的五指捏住自己的右拇指，好像是他划破了手指。他的动作那么自然，那么无意识，朗赫斯特太太禁不住笑出声来，但他却没有注意别人的笑声，专心致志地照料奎妮，而且奎妮也没有理睬姑姑的笑声。黄昏时分，奎妮又想起这件事，久久陷入沉思。

转眼一个多月过去了，一天晚上朗赫斯特太太好像凑巧有事离开客厅，说一会儿就回来。这样，雷金纳德和奎妮单独在一起了。

雷金纳德转向奎妮，微笑着瞧了她片刻，问道：

"喂，克罗斯兰德小姐，你的婚约进行得怎么样了？"

"你呢，你的教养有进步吗？"

"咳，我知道，我是个流落伦敦的萨默塞特乡巴佬。不过，尽管缺乏教养，我仍争当候选人。所以我想知道对手的计划。我成功地从好心的朗赫斯特太太嘴里套出许多她原本不愿意让我知道的事情，但关于富尼埃先生对你到底存什么意图，我始终未得到具体的解释。因此，请告诉我，克罗斯兰德小姐，你是否得到这位先生某种求婚的诺言？我的意思是说，某种书面的明确表示，或某种相当于诺言的字据。"

"这跟你毫不相干！"

"请你原谅，这跟我相干。因为，假如他不曾作过此类许诺，那我便是竞技场上唯一的主宰。现在请问你到底接受不接受我的求婚。我请你指定婚礼的日期。"

"你既粗鲁又可笑！你对我采取这种态度，说出这种话语，怎么不感到羞耻呢？"

"嘿！在找不到更好的回击的情况下，你的第一句反驳还算有力而且巧妙。但我怎么会感到羞耻，当我肯定能使心爱的人儿幸福的时候？当我肯定能清除她前进道路上一切障碍的时候？当我肯定能消除日夜折磨她的种种物质忧虑的时候？当我肯定能奉献给她许多女人梦寐以求而得不到的地位和姓氏的时候？"

"我懂，你总把金钱挂在嘴上，走起路来让你口袋里的金币叮当作响。"

"我刚才提到钱了吗？我只对你说我能为心爱的女子做的事情。他到底有没有向你许诺结婚呢？别推托他现在不在这儿。即使你现在不答应，我也肯定你迟早属于我的；即使你对我说不答应，我的追求仍将继续下去，几个月，必要时几年，你知道结果会是怎样的。怎么，他许诺跟你结婚了？"

美人，我的心上人……

奎妮盯着他的双眼,看出他焦急万分地等着答案。于是,她摇摇头表示未曾有过许诺,说道:

"他曾建议我当他的秘书,而且……"

"咳!原来是一种私下安排,不是吗?以某种职位为掩护。看起来非常正派,谁会要求做解释呢?直到人家对'小夫人'厌倦了,玩够了,便把她一脚踢开。那么我也向你建议一种私下安排,肯定是这类关系中最好的。如果你想得到某种担保以防出现不和或决裂,你完全可以得到;如果你不想让家里孩子成群,可以嘛,我欣然同意。我娶你不是为了让你养儿育女,也不是为了让你操持家务,而是为了从你那儿得到莫大的幸福,为此必须使你幸福,使你真正地自由,使你获得一个已婚女子所有的特权。享受荣华富贵,周围一切都是豪华阔绰的,与你身份相称的珠宝首饰和毛皮大衣应有尽有,光彩体面,受人尊敬,真正意义上的贵人。不是别人向你建议的那种私下安排……是呀,就这么重大的问题,别人却找到了令人快慰而费钱不多的办法,其实这种逃避斗争的方式是可鄙的、胆怯的。那位先生不是什么好汉。那种生意人,不敢把你包下来,不敢驾驭你这匹受惊的好牝马。他缺少的不是愿望,而是勇气。这种人,在日常生活以外,满足于现成的东西,图谋可靠的而且钱花得合算的东西。看得出,他最终会跟海峡那边所谓'体面的闺秀'结婚,某个上流社会装模作样的贵人,某个私下里胡思乱想的、俗不可耐的有钱女人。感谢上帝的恩泽，感谢爱神恩赐我，你不是那种女人。他是个窝囊废！有财产、有机会获得浪漫的、非同寻常的美满婚姻，但他不敢，因为这种婚姻遭到小资产者竭力反对，他们钱不多，又不够开明，无助于道德的进步。一种私下安排！你知道老百姓管这类交易叫什么吗？哎，当我想到你无依无靠并且背着这种骂名！可现在，至少有人时刻准备保护你，跟你共同对付这个世道，不受任何欺凌。你明白了，对吗？好了，别哭了，奎妮，你心里想笑吧，想躲起来吧。那么，来吧，躲到我的怀里来吧，哈丁夫人！"

举行结婚典礼前几天，雷金纳德·哈丁对奎妮嘱咐再三，其中的一句话她铭记在心："你记住，有人每年收入几千英镑，有人每年收入几百英镑，他们的婚姻是截然不同的；同样，伦敦这座城市，对一个有钱的女子和对一个像你姑妈那样小康之家的女子，也是截然不同的。"

奎妮感到恍如隔世。如今喜事已经就绪，她把丈夫给她的3000英镑用来购置衣物和首饰。她余兴未尽，无拘无束地跨入证券街[1]，兴致勃勃地选购物品，写地址，开支票，签上大名：奎妮·哈丁。

这个时节，伦敦既美丽又繁华，仿佛使人感到整个星

---

[1] 伦敦最繁华的一条街，有许多高级商店。

球的脉搏都在跳动。夏天的伦敦叫你陶醉,如同新酿的烈酒那样冲头。虽说不算一年之中最繁忙的季节,却是最美好的时刻。因为,伦敦的居民和常客,尽管置身于世界的中心和各民族的聚会点,仍然感到安逸,照样儿从早到晚闲逛,挤在人群中慢悠悠地闲荡,饱食终日,优哉游哉。物质生活和精神生活似乎相得益彰,这更使得他们踌躇满志。

也正是切分乐曲[1]和"裸体热"刚兴起的时期。豪华商店的橱窗里,五光十色的画刊上,随处可见沐浴女郎的倩影和布满裸体女人的海滩照片,弄得因事务缠身或因寻欢作乐而滞留在城市蒸汽浴般氛围里的男人们,成天遥想大不列颠的海岸,有如忒勒玛科斯[2]初见卡吕普索岛海岸时,眼前出现成千上万个仙女站在或躺在沙滩上,成千上万个海仙嬉戏于浪花中,女人和大海融为一体,海风下的波浪好似女人的长发,浪花的飞溅好似女人的串串笑声。伦敦的夜晚,灯火辉煌,酒绿灯红。切分乐曲的演奏家们如痴如醉,后来的演奏家远不如开创者们那般纵情,那般撒野。"喜悦的英国"的美好时代仿佛又回来了,这是美好

---

[1] 1890—1945年间流行的乐曲,大量采用黑人音乐,旋律采用切分法,以节奏迅速、拍子清楚为特色,可称最早的爵士音乐。
[2] 《荷马史诗》中奥德修斯之子忒勒玛科斯受雅典娜的点拨外出寻父,经过艰难险阻终于找到浪迹了二十余年的父亲,并同父亲一起归来杀尽所有向他母亲求婚的人。相传在旅途中,当船开近卡吕普索岛时,忒勒玛科斯看见沙滩上出现成千上万的仙女。

时代的美好结局。

"我记不起,"雷金纳德·哈丁对妻子说,"我记不起谁写过这样的话:'只有伦敦和巴黎才是大都会,其余皆是乡间风景。'此话颇有道理,但要想尽享其乐,就应当学会把这两座城市也看作风景,为此就得无所用心,彻底无所事事。必须学会无为,无所作为。这是我25岁时就确立的处世之道,至今不变,而且受用不浅……"他压低声音补充道:"但无为并不妨碍我当好妻子的情人,无所作为并不妨碍我热恋妻子……夏天我们将在大西洋的岸边度过,然后去巴黎,重访我放荡的学生时代所居住的地方:蒙巴拿斯街区、欢乐街、卢森堡公园、天文台大道。我们将在巴黎住上两年,然后去罗马和那不勒斯,然后回到这里住一段时间,听听切分乐曲,等待得厌烦了,再去南部海岸。"

"哇,这跟在哈莱斯登相比真是天渊之别啊!喂,雷金,我太幸福了,说不出有多么幸福!"

"这么说,你认为我可以当个好丈夫啰?肯定能当好!想想看,为了你,我甚至不再戴漂亮的法国帽了,好朋友们说快认不出我了。"

一时他们相对无言,也许意识到他们的谈话有点离谱了,已经开始不真诚了。

然而,他们彼此相当称心受用。奎妮也像雷金纳德那样说话夹带法语词汇,在涓涓的语流中,法语词汇犹如一排排金黄色的香烟过滤嘴,灿烂夺目。

结婚前两星期,根据雷金纳德的建议,奎妮给马克·富尼埃写了信,向他讲明她的终身大事:有人向她求婚了。

马克很快给了回音。这是一封十分平常而体面的回信:惯常的祝贺。信中附带说明他放弃了在伦敦设立办事处的计划。

"这是一份正式文件哪!"雷金纳德说,"再看一下他有没有给你别的地址写信。"

奎妮的脸涨得通红,真是不谋而合,她也想到了。所以她去了哈莱斯登,也去了从前马克给她寄明信片的邮局,但没有任何信件。

可她哪里知道,马克·富尼埃拟了好几封回信,叙述了他的全部感情史。最初他也向奎妮求婚了,但写到最后却按上流社会的规矩,简简单单表示了一下祝贺。他写一封撕一封,只留下最后的,就是奎妮收到的那封短笺。马克·富尼埃毕竟不像那位伟大的佚名诗人——多半是安达卢西亚人——所说的:

> 你的爱情像公牛,
> 牵到哪儿往哪儿走;
> 我的爱情像石头,
> 放到哪儿在哪儿留。

就在此时，马克已经开始另一场小小的角逐，平凡而无危险的。爱情之道有好几种流派，马克属于他称之为"Godersela"的流派，意大利语 Godersela 意思大概是"过平静的生活"。也许说到底，雷金纳德·哈丁也属于此种流派，但谁说得清他们两人中哪位是此种流派的创导者，哪位是追随者呢？

有一天，这对新婚夫妇经过证券街，在一家旅游用品商店门前站住。

"瞧，这是件真正的艺术品，"雷金纳德边说边指一只鳄鱼皮箱子，配有水晶和玳瑁制的梳妆用品匣，匣子配有镀银的塞子、盖子、盒子，"做这只箱子的人必定对他的杰作十分得意。"

"咱们进去看看，"奎妮说，"我有一笔人情债要还。"

漂亮的箱子价值50英镑。奎妮买下了，还要了一个纸板盒和一个发货信封。她在信封上写下马克·富尼埃的地址，在纸盒上则写道："一件永别的礼物。奎妮·克罗斯兰德寄。"

"不，雷金，该我付钱。"

她莞尔而笑，没想到事情这么巧，礼物选得妙不可言。

星期天的一班火车静悄悄地把哈丁夫妇送往肯斯顿，这是位于布里斯托尔以南塞文河三角地顶端的一个小城市。哈丁家族的府第就在该郡的内地。雷金纳德却情愿花钱在海边宁静的角落租一座别墅,和妻子一起度夏。

"我很久没见到田野了!"奎妮说。车厢里只有他们两人,奎妮不停地俯身到窗口……列车驶过一个个砖木结构的小车站,到处干净得一尘不染,月台上多有鲜花盛开的花坛,时而有美丽的站名用鲜花编排在修剪整齐的草坪上。石磨蓝色的薄雾笼罩着草肥树茂的原野,牛羊成群地卧在阴凉的地方,城镇"改扮成乡村"的模样,英国夏天的农村确是富庶的大田园,处处都是小特里亚农[1]。

"嗨,亲爱的,这跟萨默塞特相比算不了什么。"雷金纳德夸耀起他的故乡来,其深情和偏袒逗得妻子很快活,况且她知道他们不会在萨默塞特久留。德文郡的荒原和丘陵阳光充足,是个得天独厚的地方,素有"奶牛和渔家美女之乡"的美名。萨默塞特属撒克逊地区,气候宜人,土地终年润泽,山谷宽广,迎着从大西洋吹来的微风,背斜谷翁郁苍翠,几条莱茵河似的长河水流平稳,碧波粼粼,映出变化的天色以及柳树和草坪。切达峡谷出口有一条长长的山谷,铺青叠翠,宛如一条青翠欲滴的玉带,嵌在叠峰奇嶂之间,一直延伸到明净的韦尔斯大教堂门前,与教堂周围废墟上鲜花盛开的草坪接壤。

"咱们将在那里游览几次。去布里斯托尔观光,欣赏一番古迹的宏伟风貌、街心花园的绿树浓荫、博物馆里金

---

[1] 法国凡尔赛宫大花园里有两座闻名西方的古堡:大特里亚农和小特里亚农。

光灿烂的首饰，品尝一下红殷殷的陈年美酒。黄昏，咱们在鲍德温街宽阔的出口处溜达，一边想象鲁滨逊当年漂流蛮荒的情景。咱们将穿越塞文河，观赏丁特修道院和野草丛生的大废墟，人类伟大文明的遗迹隐没在凄凉的穷山恶水中，一片莽莽苍苍。咱们将游览加的夫和该港口城市的比尤特街，那里有中国客栈、日本酒吧、希腊旅馆；经过比尤特古堡，爬到斜坡上端，就是朗达大教堂，这座教堂的一半建在沟壑里。咱们将在阿纳加夫尼的蓝色天使饭店吃晚饭。你知道，亲爱的，只有在威尔士才找得到具有古风的真正的英国小客栈。"

两天后他们在预订的别墅安顿下来，别墅离肯斯顿不远，坐落在一块种满矮矮的山毛榉的高地上，海风吹来，像梳子似的把密枝簇叶梳向陆地。从门口出发，沿一条小径，直达一个多沙的小海湾，那里有他们的更衣室。日出不久他们便下海游泳。这个时辰的海水比清晨涩滋滋的空气更温和。然后穿着浴衣踏着拖鞋走原路回别墅，大口吸着带盐味的强劲的海风。

"今天咱们去韦尔斯吃午饭，"雷金纳德说，"咱们将经过惠斯顿，我把司机留下，亲自给你开车。"

上午9点他们就穿过肯斯顿，因为在肯斯顿可看的东西不多，只有几座爬满常春藤的灰石房子和小教堂，几所隐蔽在树荫花丛中的茅屋。一些在大西洋的疾风中成长的花朵妩媚嫣润，奎妮见了喜欢得不得了。人称"三角地"

美人，我的心上人……

的广场上,他们观赏古老的钟楼,矮矮的、小小的,上端却盖着很高的红色楼顶,尖尖的,怪模怪样的。不远处,在另一个十字路口,又看见一个钟楼,但已是现代的金属结构了。

"我不明白这里的人为什么如此这般需要知道时间。"雷金纳德低声说。奎妮本来就想乐,乘机扑哧笑出声来。

雷金纳德尽量走沿铁道的公路,地方铁路连接着肯斯顿和它喧闹快活的姐妹城惠斯顿·马格那,但因要绕道去美丽的村庄康贝斯伯里,他们不得不走一些小路,所以又不断远离铁路,绕了半天终于到达惠斯顿树影婆娑的干道入口。他们把汽车存在王家旅馆的车库后,混入人群,此时人们已从海滩回来,街上熙熙攘攘。到处树木扶疏,葱葱茏茏,石头房子的灰色十分悦目;此时风和日丽,十里烟云,天地一色。他们行走到海堤的尽头,又见小港湾。奎妮开始熟悉这种景致:一望无垠的银色水域,岸边的悬崖峭壁,近陆地的星罗棋布的小岛。峭壁和小岛是古代地壳变化期在海湾出现的两大类怪物。另一端是威尔士的崇山峻岭,奇嶂叠峰,蔚为壮观,此刻同样呈现一片银色。奎妮直挺挺地迎着海风,感到身上白色的布衣裙经不住凉风的吹打,恍然悟出西部粗犷的仁慈。

然而就在惠斯顿·马格那,就在这一天,小两口儿差一点第一次吵架。他们经过一家鱼店,雷金纳德进去买了一段价值10英镑的鲑鱼,并嘱咐立即派人乘火车送往肯斯顿。走出店门，奎妮憋不住对雷金纳德说，他买的那段鱼太大了，用人们肯定会糟蹋掉一半。

"是你支付我的开销吗，亲爱的？"雷金纳德问道。

奎妮满脸通红，咬了咬嘴唇，不作声了。她转念一想，雷金纳德没错，于是像受到母亲的训斥那样顺从了。甚至像母亲那样，看到丈夫胃口好，虽不敢承认，却感受到一种肉体的快感和骄傲。

"很抱歉，雷金。"她不好意思地说。

"如果咱们不在大街上，"他轻声回答，"我就亲吻你了。"

片刻后他补充道："这一切只是为了一段鲑鱼！"

他们向前走了几步，奎妮说：

"喂，雷金，亲爱的，让我替你拿手杖吧。"

他们回到王家旅馆，开车上路。再次经过康贝斯伯里时，他们下车在依奥河岸边坐了一会儿，洗了洗手。午后，他们进入令人感到愉快的山谷。

情人们,幸福的情人们……

[法]瓦莱里·拉博

献给我的朋友詹姆斯·乔伊斯,在这篇小说中我谨采用了这位大师的创作形式。

瓦莱里·拉博
1921年11月于巴黎

> 情人们，幸福的情人们……
> ——拉封丹《寓言诗》卷9
> 第2首《两只鸽子》[1]

烟波浩渺，从烟波岛升起的太阳喷射万道光芒，照得百叶窗金波粼粼。11月初还能整夜开窗睡觉，惬意至极。桌子上，甚至独脚小圆桌上，满是酒瓶和酒杯，冰桶里还有塞紧瓶口的香槟酒。乱糟糟的。最近一些日子一直敞开的大门是闩上了。她们还在呼呼大睡。再好不过了。我爱在最凉最幽静的时辰独自遐想，这是头脑清醒的时刻。把所经历的种种做个恰如其分的估价。经历了混乱和狂热之后，抚躬自问，思想是清楚的、安宁的、醒悟的。待着别

---

[1] 有关段落试译如下：
情人们，幸福的情人们，去旅行吧，
哪怕只到邻近的地方。
你们彼此要使对方感到
始终是个美丽的、多元的、崭新的世界，
把对方看作一切，而把其余一切视为粪土。

动。不。去看看她们熟睡的样子。悄悄地,别让赛里的狗发出声音。吉托,吉托!它睁开眼,瞧见是我,仍躺在扶手椅上没动。在长沙发上躺一躺吧,把坐垫翻过来,这些饰条叫我怪难受的,纯粹是装饰。嗬,坐垫翻不过来。真没劲儿,我讨厌碰丝绒,早晨醒来一直到洗完澡,接触的尽是布啊绒啊的。从我这儿看她们相当清楚。香槟酒后的香睡。枕头把她们的脸遮去大半。金色的环形鬈发系着靛青的带子,赛里褐色的粗胳膊上搭着英茄雪白的细胳膊。她们手挽着手睡得真甜,被子下的身躯隐约可见,两人绞在一起了。这间房昨天还归我用,现在是"与我的房间毗连的房间"。待着别动。一直待到这条长长的窄窄的阳光延伸到她们的枕头。户外清凉的晨风穿过我的房间一直吹到这里,典型的普罗旺斯地方气息。我不禁想起一个女人。她曾对我说过:一个不做弥撒的地方,有多凄凉哪!是的,除了不做弥撒的地方外,望不到海的城市也是凄凉的。离海远的城市,内地的城市。再说,到处是单调的同类农作物。濒临大海的城市中最美的首推那些懒洋洋延伸到海滩的城市,诸如雅典、巴伦西亚等。巴伦西亚我没去过,其他类似的城市也没去过。女人们假作正经,装作害羞。开始确实难以揭去她们遮羞的衣着,譬如我想念的那个女人,她的内衣裹得紧紧的,在我有力的抚摸下弄皱了,最神圣的部位裹的细花边也在我的手心之下。英茄也一样,衣冠整齐,穿戴得体,模样纯朴,但生活却放荡不羁。雅典、巴伦西亚和这座貌似雅典的城市：园林处处静谧，蓝色的内院凉爽宜人，篱笆内一排排茂密的橘树耸翠浮青，尖状的树叶密密麻麻，林中阴浓幽静，阵阵海风吹来，飘拂送爽，令人心旷神怡。敞廊街咖啡馆和商店的门帘迎风而鼓，像张起的船帆随风拍打，一切摇动的东西都快活地随着海风晃晃悠悠。竹子吊帘，珠子吊帘，理发厅门上的玻璃吊帘摆动着、歌唱着。夜间，十字街头，空荡荡的广场边沿，迎面的海风尽管凌厉、狂放，但你听到嗲声奶气的呼唤"来呀！"，也会大步循声而去。为什么不去呢？我见得多啦！有如在茫茫黑夜中被一艘货船的大红灯光所吸引。我有过这样的经历。当我们经过小爱神岛时，梯形的景色尽收眼帘：羊群，橄榄树，喷泉。一个打扮成小丑的男人和一个化装成鸽子的女人，披红戴绿，突然出现在一条树木光秃的大街尽头，这是我上岸后第一眼看见的人，原来这座城市正在庆祝狂欢节。大海在清晨苏醒时是那样的平静，一直到最远最偏的广场都能感觉出来：碎石路面亮光光的，有如大型客船的甲板一清早被冲刷之后很快让不知来自何方的风吹干了。我应当带她们去郊外，去莱兹河畔，去碧水青谷的角落，那里苍翠而宁静。普桑[1]画笔下的田园风光在地中海沿岸的山山水水之间到处可见。我领她们去看看白色的郊区园林。白色的房

---

[1] 尼古拉斯·普桑（Nicolas Poussin, 1594—1665），法国画家，古典主义绘画的代表人物，作品多取材于神话和宗教故事。

屋,白色的院墙。小街深巷积淀着厚厚的灰尘。美丽的园林郁郁苍苍,花团锦簇,流水清澈,一派生机。山丘上神圣不可侵犯的树林,山丘下古朴文明的乡村,经过建筑师们的精心安排,作为背景衬托着城市的大街小巷,平台楼阁。山坡上挺立的老式别墅透过一片苍绿生烟的松林,一览无余地俯视近处的夹杂着黄杨和迷迭香的常绿矮灌木丛,较低处的橄榄树和柏树,远处的一片片环礁湖和天际一条马口铁色的光泽。迈加拉[1]式的乡间!应当让这两个美丽的天使更好地了解这座美丽的城市。她们还未见过大平台入口处的凯旋门,大平台经过多少个世纪风吹日晒雨淋的风化显得很荒僻,还有小神庙以及后面的引水道,从连绵的石梯拾级而上,可直达山丘的最高处。今天上午就带她们去,因为她们俩晚上要离开了。嗯,赛里的狗动了一下。它昨天在帕拉瓦斯摔了一跤。淘气的动物!阳光延伸到被单,在她们的……附近。如果不怕把她们吵醒,我一定抽掉被单,看着阳光爬上英茄的胸脯,就像一年夏天的早晨在她的国家,我们俩住在芬雅一家小旅馆的客房里。撒在地板上的冷杉细枝散发着清香。就在那里,我占有了她,完完全全占有了她。我们之间没有任何私下的盘算,只有青春。那年夏天,她芳龄19,左腕戴的粗重的金镯子忘了取下来。那天是她的生日,至少那天她完全属于

---

[1] 迈加拉,希腊城市,在阿提卡和科林斯之间,临萨罗尼克湾。

我了。她的全部经历，她的艺术，她在奥地利、法国、意大利度过的岁月，全部消失了，她恢复了"乡下姑娘"的本色：卡埃雷·英茄；她那庄重的举止，一本正经的装束，小姑娘扑哧的笑声，突然消失了；她放下城市少夫人的派头，成了地道的女人，在乡间客栈，躺在农民的大床上。海盗们手下的淑女少妇都属纯种，她们的眼睛又长又大，目光既灼热又温柔似水。海盗们把她们装上船带走，船的两侧配着长桨，船头为马头形或龙头形。她们粗羊毛般浓密的头发戴满百合花，这些温柔的、珍贵的战利品。海盗们把她们小心翼翼地卸在诺森伯兰海岸、苏格兰海岸、泳岛海岸，好似腓尼基人卸下地毯和坛罐。她们中间有时会冒出个意大利姑娘或纳尔邦[1]姑娘，撞见这种高个儿异教姑娘，望着阿芙罗狄特女神般的金发姑娘，彼此相对无言，惊讶不已，有如教皇驾临罗马的奴隶市场，惊叹道："不是盎格鲁族人，而是天使呀！"至少相去不远了。一个女人撞见另一个女人，她们内心的想法，对我们是隐秘的。英茄第一次见到赛里，便抓住她不放。但为什么不经常发生这种事呢？"我的女友都是褐发的，褐发女人总像源泉似的瑟缩在阴处。我在中学时有过格蕾塔·克罗梅，在音乐戏剧学院有过罗丝莉·梅益，后来有过卡美拉·萨维尼，再后来的玛利娅·费雷罗离开我时，我真想

---

[1] 纳尔邦，法国南部城市，位于下朗格多克平原，濒临地中海的利翁湾。

一死了之。"英茄的心伤透了！十二三年来她的心被炽热的友情占据，受嫉妒折磨，受疯狂折磨，受逸乐折磨，受怯懦折磨，受胜利折磨，受抛弃折磨。信件，凋谢的花束，饰带，家里存放了一大抽屉折断的扇子，装有几缕褐发或黑发的褪色的圆形颈饰。英茄的心盛不下别的东西。奇遇，是的，但这是她们的职业使然。年轻的贵族们在盛宴结束时抱着吹笛子的姑娘们胡乱倒在垫子上，烂醉如泥，即令她们困倦不堪、不知所措，她们仍用眼和手互相寻找。对她们来说，这才是真正的奇遇，算得上奇遇的奇遇。"这就是我的全部生活。我不在乎岁月流逝，就是说，当我有萨维尼的时候，或当我认识费雷罗的时候。嗨，多么美好的回忆，我终生难忘哪！……"是的，那么芬雅呢？对她难道不也是美好的回忆吗？那几天她是那么的温柔，那么的快活！从那以后她一直管我叫费科斯·弗朗西亚，在这之前我只不过是一个普通的朋友和崇拜者。那般温柔，那般快活，那般仁厚！由于我不懂当地语言，一个人待着怪无聊的，知道她在老家度假，便给她写了封信。她居然来了。在她国家的某个车站月台上等候她，真有意思，叫人倍感亲切。那天我们睡在一起，睡得糊里糊涂，分不清早晨和傍晚。从冷杉树干之间透进来的红色晚霞全然与朝霞相同。她讯问年轻的女仆，我听不懂，她给我翻译。啊，你和你的国家一样的美好！湛蓝的天空，明净的湖泊，给我们指路的美丽的农家妇女。那一年我还非常年轻,后来的岁月暗淡凄切,不堪回首。不时想起每星期四凄惨的散步,沿着河滨大道[1]凄凉的林荫人行道走向培西,或走向圣路易岛的岬头。通告牌上写着去夏朗通的开车时间。植物公园的小径很快使我们的鞋蒙上一层白白的灰尘。到处是愁眉苦脸的人群。甚至红山也满目凄凉。与芬雅不可同日而语。英茄的家乡覆盖着一望无际的青杉,重重叠叠,林荫蔽天。去夏朗通的开车时间!当时的法兰西还算是幸运的。如今我可没有这种快乐了。我自由惯了,而且老了:已过25岁!不过,她总算又一次回到我的身边,她依然那般年轻,金色的头发,白皙的皮肤,笑容可掬。在这座我喜爱的城市,去年冬天我经常想念她,就想叫她来游览一番。如今她排除了困难来了我这儿,难能可贵哟,而且就在执行新的聘任的那天到达了尼斯。我得设法使她下决心在这儿跟我待上一些日子。离开这座房子,到拱穹林荫大道那边租一座小别墅,那边的街区安静,阳光充足,青杉翠竹,白色的路面上林荫婆娑,拱形门窗的三层楼房和街道整齐干净,一眼能望到头。静悄悄跟她们待在一起,直至深夜,那该多么愉快呀。我们将单独在一起度过愉快的冬天,在这座谁也不认识她的城市里,在这座我只熟悉名胜和树木的城市里。给她介绍居松林荫道的朴树,布朗雄公园的枫松。她会乐意过几个月的小日子,

---

[1] 指巴黎塞纳河两岸的河滨大道。

适应七八万人口的城市的自然条件和消遣。到特里亚农庄园饭庄吃饭,比较随便,特里亚农本身就是一景。是的,去吃饭顺便赏景,把市中心的繁华抛在背后,又离开不太远,同时也可享受到市中心的种种珍奇。人们更重视商店的门面,更重视供应商提供的好东西,更重视好天气。人们在这座城市自我感觉良好,因为漂亮的东西遍及全城,各处热闹的程度相差无几,没有死角,连四周的尽头都很有活力。整个城市生机盎然,对我们非常合适。在这里过冬就像到鲜为人知的法国中部某个林中空地的草坪上野餐。她会喜欢的,像我一样喜欢。她以青春和美貌,我以翩翩风度,加入大街小巷五光十色的人流,为之锦上添花。别忘让人把蒲尔商标的两套西装熨一熨。是的,拱穹林荫大道。对左邻右舍就说我们是"弗朗西斯先生和夫人",现成的嘛。在外人面前,我们只讲意大利语,以便少与外界接触,好自为之。她总有办法解除契约的吧,可以推说病了。退出所领的聘金就是了。她以前曾这么干过,为了不和费雷罗分离,宁愿接受一家二等剧院的聘约。我将把一切献给她。一会儿就对她说。返回尼斯去逛和平街的商店更有意思。另外的理由是,她曾计划到安达卢西亚旅行,想从民间舞蹈中学点什么。拱穹林荫大道附近个小区住满了茨冈人,随她看个够,嗬,只要她肯留下,她们俩一起留下,赛里自然也得留下。现在我们之间坚冰已经打破,甚至可以说完全融化了。照看她们,关心她们，让她们开心，这很有意思嘛。全心效力也是我由衷的需要。一家之主的义务和责任！很好嘛，这套睡衣睡裤，浅栗色和乳白色相间，又柔软又凉快，就在特别想她的那天买的……不过，赛里，亲爱的赛里，叫起来怪别扭的。赛里不喜欢我。看得出来，昨天的见面和谈话使她颇感失望，大概英茄向她谈起过我，慕名而来，一见之下，不过如此。像她这样的女人，只喜欢现成的东西、通常的东西、共有的东西。在她看来，一封信稍微越出套语和程式，就算写得不好，就是无知者的手迹。同样，一个男人的谈吐不符合她司空见惯的格调，她就认为古怪、幼稚，甚至缺乏教养。很难使她懂得我已超越这些东西，而她却以为我没有达到，我早已摆脱她津津乐道的那些矫揉造作的玩意儿，相反，充满老生常谈、陈词滥调的书信才是没有学问的人写的哩。怎么使她明白呢？昨天她很欣赏帕拉瓦斯，但跟她们一起穿过蛋形广场[1]，向她介绍美惠三女神雕像，她却只抬了一下眼皮。"与其在马赛停留两天，我不如去蒙彼利埃看你。我曾给你讲起过的女友罗玛娜·赛里跟我一块儿去。"英茄对我提起她的女友罗玛娜·赛里时为什么不对我说：我喜欢她，因为她温柔和美丽，还因为她没有头脑？我不认识克罗梅，也不认识梅益，但萨维尼和费雷罗确实是这般"温柔和美丽"，健康结实，没有

---

[1] 帕拉瓦斯是法国南部大城市蒙彼利埃的一个海滨小镇和浴场；蛋形广场是市中心著名的广场。

个性，温顺平和，容易说服，悉听指挥，可以说极其平常，毫无特色。英茄想把她们理想化也办不到。她们连自己的艺术都热爱不起来（也许费雷罗除外，她现在是舞蹈主角），无法使任何男人认真地喜欢她们，因为她们仅满足于职业的小天地，只在想起她们的母亲时才动一下感情，说起话来离不开惯用语、客套语。英茄竟为这类女友拒绝最出色的同学都十分向往的聘约，同学们都认为她迟早会半途而废的。相比之下，她确实优秀得多。她的那些女友，只会按部就班，循规蹈矩，除了排练和演出，不知道怎么打发时间。哎，恰恰是她们的弱点吸引了英茄：她可以控制她们，叫她们俯首帖耳。给予一切，但要求百依百顺。所以，芬雅之恋，只留下一个"美好的回忆"，早已被她抛入旅游的回忆中，也许置之脑后了，不错，就像有钱人在德国和法国旅行结婚后的那类回忆。去年夏天我对她说："这使我想起芬雅湖，你记得吗？"她用意大利语答道："不，一点也不记得了！"她讲意大利语时乡音很重，讲法语却很少有乡音。一点不记得。在语调中，在眼神里，在意大利语的用词上，混杂着真实的感情和装腔作势，简直无法辨出究竟有多少真情实感。不，不，根本不记得芬雅。记忆中没有任何留存。不记得任何实在的东西，甚至不记得一起在那儿的小住。她最好的男朋友，唯一听她讲过童年生活的朋友，是知道她的秘密的。其他人怎么能知道？男人们曾觉得或将会觉得她和蔼、温顺、不忠。当他们明白不得不跟她分手时，会感到十分痛苦。是啊，饱尝这种痛苦的大有人在哟。比如在那不勒斯一心想娶她的那个英国青年，在米兰的那个年轻大学生和某年冬天在尼斯的法国人。这个法国小伙子可惨了，以后还会发生类似的事情，他爱上了英茹，给她送花束，有时借债请她下馆子，给她买礼物，冒着雨在演员出入的门口等候，英茹几乎总是最后一个出来。他乐滋滋的，如愿以偿了。英茹允许他来等候，甚至说不用破费雇马车，很乐意跟他并肩走走，而且情愿在她家单独跟他吃晚饭，像两个大学生。多么幸运遇到这么个安分的女演员。如此循规蹈矩，如此为情人省钱。艺术家的盛誉，女人的美貌和青春，教养和经验，以及故作姿态的风趣，这一切她都本能地赠予了，几乎是谦卑地奉献。她交叉着伸出双腕，手势十分优美，低着头用坦诚的蓝眼睛传出一个动人的秋波，似乎在说：你真棒！接着发出一串笑声，多么亲切的笑声。片刻后，她低声说道："喂，亲爱的，你是不是想吵架呀？"她俯身过去，微微侧着头在他耳边低语。这个动作颇像舞蹈中的技术姿势，也许在演"第5幕：显示线条"哩。年轻小伙子乐不可支：在度过安分而暗淡的少年时期之后，这份宽厚的奖赏好似学年结束时获得的优异奖。这时的英茹，她确实是十分真挚的。她乐于使你钟情，喜欢你的青春活力，喜欢你纯真的感情，也许还喜欢你因乳臭未干而带有的某种女性的东西。当你表现出嫉妒的时候，她竭尽全力使你冷静,使你放心,使你免受痛苦。"我一直跪到你原谅我为止。"小伙子的求饶立即可以停止而且得到安抚。特别因为他是法国人。这种谦恭,这种"奴相",这种下跪,这种屈从,她是不习惯的。所以她说:"喂,亲爱的,你是不是想吵架呀?"就像我第一次陪伴此刻我想念的女人去教堂,她拒绝了跪椅,直接跪在地上,大概她祖国最底层的女子就是这么做的。我一时手足无措,不知如何是好:清白无辜的美丽少妇,穿着袒胸露肩的礼服,那般优美那般整洁那般白皙那般文明,却表现得像近东某个城市最下贱最可鄙的女乞丐,大煞风景哪。年轻小伙子嫉妒、不安,因为他爱她,却怎么也猜不透她,觉得她在别处还有生活,进而嫉妒她的过去。这是年轻人感情生活初期的通病,感情"出麻疹"了。他把这个女人视为无价之宝,不明白,她怎么能凭一时冲动委身于根本配不上她的男人,根本不爱她的男人呢?为什么她允许,也许特意寻求,如此不近人情的糟蹋?男人们的抱怨,她,可怜的英茄,不得不以极大的耐心倾听。已经发生过好几回了,她也见怪不怪了。小伙子居然又哭又吼地问她在他之前到底有过多少情人。嘿,真滑稽!也许她觉得蛮有趣儿哩。小伙子还嫉妒她的现在,怀疑经理,怀疑男高音歌手,怀疑芭蕾舞团团长,怀疑写赞美文章的记者,他对排练的日期和时间知道得一清二楚。英茄不得不把人家送来的花束转送给女服装员,但她明白,如果花束没有名片和地址,她得把它留下，因为这是她那位妒忌者的花招。在这期间，小伙子经常接触"他的情敌"，跟他攀谈，请他吃饭，或请他跟英茹一起散步。英茹也嫉妒，不过绝不是因为他，也不是因为任何男人，而像他一样，急于到达某个秘密幽会的地点，迟迟不肯离开她感到幸福的地方；或者因为某个待征服的对象难以得手，烦闷不堪，心焦如焚，整夜躺在同床异梦的情人旁边抽噎，而情人得到满足之后，美美地熟睡了。他哪里晓得呀！而她，又怎么猜得到他的想法呢？摸不透他是放心了还是更痛苦。他想决裂，也许吧，但英茹坚持留着他，作为消遣，也作为屏障。这跟他并不相干。经常发生这样的事情：聘约到期了，剧院关门了，英茹小姐走了，年轻人却没走。时至今日，追求她的男人一个个情笃意浓，但没有一个具有足够的胆识跟随她漂泊。或因缺钱，或因学业，或因严厉的父母，或因在自己的城市住惯了，到别处无法生活，他们总能找到充足的理由，尽管跟她一块儿走，看看将要发生的事，跟她分享冒险生活，具有极大的吸引力。他们总找得出理由说服自己，这场如痴如狂而痛苦不堪的爱情已到尽头。很少有人能洞察，真正的英茹是狂热的、专横的、危险的，尽管她善于谛听男人们因虚荣心受伤害和需要被爱恋而发的种种牢骚和说的种种蠢话。他们所有的人都痛苦，也都模糊地感到误入歧途，这种生活没有他们的地位。他们虽然得到了想得到的东西，但同时又非常失望。他们之中很少有人写信。第二年如果英茹回来参加剧院重新开张，就像明天在尼斯那样，有可能重新见到那个年轻人，但他已经结婚，已经走上小康生活的轨道，平凡的、没有奇遇的生活，尽管地位十分显要。而她，要么另有新欢，要么仍旧一往情深，倘若邂逅重逢，照样如胶似漆，就像没有发生过分离似的。至于同年轻人娶的老婆相比较，她也不去想，尽管这样的比较可使她的自尊心得到满足。她就是这样无忧无虑生活的，任凭同伴们安排，任凭女服装员说三道四，任凭朋友们和崇拜者们摆布感情。她知道得很清楚。男人们所谓的痛苦，无非自尊心受到伤害，他们个个自命不凡，都想得到专一的爱恋，都想独占她，独占她的全部身心，包括她的时间和思想。她的爱则非同一般，引导她的是痴情而不是虚荣，世上没有任何东西阻挡得了她追随她所热爱的东西。一天，我对此刻我想念的女人提起这个可怜的英茹，说我喜欢她如同喜欢我自己。"那么你爱我爱得很浅啰。"她的意思是说我并不喜欢我自己，因为我很少想到上帝和我的灵魂。但英茹，她一旦钟情，便不顾一切，与她相爱的人紧密结合，攻守同盟，任何人休想插足。把自己禁锢在爱情里，甘心情愿地越陷越深，对外界舆论不予理睬，置若罔闻，一栽到底。今晚还是让她们走吧，既然她们下定决心要走。这样更好。我们俩是自由的，谁都阻挡不住我们。她有自己的所爱。算我活该如果……不过我拥有此刻我想念的女人哪。此事我对英茹只字不提,并非有意对她保密,而是怕她看出我的弱点。爱一爱近处的女人,同时情意笃深地思念远处的女人,其乐无穷。这叫感情平衡。"情意绵绵"吗?不,自由自在,无拘无束,随意漂流。一心追求,锲而不舍。"哎,不幸的青年时代……"在暴风雨中低着头耐心地行进,就好像让这个地区哗啦啦的温暾骤雨浇身。雨过天晴,林木葱茏,门户窗板明净耀眼,海风吹来,十分凉爽。如果她们留下不走,那就得时刻守着赛里,很快就会扫兴、无聊,做花下的泥土没有意思。瞧她昨天晚上对我那种蔑视的样子。所以我决意把她们灌醉,尤其是她。赛里烂醉如泥,终于软下来了,她心里明白不软下来也不行,即使如此,她的目光,她的神态,她的架势依然表露出蔑视,仿佛在说:"我才不把身子给你呐。你把我当作贼,你看错人了,可悲,可耻,只因为情况对你有利,再加上英茄暗中协助,她已不知道她在干什么了。光靠你一个人的本事,休想征服我。"那是个挑战,我立即应战了。当我感觉到她的双手抚摸我的头发(这个温情的动作表明我已得到默认的恩宠),我看出她软下来了。但她突然变卦,恼羞成怒,哭着扑到英茄的怀里,英茄则哈哈大笑。赛里始终未跟我接吻,尽管入睡前亲昵地叫了我两三次。一会儿肯定又要对我出言不逊。"温柔又美丽"吗?不如说,美丽而冷酷,简直冷若冰霜,不由使人想起"石雕像"三个字;她的思想也是如此,僵硬的程式,没有一点儿独特的见解,留不下任何使人难忘的东西,给人的印象无非类似事物:完整的果子,笔直的圆柱,"在赫拉克勒斯石柱旁捡到的狄安娜塑像碎片",布在白生生的外壳上灰褐色的曲线,镀金骨灰瓮下的黑纱,等等。总之,没有夺目的光辉也没有引人注目的缺陷。然而英茹清香如故,她那个部位依然宛如金黄而雪白的小河谷。自芬雅一别,她变得更苍壮更温柔更慷慨了,有如暗淡分明的画面,暗的部分增多了,浓度增厚了。再过两三年,"我年轻的王子",别想女扮男装了。瞧,阳光爬过英茹的手臂,光束接近赛里的面颊。让她们自己醒来吧。要么……得了吧。先喝一杯茶抽一支烟再说吧。

初次见面。眸子乌黑的,睫毛振翅扇了一下,如同一句诗,一句拙劣的诗。尽管如此,她仍十分可爱。她的香味呢?淡雅的。文静得像她正在看的《世界画报》的图像。母亲大人神气十足地巡视空椅子、花盆架和公馆前厅的四壁。主人们喜欢用英文称呼"前厅"。在目前的情况下,母女俩的打扮有点过分,衣着大概出自图卢兹名裁缝之手。不要紧,反正她们意识不到。在巴黎待了一年,学得倒挺快。睫毛又"振翅扇了一下",又扇了一下。有完没完?我也在凝目相视。(这也是一句十二音节诗,很像埃米尔·奥吉埃[1]的诗)。噢,原来她看见我同英茹和赛里

---

[1] 埃米尔·奥吉埃(Émile Augier, 1820—1889),法国诗人、戏剧家。

一起从餐厅出来。少见多怪的女人族人!有如一个东方人看见我同两个穿民族服装的东方人在一起:好奇,有趣,几乎想跟我搭话。否则她决不会注意一个矮胖的,名不见经传的年轻人。"葆莉娜!"母亲大人唤她葆莉娜。对一个具有古罗马气质的外省姑娘来说,这是个漂亮的名字。必须打听她的家姓。没有信!不出我的意料。我此刻想念的女人已经10天没有给我写信了。"没关系。"我的美人儿。给这个塞蒂马尼地区的葆莉娜小姐找个家姓。康索拉特。对,好的。康索拉特。"特"的音发得很轻。幸运的南方姑娘,我猜不透你的心思吗?我注意到你被人体的优美震撼了:英茄和赛里嫌电梯太慢,两人搂腰走上楼梯,她们登梯的整体动作优美得不得了,透明的丝绸显露两块白皙的肌肉,一对孪生的肌肉,使你,葆莉娜感到惊讶,至少你假装的正经使你做出惊讶的样子。你在几秒钟内无法掩饰被这种整体优美所引起的激动。再说,这正是精心设计的结果。在剧场或朋友聚会以外,她们第一次抛开通常一本正经的举止。这主要是英茄出的主意,她拉着赛里学她的模样。进餐厅时我们是非常得体的,只在坐停当之后才引得人们注意她们惊人的美貌。我注意到常客们为之震惊,其中有将军,伯爵夫人,带着漂亮的女护士旅行的苏格兰年轻绅士和那个和蔼可亲的神父,后者客气地提醒我别忘了放在桌子上的杂志。她们简直可以庄重地代表米兰的斯卡拉剧院和维也纳皇家音乐戏剧学院。明眼人一眼就猜得出她们的职业,很明显她们是外国女人,也很明显她们经常出入上流社会。我说不好,或许两人中赛里更令人注目,在英茄浅肤色的衬托下她的脸显得不怎么光泽耀眼。上衣月牙形开口敞至肩头,只是袒露胸脯的上端,戴着纤细的项链和培育她的教会女校纪念章。她有点羞怯,美丽的前额高耸,眼睛却低垂。一双手非常好看。不由使人想起古诗:"啊,美丽的手……"我本可以向她脱口背诵。相见恨晚。真想不到突如其来地,糊里糊涂地遇见她。得了,既然如此,活该了。叫人感到意外。我错以为她一见面就讨厌我,其实并非如此。那只是事情的表面。再说,她见过世面。不管怎么说,她的优雅,她的玉手值得赞赏。向她表示我很遗憾,不,根本不遗憾。说到底还是遗憾的,在这之前没有注意她的手。可以重新开始嘛。我比葆莉娜迟钝,她比我先发现赛里的优雅。葆莉娜虽然觉察到了,但没有为之倾倒,而且特别强调她们开始的举动过分突出或有点放肆,既然她想找到她们身上可挑剔的东西。这是她的资产阶级本能。葆莉娜和我,无法统一意见。她有一双美丽的眼睛,但嘴巴和下巴太严肃。哎,瞧,她走了,跟母亲大人走了,连看也不看我一眼。而我却摆好了架势,扮好了笑脸儿。再见,葆莉娜·康索拉特;再见,该出阁的姑娘。显而易见她是处于这个阶段,是静止的水,大概在结婚之前应该如此吧。我此刻想念的女人也不例外。这类姑娘的生活太愁闷了。母亲大人面有难色。盼嫁，久盼之后大失所望，或门不当户不对，或嫁妆不相称，于是这儿那儿给点爱情的表示，意在弄清爱情的小恩小惠能得到多少效益，或仅仅为了结婚而白送的。"人家爱上皮埃尔，却偏和保尔结婚。"咳，根本谈不上什么恋爱，一切发展成为爱情的情感，由于不断受挫，最终一一烟消云散。母女俩永远不会懂得纯洁的爱情这种高尚的情操，不会懂得持这种情操的女人是神圣的，值得千方百计加以保护，当她把心奉献给她所爱的人的时候，为迎合讨厌的上流社会的舆论、规范和礼仪而做的不懈努力想必非常令人厌倦，令人沮丧，但她们难以摆脱。大概正因为这个缘故，哪怕是最美丽的女子也会失去魅力。斤斤计较、无知、虚荣。尽管煞费苦心，她们仍失去许多好机会，多半是意想不到的好机会，因为她们疑心病太重。她们按自己的需要行事，决不凭一时的兴致。她们需要一个当地的青年人，有牢靠的地位和健康的思想。就这样，不久以后我得知葆莉娜有了美满的婚姻，她的嫁资用来资助丈夫在克莱蒙－罗开办一家公证人事务所或在巴拉吕克开办一间诊察室。新婚夫妇去国外度假，促膝谈心，不再怀疑邻桌的人和邻座的人偷听。旧制度[1]下的小说和喜剧中的仆从和侍女成了先生和太太。几个月的优哉游哉，之后是年复一年的家务。对此我简直难以想象。倘若葆莉娜

---

[1] 指法国1789年前的王朝。

能理解英茄和赛里自由自在的生活，她该多么的羡慕。由于对她们的生活一无所知，葆莉娜用好奇夹着指责的目光审视她们，有如一个阶级的人们虎视眈眈地审视另一个阶级的人们。世界各族人都一样，愈不开化的人愈鄙视外族人。葆莉娜也许会说不该接待这两个女人，她们太不像样儿了。可是英茄被接待的地方她却从未去过；在风韵和举止方面，葆莉娜无法同英茄和赛里相比。她没有母亲大人的陪同从不单独外出；若有人把她介绍给伯爵夫人，母亲大人会激动得不亦乐乎。葆莉娜若了解她们的生活，若能从她们来到蒙彼利埃起日日夜夜跟她们在一起，那会得到多好的启蒙哪！会纠正多少偏见哪！倘若她为人聪明又不多愁善感（看上去不像），会学到多少东西呀！嗨，英茄对付这么个黄毛丫头，一个该出阁的小姐，必定把她调理得好好的，必定把她训得像个样子，只要把羞羞答答的、循规蹈矩的资产阶级闺秀带上游艇，在马尔默和哥本哈根之间横渡一次，因为横渡的时间比我们当年在蒂沃利吃一顿晚饭还长。届时我们三个人（不是四个，她丈夫不在），不到一顿晚饭的工夫，已经互称"小诺拉""亲爱的英茄"等等了。葆莉娜不行，她不懂，永远领会不了。她自以为有理智。要是有人对她说别用那种眼光看人，别把嘴巴和下巴老板着，她将来也会跟许多女人一样干蠢事的，那她一定感到莫名惊诧。是的，太太……我知道我在说谁呢，我见她转过脸离开了。好比我们中学时代某个非常安分的男孩，甚至有点"愚笨"，几年之后发现他与交际花和花天酒地的人鬼混。像葆莉娜那种姑娘，结婚十年之后，即十年屈从丈夫的意志、掌管家务、协助丈夫发迹，也许真心爱他，忽然一下子造反了，感到需要得意一番，需要自己支配自己，仿佛自少女时代以来守分和忠贞的时间太长了，仿佛含苞的花朵久憋难忍非开放不可了。太太啊，她要是一旦守寡，那就……我十六七岁时结识了一个女人，一天，我这个中学生一本正经对她说大凡女子所谓忠贞是出于羞怯和个性软弱而不是出于爱情，当时只想使她吃惊一下或让她重视我，但没想到此话触怒了她，吓了我一跳。我怀疑她说给丈夫听了，因为后来不久，听她丈夫隐约谈起过。哦，这种话不可以随便说的。她把我当小男孩对待了。我没想吻她……我宁愿……总之，几年后再遇见她时，她已守寡，完全变样了。她不再只顾讨人喜欢，也竭力想得到爱。她开始体验都市的乐趣，天伦之乐已成了淡淡的回忆。性爱，调情，巴黎中央菜市场周围的餐馆，蒙马特区，假期的古堡和花园住宅里富裕的生活。深谙世态，变得聪明了；羞怯消除，个性坚强了。果真如此吗？不见得，其实她的庸俗性以前隐藏在内心，现在暴露出来了；幼稚性也暴露出来了，譬如用触犯宗教或不信神的戏言来激怒善男信女，而先前她对外省的信徒是尊敬的，不自觉地尊敬罢了。这类女人，她们在别人监护下生活多年，一丝不苟地完成自己的义务，为此感到自豪，自以为稳重、老练，不会做出一时冲动的行为，久而久之，不知不觉，不知怎么的，当她们达到情感成熟的时候，突然失去了平衡。我亲眼见过大惊失色的丈夫，夫妻俩已上年纪，大儿子开始在外面过夜。事情就这么发生了。她们不知所措，但不加掩饰，以为不需要掩饰了。这从她们的举止、眼神看得出来，从她们到处没完没了地抱怨中，丈夫也看得出来。她们甚至以自我解放为豪。从外表来看，她们安分、谦逊、谨慎，然而在某些情况下，很适合博得精明能干和体贴入微的男子热烈而忠贞的爱。在很短的时间内，她们变得大胆、招眼、缠磨人、折磨人，却很适合讨好男人，讨好大批喜欢女人花枝招展的男人。她们若不及时改变，那分明是可笑的。葆莉娜很可能发生这类转变，但英茄和罗玛娜·赛里决不会，因为她们胸中有成府，自己掌握自己的命运，对情场之事持有正确的看法。英茄不向任何人透露秘密，罗玛娜聪明过人，老于此道，守口如瓶。罗玛娜比英茄更聪明，通晓古训，比英茄那个民族具有更悠久文明的民族的古训。她受到橄榄树的养育，橄榄树是智慧的象征哪。你瞧，她对英茄的眷恋、宠爱。倘若妻子这般爱你，除非你是笨蛋，否则决不会无动于衷的。假使她们因某种理由而决裂，她也会以同样的方式献身于一个男人的。你的人民将成为我的人民。"你是男人的知音和朋友。"我怎么想起这句话呢？噢，吕西安。我跟他只交谈过一次，他的话却叫我永生难忘。这话是他对女友穆扎里翁说的。穆扎里翁曾跟母亲摊牌,竭力为她的爱情辩护,不愿让母亲把她卖给两三个有钱的求婚者之一。别感情用事,地位要紧。其他人怎么样啦?应该再见一见。看看吕西安对女人的预言是否灵验,听听他现在的想法。我现在的体会肯定更深刻了。但我也许会大吃一惊:吕西安把英茄和罗玛娜写进书中的某个角落。他可能去法布尔图书馆:阿尔巴尼[1]的情人应当有个像吕西安这样的伙伴。我明天早上去看看。先在念完的《地粮》[2]里找一找。阿尔巴尼……英茄和赛里没完没了地写信,也许写给尼斯的朋友们和崇拜者。法布尔图书馆那个年轻人在这个名门望族立足了。阿尔费埃里知道吗?也许他漠不关心,只守着自己那摊子事,对于外界来说,他必须继续是诗人,某个王后的情人。完全不在乎蒙彼利埃发生的这些事。是的,他傍晚独自在阿诺河畔散步,回味荷马的诗句。夕阳西下。人类的荣耀多可怜。没有必要去争。把它忘得一干二净,心里好过些。至于物质利益当然应当考虑,已经作了担保。以英茄的情况为例,是的,她应当获得物质利益。哦,我为此感到高兴和骄傲。大明星嘛。明星的头衔对她非常合适,什么都不需要变动。成就,金钱,众多的……哎哟,她们终于来了。多慢啊!玫瑰花和月桂树。"美人

---

1 路易丝·阿尔巴尼(1752—1824),德国公主。丈夫阿尔巴尼死后,改嫁意大利诗人阿尔费埃里,在佛罗伦萨主持遐迩闻名的文艺沙龙。
2 《地粮》是安德烈·纪德的成名作,发表于1897年。

儿",意大利小城市星期天做完弥撒后小顽童们就这么嚷嚷,"美人儿"。如果我此刻想念的女人瞧见她们俩,那会怎么样?如果她知道……

"再见,美丽的城市。"我们的告别用语在蒙彼利埃火车站月台上回响。英茄大概预先教过罗玛娜。火车启动的时候,我们三个人齐声说:"再见,美丽的城市。"当年从芬雅回来后第一次离别时为了阻止忧伤袭来,我们想出这么个告别用语。很有意思,英茄开的玩笑稀奇古怪,她和她的好友们,那些"好心的修女们",女修院办的女子寄宿学校的学生们,爱开些小玩笑,说些奇怪的话语。我和英茄上上次在这座充满喜悦的吆喝、鲜花和芳香的大城市相会时,每天清晨我重复说好几次"我要起床啦",每次她都说:"你要起床?你要变成一只狮子!噢,我害怕,你要吃掉我。"她哈哈大笑,觉得这种文字游戏非常滑稽。是的,她身上一直保留着小姑娘的气质。那些早晨非常舒适。夏天。绿树阴浓的林荫大道宽展、舒坦,充满夏季的各种气息,这里的生活缓慢而快乐,称心如意。从我们的窗口看得见三条林荫大道。再说,这座城市里我们谁也不认识,整座城市好像是人们送给我们的一件大玩具,奖赏我们明哲保身;她在度假,不用操心剧院的事。现在去植物园溜达时间太晚了,就随便走走吧,反正不想马上回旅馆。再说没有必要,晚间邮件只送地区的信。不,也不回旅馆吃晚饭。等我回家，大门肯定关上了，就像她们来看我时那样，不管它。往北去贝鲁区吧，经过马格洛纳街，敞廊街，国民街，尽头是白色山岗，可以眺望美丽的夜空。又要寂寞了。沉默寡言好几个月。连要面包都懒得出声。夜已爬进布朗雄公园浓荫密布的枫树林，亭亭如盖的枝叶酷似鞭子，那种甩出去又在空中凝固的皮鞭。她们走了。她们离去了。我恢复老样子，却感觉不到新期待的那种快乐。我不高兴看到自己的老样子。咳，这很不好吗？难道非得在告别以后才有这种失落感，才心里难过？这种寂寞是我自己造成的，我来这儿就是图个清静。没有任何东西阻止我立即回旅馆取行李，随时乘火车去马赛或尼斯。但我根本不想离开，我知道明天清晨醒来会很高兴独自一人，只身独对城市的嘈杂声、海风和法国人的说话声。就是现在这个时刻难受。她们若看见我费科斯·弗朗西亚因别离而六神无主、垂头丧气地沿着马格洛纳街走向喜剧院广场，予人难堪哪。这样才是：可怜可怜你自己吧！我穿过蛋形广场，走近美惠三女神雕像。嗨，不错，这是令人快慰的东西，加上花园什么的。向美惠三女神致敬，蒙彼利埃最美丽的三个女神。名不虚传哪！致敬！三位女神亭亭玉立，六条柔软而健壮的手臂相互挽成圆形，烘托着三对乳峰，每位一对，相映成趣，纯朴的丰满。她们修眉俊眼，顾盼神飞。人们突然伸手抚摸她们胳膊以下的部位，手心感觉光滑和凉爽，会不由自主地噘一噘嘴。

把自己想象中的姑娘赤身露体、毫不羞愧地树立在公共场所的那个男人真是个幸运儿。何等美好的感受，对女性的躯体进行长时间的沉思……啊，只有这些人懂得生活和创造生命，其余的人统统是虚度光阴。他们的苦与乐是世上唯一有价值的东西，唯独他们的苦与乐不会像梦一般烟消云散，因为他们的苦与乐不仅停留在感知上，而且通过回忆转变成物体，使人们看得见摸得着，或转变成声音，使人们听得见……嗬，我现在好受多了。美惠三女神对你大有好处。行了，振作起来吧。"别耍小孩子脾气，好好活下去。"如果你的精力不够用，那就打肿脸充胖子吧。你得承认，你内心最留恋的不是英茄这个老相好，而是另一个，你的新女友，完全不了解的女人。是的，我若想跟她们走，那是为罗玛娜。多么美好的回忆，在莱兹河畔饭店的花园里，趁英茄短暂离开，那匆匆的、笨拙的接吻……最甜蜜的回忆，比她给我留下其他更隐秘更确切的回忆更甜蜜，比当着英茄的面事前事后所有的吻更甜蜜。好奇怪哟，这种对隐瞒的需要，这种必须协调的放纵和爱情的周折。不过，我看得很清楚，对她来说这次接吻并没有什么含义。当时只有一小时就分手了，她怎么猜得到我喜欢她胜过英茄呢？不，实际上，我并不更喜欢她，这是另一回事。恰巧，是这样的……算了吧，别再想了。一切都非常顺利，好得不能再好了：英茄带来了熟悉的、亲切的东西，即主旋律，罗玛娜则带来了新鲜的东西，即变奏曲。同以往一样,英茹的谈话出现了两三处不登大雅的措辞。例如她说:"你知道,罗玛娜,我们的弗朗西亚是个艺术家,跟所有的艺术家一样,没有一个女人在身旁就活不下去。"活不下去!她说此话不带讥讽的意思,说得一本正经,俨然是易卜生的女主人公。另外,我之所以留在蒙彼利埃而没有去里维埃拉,因为这里"更有特色"。她怎么看不出这座专心治理商务、富有生气的城市和闹哄哄乱糟糟的里维埃拉之间的区别呢?她们不久将抵达里维埃拉,这很好。我没有向她提起我此刻想念的女人,做得很对,她不会明白的。她会不会说"非同一般"?不会的。她想说我之所以留在这里过冬而不去里维埃拉,因为我要显得与众不同,使朋友和熟人们大吃一惊。她认为这是非常自然的。她就是这样的人,有些故作姿态,爱说些怪话,其实别出心裁的表现同她的个性完全不符。这种竭力扮演人物的努力几乎是令人感动的。成功的话,那就是她把扮演的个性和真实的性格奇妙地结合了。即使最老的朋友也难区别真假。谁知道呢,也许总有一天,为了炫耀,为了显得别具一格,把她现时精心保守的秘密透露出来,也许要等到她对这些秘事失去了兴趣,潜心于艺术和前程的时候吧……可悲呀,顾忌舆论或影响舆论,使我们承受扭曲,是的,但不失为小计谋哇。设想如何如何做人,占有这样那样的地位,为此就得装出这样那样的行为,以示配得上这样那样的地位,日积月累,最后终于成为这样那样的人,占有这样那样的地位。人同此心，心同此理，想绝对听其自然地做人是办不到的，再说那也没有多大好处。商人的微笑，医生的花招，军人的举止，这些确是粗俗的面具，但人们一旦摘下一种面具就不得不戴上另一种面具。因此，明天早上我将打开卢西安[1]的著作，明知根本念不进去，尽管很容易读懂。然而我将提醒自己，同窗欧仁·马纽埃尔曾在修辞班[2]预言我将成为一个好的古希腊语学者。我一直牢记他的夸奖，矢志达标，坚信他的预言是正确的，并为之坚持不懈地奋斗。当我发现自己有所松懈，立即认为这是耻辱。于是向辞海求救，寻找某个词或词组的解释，牢记在心，不至于因不解其意而惭愧。这样，等到小住结束，我将读通卢西安著作，并准备试读我更想了解的作者，诸如阿里斯托芬、亚历山大派诗人。每天数小时陪伴卢西安笔下的人物，很有意思嘛，看着跃然纸上的人物悠闲自得地生活。文章非常有趣，仿佛听得到书中少妇们用美丽的语言交谈，富有性感；文字的形式及其不定过去时[3]等也很有意思。葆莉娜和母亲大人走进默通商店。葆莉娜看了我一眼，却没有认出来。不错，我向她们介绍过默通商店，我做得对。她们，在尼斯，绝买不到这么好的夹心巧克力。母女俩尝了尝买的点心，你一口我一口，互相喂食。

1　卢西安（Lucian，约120—200），希腊讽刺作品作家。
2　旧时法国中学的最高年级。
3　古希腊语动词变位中的一种时态。

我们西方人对希腊文不定过去时一窍不通，不过有些用法实在离奇，几乎讲不通，比如某些时态跟另一些时态的搭配，故弄玄虚。母女俩大嚼巧克力，一路吃到马赛，直到吃不下吃腻味为止。到马赛后又有朋友和崇拜者们赠送糖果，那我就管不着了。女性在语言形式的发展中起多大的作用很难断定，其证据在于她们和我们之间心理上没有根本的区别。性的差异有程度上的不同，但都可以化装来遮掩。英茄有时晚间外出改扮起来，男女难分。两性心态外显的区别，阳刚阴柔两种姿态的对抗，在未开化的或半开化的民族比我们表现得更为突出。但是希腊人，妇女的状况怎么样？什么东西使得抒情时代的女诗人们生活得不错呢？也可以从这个角度去读卢西安。时间的间隔无关紧要，某些习惯，甚至某些手势，世代相传，延续至今，尽管发生言语的变化和政治制度的变迁，比如用凯尔特语命名的河流名称。尤其是女人，良家妇女，变化不大。穆扎里翁，我想，此名来自塞浦路斯。行了！好在有宁静的早晨和下午头几个小时，我形单影只，置身于植物园，这座由法国最伟大的植物学家精心建造的美丽的大花园，屈松林荫道一排排橡树叶稠阴翠，我坐在纳西索斯[1]墓旁的月

---

1 纳西索斯，希腊神话中河神刻菲索斯和利里俄佩之子，美少年。回声女神厄科爱上了他，但他却不爱任何女人，致使回声女神憔悴而死。其他女神为了惩罚他，让他爱上自己在水中的影子，导致他也憔悴而死。之后化为水仙花。转意，自恋的男子。

桂树下耐心阅读，全心浸沉在别人的思想里，或跟随别人的思想亦步亦趋。必须记住一切令人爱慕的东西，深刻了解我们的激情和冲动，进而加以控制，加以陶冶，加以制服。蒙田说："自然嫉妒我们的行动胜过我们的知识。"真的如此吗？是的，我们不爱受约束，所以必定逃避行动，而轻视行动和偏重知识使世界与我们隔开，不许世界靠近我们，只许我们偶尔越过间隔，去瞧瞧使我们感兴趣的东西，了解一下情况，然后回到我们自己的世界中来。瞧，一些希腊大学生。迪多，是迪米特里乌斯的昵称。在街上听到希腊语令人高兴，也算街头一景吧。按上述的办法，那自然是静修的生活。不，主要是对世无所求，对人不妨害。哪座欧洲城市里你能找得到可视为至亲故友的同胞？没有，时至今日没有，也许将来有一天……暂且，独处静养是唯一可行的办法。我们好比住着一大间明亮、凉爽、安静的房屋，周围的景色变化多端，四方窗户开向欧洲各条大道小径。时不时有一些人自发地、高兴地来看望我们，然后离开，我们不主动挽留他们。双方一起说："再见，美丽的地方。"他们说的话我只懂七成。《奥德赛》第6、第13章节我曾经背得滚瓜烂熟。现在还记得多少？第6章，背不出几段了；第13章中的告别辞和几个段落还背得出。那几段描绘妙不可言。曙光来临，海岸在浓雾中苏醒。作者一定亲眼见过地中海上有时带涩味的蒙蒙大雾，一片溟濛，升腾到半山腰，笼罩着"舒展的大道，宁静的港口，高耸的岩石，茁壮的树木"。是啊，橄榄树，海松树，绿橡树，柑橘树丛和柠檬树丛。山上，空气没有涩味，嘈杂声大大减弱，漫步其间吃惊地发现没有一丝风。长年不息的温和的海风居然吹不到这儿。终年飒飒抖动的树叶在这儿竟纹丝不动。这时我发现身旁一棵橄榄树脸色苍白，衣衫褴褛，直挺挺的一动不动，一声不吭。原来化装成牧羊女的密涅瓦女神在这浓雾中同它对话，面临无声的大灾难威胁，冰川期似乎又要来临。忽然，女神驱散雾霭，大地恢复原有的面貌，阳光灿烂，清风轻拂，万物生辉。记得一天下午莱兹河畔的花园里清风习习。我们在荡秋千，阵阵清风吹拂她们的披巾和裙子的下摆。咖啡厅露天座一张桌旁坐着两个小伙子，15岁至17岁模样，农村孩子，肯定的，但一点没有北部或中部农民的样子，他们不呆板，活泼伶俐。他们盯着我们，尤其年长的小伙子，表情很特别，我难以忘怀。他的目光轮番盯着英茄和我，看着我们荡秋千，目光中并没有嫉妒，充满赞赏，出神入定，相信幸福是可能的，活生生存在的，眼见为实嘛。但看到罗玛娜换下英茄，贴近我荡秋千，他不胜惊讶，心里一阵难过，脸涨得红红的，眼睁得大大的，恨不得把她们的形象捉住带走。他眼里的她们是什么样？是电影中的高贵夫人，讲着他听不懂的外国语的天使。看得出他的心瞄准英茄，大概因为她比较活跃，因为他从未见过女人有这般白皙的皮肤，这般金黄的头发。嗯，本应该……我应该

情人们，幸福的情人们……

把这个发现告诉英茄,让她单独留在花园里,我带着罗玛娜离开一阵。我们可以出去散步,一小时后再来找英茄。这样,我也可以享受一小时的变奏曲,让主旋律……漂亮的小伙子将会带着多么美妙的回忆回到村庄。他的表情,他的朝气,似乎都在表明他将把这次好运气珍藏在心底,在任何情况下都不随便乱讲,如同有幸遇见一个仙女。他的生活,也许他的前程,将因此改变。得了。我宁愿相信吸引他的主要不是两个女人的青春美貌而是她们属于更为高贵的阶级:她们的衣裙,首饰,风度。村里的姑娘即使具有相同的青春美貌,也不至于如此使他动心。我此刻想念的女人曾向一个像他这样的平民小伙子打听其未婚妻的消息,他回答道:哎,我那可怜的未婚妻……言外之意,她无法跟您比,见到您,我便把她忘了。很多有钱的男人在这一点上跟他相同。因为这个缘故,人们在蒙特卡洛看到的女人大部分又丑又老,尽管花枝招展,珠光宝气。说不定那个可爱的小伙子看守过羊群哩。《牧人与舞女的故事》,不管怎么说,是个漂亮的标题,可以使她,使她的朋友和崇拜者们换一换情趣。化装成牧羊人的密涅瓦女神。描写十分简短,但有描绘身段的细节,袅袅然,婷婷然,如同翩翩小王子。佳人就座,守着餐桌谛听行吟诗人歌颂,文人荷马,自学成才的诗人,深受各国人民的敬爱,他得到某个神灵的启迪,灵感一发而不可收,诗句滚滚涌现,但从不错过机会恭维性爱的对象。如对水泽女神的洞穴的描绘,幽暗而美丽的洞穴跃然纸上;自然使人流连忘返,不禁想起女人。这跟判断力也有关系吧。凡人的脑子和诸神的脑子不可同日而语。蜜蜂,是的,蜜蜂的脑子是这样的:工蜂埋头干活,蜂后治理科学。诗人的作品里回响着蜂群的嗡嗡声,低沉、深厚、干瘪。喏,省政府门前的两棵棕榈树。那天,卖鱼的胖女人指着我对她身旁的妇女说,别瞧他穿得漂亮,口袋里分文没有。误会了。我对她的前半句话感到恼火。我一向以为,谁都不会,尤其街头女商贩,觉察我穿得考究。也许这个地方……人们的观念很简单,以职业看人:军人,企业家,社会名流,记者……这就够了。对他们来说,世上的人好比在玩木偶游戏:市政府,宪兵,婆婆,他们自己在游戏中扮演角色。英茹和罗玛娜身着粉红色紧身衣和白色纱罗裙。嗬,有美人儿参加就不会"产生伤感"。瞧,她们俩坐在银行家的膝盖上。事情就是这么简单!而我却偏偏忘记这也是应当考虑的方面。我只重视人与人之间的区别,无视她们和其他许多人的共同点:她们的职业印记,她们的身份标志,她们的地位影响。这往往是千真万确的,人与人之间的区别不大,相差无几,不必刨根问底。大家均隶属人种学和社会学:被划成类别,然后束之高阁。人们总是到处贴标签,甚至想也不想有人可能表面是这个实际是那个。卡利斯特[1]问道:

---

1 卡利斯特(St. Callistus, 155—222),第16任罗马教宗(217—222)。

"我很想知道,那位年迈的女小学教师会是谁呢?"经过询问,得知原来是王室成员。更加错误的例子还有:人们把波德莱尔看作地道的浪子,使全家人大为失望的浪子。相反,他的家人被认为小圈子里的大人物和地方名流。英茄的朋友和崇拜者们对她的态度就是如此,谁都不怀疑她是个热情的女子,爱的天使,有火一般的心,但人人对她敬而远之,如对圣人或大人物那样敬而远之。他们会怎样看待我此刻想念的女人呢?把她天使般的谈吐和放荡不羁的生活归在他们哪一类程式之下呢?很可能他们只看到她放荡的一面,说什么其余皆属虚伪,不屑做深入仔细的分析。葆莉娜会说她行为不端,没有把握好自己,是的,有如说一个司机未把握好方向盘,她未把握好自己的生活,浪费钱财,浪费一切。若让葆莉娜评论赛里,她也会说同样的话,但是这不符合事实,英茄相当好地把握自己。我呢?"嘿,你好不自爱哟。"我此刻想念的女人说。她这个人哪,去幽会的路上如果经过教堂,必定进去,低声下气地向上帝忏悔,十分钟后走出教堂,直奔夜总会,糟蹋女信徒神圣的外衣。她在进夜总会前取下佩戴的圣章,丝带系着插有七把匕首的心形章,祷告服却还穿在身上。"没有关系,上帝爱我。"她说。而我,大概上帝不爱我吧,要由我对她的罪过负责。不,没有必要试图用闲人的目光来看待我们所喜欢的人,所感兴趣的人。闲人不理解,我们则理解。因此美丽和优雅多半被视而不见,只有少数人除外，她们出了名，得到舆论的公认。有些情人或情妇，不顾一切，爱其所爱，坚贞不渝。他们才懂得爱呢。啊，当她俯身亲吻沾满血迹的大十字架上耶稣的踝骨时，是多么可爱！她祷告的语调叫人难忘，祷词则叫人感到突如其来："一个女仆人，贫苦的、无依无靠的姑娘，才是家中的天使哩。"第二天，天使拿了女主人的一只戒指逃跑了，"这没关系"。或者，这位值得顶礼膜拜的天使让人发现在跟情人亲热。失声痛哭，反复无常，自轻自贱，自甘沉沦，如痴如狂。英茄与她相比显得乏味了。整日里，即使在跟英茄和罗玛娜交谈时，我还想念着她；整日里，我内心深处感到痛苦和不安：我的最后一封信，她还没有答复。呃，我去找她吧。今晚就去。不，太晚了。明天。明天清早，5点25分的特别快车。乘火车赶去，不事先通知，突然出现在她面前。肯定受到她的欢迎：回头的情人比赖着不走的情人更受欢迎。羞于回头，本身就是美妙的。她将假装忘却我们最近的争吵，在她舒适的家中设便宴为我洗尘，侍候周到，充满家庭气氛，恬静而温暖。之后，进入她的卧房，女主人变成最顺从的女仆人。石头长凳还留着白日的余热。咳，喷水声使人镇静情绪，水池黑魆魆的，只有周围的石栏杆依稀可见。树叶发出飒飒声，颤抖着安慰纳西索斯墓上的亡灵。园林被枝枝杈杈包围，小径也黑魆魆的，仿佛返回到久远的过去，通向梦幻之乡，消失在茫茫的景色中，只见黑色的、蓝色的、银色的折光。不行,我不后退。我留着不走,独自一人住在这里。在她那儿,总是老一套:嫉妒,假誓言,眼泪,分割,平淡无奇地过日子,一周又一周,一月又一月,毫无变化。难道我还没有完全把她汲尽吗?她身上一切可爱之处难道还没有一劳永逸地存入我的记忆吗?还能从她身上得到什么呢?明明知道她的为人,明明知道她的爱情一文不值,我还这般眷恋她吗?不,说到底,我想得到的,无非想一切由我说了算。虚荣。我不得不死抓住这个念头不放,没有更好的办法了。战胜她的唯一手段是不回去。嗯,你觉得我不够自爱。好,瞧着吧。不过,现在很难抛弃她。消除如此强烈的、如此坚固的东西是艰难的。但总有一天,肯定有一天,我将像闲人那样看待她,觉得她不过如此,届时我将回避她,想起给她写过的信会觉得难为情,会认为爱她是我对自己的侮辱,会因对她有过崇高的爱而感到羞愧,甚至把她从我的回忆里消除。但现在确实很痛苦,对自己说,我的感情也是有价值的,与其乱给,不如不给。此外,对她来说,我的重要性永不如我想象的那么大,甚至没有什么重要性。因此,我只在高兴的时候想念她,在遇到困难或麻烦的时候从未想到她,这是个明显的迹象。况且,我有计划要完成,这座城市,它给予我安宁。公园,书籍,工作。也许翻译几篇文章,或随便写点什么。可观的计划。活着为了工作嘛。不过有比工作更为重要的东西,对我自己也绝不含糊:我的自由。尊贵的共和国领土的完整性不可侵犯！要学会独自一人面对生活，如同将来独自一人面对死亡。沉默不好，有意识的遗忘也不好，反倒是对她太重视了，而不是处之泰然。过几年，也许明年，我看待这一切将如同发生在别人身上的事情，对冲动和判断错误感到惊讶和好笑。届时，如果我能确切地回忆此刻的思路，那我一定觉得这是件微不足道的事情，那么遥远，那么无力，那么无趣，甚至是病态的。于是，这个曾使我梦绕魂销的女人，以及其他的女人，统统不重要了。甚至现在，我就应该把我脑子里的东西理一理；甚至现在，我就明白无论哪个女人都不是我手上玩的王牌。我每天一个人玩牌，赌注是自我满足，就像过了充实的一天之后那种满足，那种朦胧的自我赞赏。她们不是王牌，最多不过是几张花牌，增加几点牌而已，不足以决定我的胜负。我可以玩玩这些花牌。在此，孑然一身，玩牌。随便哪天，继续玩发剩的牌，总能挑出花牌，然后把牌洗了再玩，这很有意思，很叫人高兴。也许主要因为她们能引起我的回忆：事情发生的地方，当时的天气，我所操心的事情，脑子里萦回的诗句和音乐，总之，我生命的整个运动，包括她们的参与：她们是唯一融汇在我生命中的人，我乐意看见她们出现在我的回忆里；她们是唯一颇令人愉快的闲人（是的，只是如此），参与我的孤身独处，是我与世人之间唯一的、松散的联系。很可能我最乐意怀念英茹。首先因为芬雅，记得我们即将去芬雅之前，在赫尔辛格遥望对面的瑞典海岸，我给她背诵《两只鸽子》的最后一节：情人们，幸福的情人们，去旅行吧，/哪怕只到邻近的地方……是的，我们做了一个星期的露水夫妻，在这之前我们不是情人，在这之后再也不是情人了。当时我们好像身不由己，似乎有什么外部的东西把她的生命和我的生命结合在一起。我们在一起的时候没有任何苦恼。好女友顺从到家了。后来各自有伙伴，女的或男的伙伴，去做冒险的闲荡：游览陌生的城市，到海滩上玩耍，参加民间节日，游逛危险的街区。有时我们分享和交换搜集到的东西。我和英茄一起度过了我青春岁月最美好的时光。但我也预见到不远的将来两人的青春就要结束，我们将停止相聚。届时，听其自然，不要勉强延长艳史，否则将犯趣味不高的错误。不如打上省略号，留下空白，开始新的篇章，掀开更美的一页。当然还会打听或猜测她是否幸福。也许还会意外见面，但那是另一回事了。英茄博格小姐。弗朗西亚先生。意外见面多么叫人高兴哪！或在餐馆，或在船甲板，或在火车厢走廊。她，在新的女友陪同下，新的知己，新的至交，新的……而我，形影相吊，很可能哟。

我最秘密的忠告……

[法]瓦莱里·拉博

献给《月桂树已砍尽》(1887)的作者爱德华·迪雅丹

> 我最秘密的忠告以及和善的谈话,思想哪,
> 坚贞不渝的爱情的知己,请跟我做伴,
> 谈一谈伊莎贝尔……
> ——特里斯唐·爱尔弥特[1]《特里斯唐的爱情诗》

一

"我把她送回给她丈夫怎么样?"

这种舞台独白式的话无意间对想象中的观众说出了想说的事情。他怎么会落得这般的孩子气呢?此公心事重重,处在严重的感情危机中?也许是想让我的保护天使去向伊蕾娜的保护天使通风报信吧!不过,怎么能把伊莎贝尔送回给她丈夫呢?必须得到伊莎贝尔同意呀。暂不提这道难关。她丈夫也会说:"我不认识您;我不再承认她——离婚早已宣布了。"他会说此话吗?很难预料。但可以想

---

[1] 特里斯唐·爱尔弥特(Tristan L'Hermite, 1601—1655),法国诗人,戏剧家和小说家。

象我们在那不勒斯火车站登上罗马至巴黎的火车，旅行到达巴黎的里昂站，经过植物园的栅栏门，穿过圣米歇尔大街，在梅迪茜斯广场香烟库前停下就算到了，不，确切地说，我家在贝托莱街。先睡上一觉，共度最后一个良宵！但我的想法不变：把她送回给她丈夫。这不算抛弃她。我正在做一件惊人的、浪漫的、有道德的事情。第二天早上，叫一辆小汽车运她的行李；巴黎东站；深红的火车厢，巧克力色的，三等车厢。为什么选择这种颜色？谁的主意？这种事情谁也说不清。他是否到别处任职了？伊莎贝尔已经十四五个月没有听人提起过他了……我们来到他的公寓套房门前。先生出去了。我们等待吗？下次再来？或者，先生在家。我们对女佣说："请告诉先生，吕卡·莱泰尔先生想跟他谈谈。"也许是原来的女佣，太太出走前就雇用了。她认出了太太：哎呀，太太！或者不是原来的女佣了。我们顺利进屋，等到先生打开客厅门才认出来，丈夫看清了妻子。可以想象，他老了，愁眉苦脸。不，这很荒唐；或者，他搂抱妻子，原谅了她，激动得不得了，然后对吕卡说："先生，您是个风流豪侠。"不，大动感情的场面也很荒唐。事情不会这样的，很可能是又粗暴又庸俗的场面，把我们轰到楼道平台，羞得我们无地自容，上下层邻居家的门微微打开了。不，不会的。他是公务员，处在受人尊敬的地位，必须保持尊严。最可能是把我们坚决果断而又有礼貌地赶出门外，叫人一辈子想起来就受不了。

咳，够了，这种中学生上晚自习时的胡思乱想！愚不可及，丢人现眼，就像他跟伊莎贝尔的私情那样可悲可叹。随它去吧，再过一星期，就算两星期吧，一切将被遗忘，一切将风平浪静。自由！摆脱目前这种平庸的、缺德的束缚，自由自在地生活！王侯式的生活将重新开始，名副其实的……什么"我把她送回给她丈夫"，这话跟他，吕卡·莱泰尔，多么不相称，就像他伸拳朝伊莎贝尔睡觉的房间凌空猛击。她却睡得很香。大吵一架之后入睡了，大概以为一觉醒来一切将恢复正常，跟往常一样，甚至比上次吵完之后更好。那个充满谎言的夜晚。可恶透顶的吵架该结束了。不，让她吃不了兜着走。正因为下定了决心，他才不愿意采取粗鲁的行动来换取一周的安宁。目前这种令人难以忍受的局面即将结束。也许把伊莎贝尔送回给她丈夫是这台没意思的戏最好的结局。晚些时候，他会想，我刚22岁，不知怎么的，一个女人闯进了我的生活。她本应和蔼可亲，不该动不动就大发雷霆。她离婚了。我把她送回给她丈夫，让他们生活美满。有些男人使夫妻生活破裂，我则使离异的夫妻破镜重圆……是的，这样的结局是可以接受的，以后想起这件麻烦事也心安理得。不过事情实在太麻烦，如有这样的结局，他当然求之不得，算是他青年时代最后一次鲁莽吧，下不为例。在他看来，伊莎贝尔对男性生活来说是无足轻重的女人，她的名字只代表失误、烦恼、失望、浪费时间,有如我们第一次为了出风头请名裁缝做的衣服,价格昂贵,试过多次都不合身,只穿两三次就长久搁在衣柜里占地方,出于善意,出于近乎义务的情感,最后把它送人了,但不无内疚。伊莎贝尔对他不合适。她表现得精神饱满、容光焕发、老成持重、聪明风趣,使他受骗上当了。其实她只适合做有产者的妻子,譬如说一个实业家的妻子,但不适合做像吕卡·莱泰尔这样的人的情妇,吕卡是……干什么的?哦,干过许多事情。首先,尤为重要的,他比大爵爷、比亿万富翁的社会地位更高贵、更稀罕,他是个诗人。所以,一个富有诗意的结局,或至少带有喜剧性的结局,更符合这件失败的事情。她若为丈夫生过孩子,那还有和好的一线希望,可是事情偏偏毫无挽回的余地。不行,结局一定不妙,一定尴尬……我投错了门庭,又不敢马上离开,到头来只好可耻地溜之大吉……

不见得吧,别把事情看得太绝对。一会儿就出发,绝不算逃跑。我是自由的。单身汉,无拘无束。我想独自一人去西西里岛旅行,谁能阻挡我?我这就走。过一小时天就亮了,我乘火车去墨西拿[1]。我喜欢乘早班车。哎,我发过誓不再想伊莎贝尔,偏又忘了自己的誓言。

---

[1] 墨西拿(Messina),意大利城市,位于西西里岛。编注。

二

书在他面前的桌上打开着。他推开书,闭上眼,让形象尽可能长地留在视网膜上:两页文字,两个长方形在四周页边的衬托下映入眼帘。注意:一切即将消失在金褐色的色彩中。移动的形象犹在,但逐渐淡出,最后消失了。形象过后留下什么?仿佛一个空瓮,模模糊糊的,似蓝非蓝的,中心点呈黑中隐红……这个眼皮包裹的空瓮与某个被灯光照亮的东西相映,什么东西?他睁开眼睛。原来是那边独脚圆桌上的小玻璃花瓶,是吗?它一定处在视野中喽?是的,可它不是蓝的呀,也没有任何东西把它映蓝。这种情况是不是说明一个微弱的印象使一个强烈的旧印象再现,当记忆力和想象力利用某种巧合,改变了形象,使物件扭曲和变色?

他在灵与肉的分界线附近又迟延了一瞬,新的印象接连不断,乘虚而入,混杂在纷纷扬扬的记忆中……喔唷,够了。该行动了。正是为了行动才硬撑着不睡觉的。他的决心始终未变吗?"是的,"他自言自语,"我是自由的,我想只身一人去西西里岛。要注视窗户。"他关了电灯。

天色还是一片漆黑。他幼时曾想象,火山喷出的红光足以照亮全城,至少在没有月亮的夜晚给全城增添微弱的光明。大概是某幅绘画或馈赠的书籍中的某个图像使他回忆起儿时的想法。他又打开灯,强迫自己读点什么。德·昆西[1]的《恺撒们》。一本好书。可惜书中的一切离此时此刻的他太遥远了,他如此冷漠,如此无用,英雄的篇章、尼禄之死及其受到酷刑威胁的描绘都提不起他的兴致……眼下,唯有"决裂之艺术"之类的书才能引起他的兴趣,一本关于决裂之艺术的简单实用的伦理教材,而不是什么诗歌或小说。哎,为什么没有人想到写这类教材呢?一本指导性的书,其中收集许多案例和处理案情的办法,可以采取罗列定理的形式,用斜体字叙述案情,再用不同的字体陈述处理的办法。编写得比欧帕里教材丛书中最厚的还厚。譬如,可以编撰一章题为《冒失地把一个女人从她的祖国带走后欲与她决裂的行为规范》。吕卡确实冒失地把伊莎贝尔带出巴黎和法国。是的,不过,他的情况不大一样。况且,即使背景相同,有关的人员也必定不一样。吕卡的问题太复杂。不过他已着手加以解决,即AB两点之间画一条直线。一会儿他就开始画线,把伊莎贝尔留在A点,即留在他家,留在那不勒斯,而他今晚将到达B点,即到达墨西拿或巴勒莫某家旅馆的房间。

哎,吕卡时年21岁又8个月,法定成年已逾8个月,换个比他有经验的男子,一个男子汉,在大吵一架之后,准会躺在沙发上安安稳稳地睡大觉。泰然自若。醒来后平静得很,照常吃早饭。然后,他说:"亲爱的伊莎贝尔,有

---

[1] 德·昆西(Thomas De Quincey,1785—1859),英国散文家、文学批评家。

一班火车可以送你换乘今晚罗马至巴黎的国际列车。格拉泽埃拉帮你打点行李。我去替你买火车票，订座位，顺便在外边吃午饭。火车出发前一小时我开车来这儿接你。"

一切将照他说的办理。今晚5点他去多娜-克莱芒蒂娜家为昨晚未能出席晚宴表示歉意。正是她家吃点心的时候，也许伊蕾娜也在……终于自由了，不必遮遮藏藏，可以大胆……

深谙世态的男子，比如一个25岁的男子汉，就该这样摆脱困境。可是已经21岁又8个月的吕卡·莱泰尔却束手无策，找不到比把伊莎贝尔送回她丈夫那儿更切实可行的办法。他胡思乱想，不能自拔。即使最后她勉强同意去火车站，两人心一软，一时缺乏勇气，面对火车，在月台上，说不好又和好了。于是还得跑到行李车厢取回行李，运气好的话，可以退票。回来后这场令人厌倦的滑稽戏当晚会引发一次新的吵架，比前次吵得更凶。不，绝对不可一错再错。一走了之，就不可能和好了。好在可以通过书信来搞决裂（"不能给地址，否则她会来找我"）。他的出走不是逃跑，而是战略撤退。这是最好的方式，用来协调他对伊莎贝尔剩余的感情和迫不得已的决裂。有过一次，她威胁说离开他，一个人回法国。他本该立即抓住她的话要求兑现。结果她没有走，说害怕一个人旅行，其实她舍不得离开他，这是毫无疑问的。那天他差一点从楼梯上摔下来，吓得她脸色苍白，心扑通扑通乱跳……另外，在他工作的时候，伊莎贝尔进屋总是蹑足潜踪，生怕打搅他……所以在餐馆或戏院，当她以为他乐意瞧另一个女人时，她立即感到不安、难过。幸亏他从未提起伊蕾娜的名字，幸亏他把多娜-克莱芒蒂娜的年龄多说了十来岁。然而恰恰是她不认识的伊蕾娜成了这次大吵的源头。"你这么坚持要去参加晚宴，肯定想重逢一个女人。"她猜对了。但当时他想的倒不是伊蕾娜，主要担心接受邀请而不赴宴所犯下的无礼举动。人家也许等他到达才开宴，因此他非常恼火。

行了。最多还有两星期，他将回到这里，回到他的家，不会有人打搅了。可惜这两星期去不成多娜-克莱芒蒂娜家……可以写信嘛，写好几封，尽量写些有趣的事，没准儿她会念给伊蕾娜听。现在，为鸡毛蒜皮的事大吵大闹，痛哭流涕，以自杀相威胁，泣不成声，呼吸困难，接受邀请却不赴约，这一切已经过去。将来独身一人生活，有书看心就安逸。应当留用格拉泽埃拉，她家务干得不错，给她加薪，让她守口如瓶，完全忘掉在这儿住过的太太。回来的第一天一定会感到难过，小客厅寂静无声，她早已不在他们的卧室了。他的书桌上不会有鲜花，格拉泽埃拉不会想到摆的，她甚至不会选购鲜花，这个老太婆。第一夜为了避免醒来受形单影只的刺激，他将在外面过夜，随便找个地方，如港口一家酒吧，待到天亮。也许回来的当天就会见到伊蕾娜。西西里岛的火车几点到达？或许第二天见面。确实，他这次出走意味着接近伊蕾娜，既然这一走将……将排除大障碍。

因此,一会儿登上去墨西拿的火车,他便可以对自己说:"我正在走向伊蕾娜……"

战略行动……肯定吗?确实吗?吕卡?走为上策,但为了什么目的?难道不更像一次阴谋勾当,旨在教训伊莎贝尔一下,使她冷静思考,使她改弦易辙,最后重新征服她?

令人困惑的问题……伊蕾娜会以为,这个浪子心血来潮离开那不勒斯,远离她而去。伊莎贝尔则想:"我的表现令人难堪,如不检点,他将离开我。"此话说得不是时候,既然等伊莎贝尔走后他才回来。然而一旦回到多娜-克莱芒蒂娜家,一切就好办了。

等他和伊蕾娜结婚过后好久(1年、2年),再向她讲这件事,告诉她为什么他没有参加多娜-克莱芒蒂娜家的晚宴。不行,说不出口哇。她会问:"同意住在你家的那个女人是谁?"向她解释怎么认识的,那个女人叫伊莎贝尔,离了婚的,计划开办一所花边工艺学校,计划革新或改进花边工艺。"这么说我当时是一个花边女工的情敌喽,我却蒙在鼓里。"不,伊蕾娜不会这么说,甚至不会这么想。只有暴发户的女儿或庸俗的交际花才会说这种话。伊蕾娜不是这种人,正因为如此她才可爱可亲呐。哎,倘若我离开巴黎时就知道我将在那不勒斯遇到比那不勒斯更美的东西!为什么早想不到利用我的监护人向多娜-克莱芒蒂娜推荐我呢？那样可以少损失6个星期，说不定我跟伊蕾娜相好的事有眉目了……不过，事情总会顺利解决的。我有办法妥善安排。

三

和睦。小姐，你的名字包含和睦的意义。你知道，伊蕾娜……威妮弗雷德这个名字也包含这层意思：和睦。多么有趣味的巧合呀。如果与监护人结清账目、处理完法定成年事务之后没有来这里却返回海斯汀，那会发生什么呢？我会遇见威妮弗雷德。她刚打完网球，进屋跟我说话。时值8月艳阳天。她一身白色打扮，只有羊毛衫是柠檬黄的，胸脯衣领开口依然很大，中间露出一大块红不棱登的斑记，那是太阳给她留下的吮痕。

"我亲爱的朋友柳卡（吕卡），我消瘦了。"

"不，威妮，你没有消瘦，你累了。"

"喔？累了，是吗？"

吕卡望着她赤裸的双臂，红扑扑有点粗糙的皮肤，阳光下亮晶晶的浅色短汗毛，闻到她身上散发的热乎乎的香水味儿，想到亚麻布和纯纱布裹着的躯体涔涔的汗水。她莞尔一笑，站起来又跳又唱。

"你欠我一副手套！你欠我一副手套！你欠我……"

"为什么？"

"因为你睡着的时候,我亲吻了你的前额。是的,早饭后我经过客厅,你睡在沙发上。"

"我打鼾了?"

"不,噢,是的,震得窗玻璃发出响声。我要我的手套。明天。"

"短手套还是长手套?齐这儿的?"他抓住她的手,吻了吻手腕,"还是高一点的?齐肘关节?再高一点,我想。"他一直吻到她颈窝,最后停在嘴上。但他还想吻她的腋窝……假期即将结束,他们单独在一起时,她随便让他亲吻,多少次都可以。后来让·德沙莱特来了,吕卡不得不照应他。他吻威妮,只不过是闹着玩,吻的不是……要害处。吕卡满可以叫威妮坐在他的膝盖上,抽完一支烟,就像那年在埃克斯湖畔同玛戈·莫里闹着玩。同威妮弗雷德搞的就是这些。伊蕾娜则是另一码事了。未回海斯汀没有什么可遗憾的。

倘若待在巴黎,他有赫德维格做伴。那是在去英国前一个月才认识她的,在旺多姆广场一家旅馆的茶室见了面,然后跟居斯塔夫·德·拉吕等伙伴们到蒙马特游逛。赫德维格总挨着居斯塔夫坐,主动跟他讲话,说他像沙龙和体坛的大明星,听说曾当过他的情妇。他们情投意合。

"去亲近她呀,你等什么?"居斯塔夫说。

"不错,我讨她喜欢,但为什么?"

"哎呀,你呀,"居斯塔夫说,"要是换了我……跟前

我最秘密的忠告……　　273

部长离婚的女人,亲爱的,多么体面哪,再说这娘儿们够意思的。"

可怜的居斯塔夫!跟与前部长离婚的女人勾搭,他觉得体面。是的,他觉得这样的女人体面,而我觉得当过大诗人情妇的女人才体面。他错了,我是对的。跟诗人睡觉的女人才有福气呢。赫德维格嘛,跟她逛逛,跟她玩玩,可以。但在闹哄哄的地方闲逛我觉得疲劳,无聊……

要注视窗户。

四

他关了灯。黎明。拂晓的寂静,拂晓的凝滞。曙光仙女悄悄从窗户溜进房间。决定性的时刻到了。但愿格拉泽埃拉还在熟睡……曙光仙女发现我的秘密和我的烦躁,平静地浏览我打开的那本书……1903年4月7日黎明。如果在贝托莱街,此刻听得见送奶人挨门挨户发出的响声,簌簌的、尖尖的、嚓嚓的,沉重而持续。接着很快传来叮当、嘎吱等千奇百怪的声响,新的一天开始了。这里却一片寂静。"快点!不可能带箱子了,什么都不带,别吵醒伊莎贝尔,别让格拉泽埃拉出她的卧房。带钱包了吗?带了,大约3000里拉的钞票。伊莎贝尔手头的钱足以维持一星期的家用。"他带上钥匙。"别了!再瞧一眼你的家吧。别了!亲爱的!我很抱歉如此卑鄙地离开你。最初的日子多么美好！但我找不到温和的办法，找不到对你对我都不太痛苦的办法……我带不带托马斯·德·昆西的作品？不，旅行时念不进去的，明天，在那边，可以找到陶赫尼次版本[1]。"临走时，他还在独自思考，想找出解决这个问题的办法。他又退回来，合上托马斯·德·昆西的著作，把它放回书柜原来位置，插进《德·昆西全集》。他不喜欢回家时看见书摊开在桌上，好像还在幻想他行将实现的旅行。这本书是个见证，他把它排除了。一切就绪。"告别吧。"他想得很周到，早已把门铰链上了油。蹑手蹑脚下楼梯，似乎小心得过分了。啊，到了街上。4月的凌晨。没有任何人看见他出门。我们的广场，我们的街道。她睡的房间的护窗板上映着晨曦，厚厚的绿窗板在晨光熹微中十分好看，下端微微撑起，好似张开的眼皮，如同低垂的棕榈叶。当他重见棕榈树的时候，她将不在这间房里了。她将在哪里？睡在巴黎粗糙的灰色护窗板后面吗？

他望望天空，湛蓝湛蓝的，每一秒钟都在变得更蓝，迅速扩张的蓝色一直延伸到地平线，他走到哪里，蓝色就跟到哪里，那不勒斯的曙光来得如此急促，把九重天上巨大的白云映入大街小巷的各个角落。瞧这刚出门的年轻小伙子，神经紧张极了，跟情妇大吵之后终于溜之大吉……他疲惫不堪，但他自由了。他始终是自由的。此刻，在湛

---

[1] 指德国陶赫尼次书店翻印的廉价本英语书籍。

蓝的天幕下，生活无限美好，不必回首往事了。生活如同一次愉快的攀登，往上登吧。缺课就缺课吧。忘掉情妇吧！……他忘记拿一块干净的手帕："我到墨西拿或巴勒莫再买吧。"

五

快离开，越快越好。乘缆车吗？不，缆索铁道也许还没有放车，说不定要等候。必须尽快远离伊莎贝尔睡觉的房间，她快醒了。他快速徒步奔下沃姆罗山坡，好像直冲大海。他跑向"千途要冲"，那里的马车站也许找得到一辆早车。地势平坦，道路纵横，通向城市，通向大海。快乐的那不勒斯。

他疲惫不堪，甚至刚出门时的偏头痛都没感觉了。真是精疲力竭。爱情，吵架，感情的大起大落，决心的动摇不定，《恺撒们》，为不让自己入睡的拼搏，这一切再加上一整天旅行：今晚到达目的地他肯定发烧，说不定会大病一场。反正，按他法定成年以来的生活方式，他活不了多久的。早在中学时代，他就有预感。"我将如此了结一生……"他的敌人，那个他憎恨的人以及一伙很高兴他早死的人。此公将对儿子们说："瞧瞧吧，这就是少年放荡的下场。"他的继承人阿莉丝婶婶不会为他流泪，也许会说："活该，他什么也不会干。"至亲故友们会说："少了一个无用的人！他的生活起步确实很糟糕，他自己说过，不想从事任何职业，活着就为寻欢作乐，还说过另一些类似的蠢话。总之，说话不太负责。"是的，一个思想软弱的人，常被他交往的艺术家和无政府主义者拉下水……是的，这正是那个他憎恨的人的观点，也是此人代表的整个阶层的观点，即外省的资产阶级和巴黎的资产阶级的观点，他受不了前者的生活方式，又认为后者的生活圈子太狭小……那个他憎恨的人！多么可笑的人物！此刻与沃姆罗山坡风马牛不相及，瞧瞧左边的维苏威火山，右边的大海，那个他憎恨的人留在沃热拉，远隔千山万水……倘若他处在"意大利佬"中间，他会惊慌失措的……如果我对他说，眼前这座新别墅多么漂亮，矗立在桑塔卢西亚海湾上，俯瞰蓝色的大海，一碧万顷，闪闪烁烁，天水一色，我想买下，出价2万5千里拉，为我们，即伊蕾娜和我，作过冬住宅，只要伊蕾娜喜欢那不勒斯。他会这么回答："一个法国人应当住在法国！"嚇，为什么？请讲出个道理来。有道理的话，也是沃热拉人的逆理悖论，也许吧……那个我憎恨的人会握紧拳头向我逼近，我将抓起蜡烛台进行自卫，做最后的搏斗……

滑稽的争吵，这种争吵场面滑天下之大稽，一方是吕卡·莱泰尔，泰然自若，冷若冰霜，另一方是那个他憎恨的人，尖声急叫，唾沫四溅。

"巴黎？我住够了。法国？不认得，从未领教过。"

"你是个不认祖国的业障喽?小畜生!你玷污了家姓,给父母脸上抹黑,绝没有好下场。你要进监狱的,坐牢!"

"这是我的家,出去,滚出去,快滚!"

那个他憎恨的人被轰了出去,气急败坏,骂骂咧咧,像个"小流氓",但奈何不得,我的态度坚决,咄咄逼人,还吹口哨:《国际歌》……嗯,还没骂够呢……多么有意思,让两种思想在他头脑里撞击,是的,他的脑子不大开窍,充斥家务账目,心里有火,头脑发涨。所以这场争吵对他大有裨益,使他大开眼界,知道了另一种见解,另一种义务,明白了同伴中间流行的老生常谈……假如我入意大利籍后回法国会怎样?选择国籍总可以吧,换国籍易如换供货人。这个想法不妨向沃热拉的思想家呈报。从前他向我灌输反犹太的复仇哲学,从报纸贩来的,弄得我头昏脑涨。我家所有的朋友中只有我的监护人是好人,无私、精明、久负盛名。有点爱挖苦人……但其他人简直……

走这条小巷,5分钟可到维托里奥·埃玛纽埃尔市场,再往下走就是伊蕾娜下榻的旅馆。"不受欢迎的家伙"又浮现在眼前,来向我提供道德上的帮助。"向误入歧途的孤儿提供道德上的帮助。"甚至我父母在世的时候,这家伙就乐于挑我的毛病,指手画脚,尤其我法定成年后,他更跟我作对,变本加厉跟我过不去,好像法定成年是我的一大过错,好像我做了对不起他的事,好像……真叫人受不了!"不受欢迎的家伙"通过不可告人的盘剥拥有几百万巨资,却偏偏嫉妒我,跟我过不去,老跟我算旧账,说什么在我这个年龄他已在父亲的事务所工作,每星期父亲只给他20法郎,而我现今21岁,没有父母,却成了食利者。这些话怎么不早对我说哇!反正他对我充满仇恨,对我反感透顶,以致跑到我家来非难我。我的放荡触犯了他主张秩序和勤俭的思想,他心中为之不平。我猜得准吧。真理原来如此简单。现在我掌握了另一条真理,刚发现的真理。我之所以乐不可支地用温和的讽刺戏弄"不受欢迎的家伙",不是出于报复的意图,而是因为急切希望别人,尤其大人,认真对待我,看得起我。这是顽童的奢望和需要……"不受欢迎的家伙"其实并非坏人,有点像暗探罢了,而且是不计报酬的。

六

吕卡猜对了,在"千途要冲"入口确有一辆马车。他立即上车。车声,快速,清新的空气,再加上自由感,他觉得如释重负。住在山上利斯托里宾馆的伊莎贝尔醒来之前,他便可抵达中央车站。刚才徒步下山时他已经克制住自己不去想伊莎贝尔。是的,但被其他令人不愉快的东西所钳制:希洛人[1](他家的朋友们)以及对他极坏的看

---
[1] 希洛人,斯巴达的国有奴隶,现代一般使用转意"社会底层的人"。此处指攀附他家的朋友们。

法。现在不去想它了。他跟马车夫搭讪,车夫只回答他的问题。这根本算不上谈话。今晨,他的内心独白压倒了所有的声响。喂,快点!大街小巷空荡荡的,亮晶晶的,阴凉凉的,街角上和门廊下摆着一盆盆鲜花。此刻,伊莎贝尔还在熟睡。好奇怪哟,那不勒斯看上去不像旅游城,倒像永恒的帕泰诺贝[1],不像古老的城市,倒像开拓未来的城市,尽管背景建筑已有好几个世纪了。街面房屋笔直地向前延伸,黄的、白的、粉红的、灰蓝的,护窗板和百叶窗却清一色绿的,门前的平台和街心的小广场光线充足,列柱、门廊、雕像到处可见。冷清的时辰,仿佛时间在空转,屋宇在安睡,阴影静悄悄从雄伟的城墙脚下消失。此刻,城市好像只剩下个轮廓,是1903年4月7日还是1803年4月7日或2003年4月7日,很难分清。过一会儿,行人,白日的配角,出现在街道广场,才显示出确切的日期,即专属他们的日期。至于城市,它神秘地超越行人,以石头建筑的雄姿确保绵延,确保未来,未来已铸在城郭的石头和水泥里,未来的废墟或淹没在海底,或埋藏在火山板结的熔岩里,或袒露在这同一片天幕下……马车转弯,看不见沃姆罗山了,但这片鳞次栉比的屋宇后面就是维托里奥·埃玛纽埃尔市场的宾馆楼群,其中一座宾馆住着伊蕾娜和她的伯父母安德雷阿代斯先生和夫人。她

---

[1] 帕泰诺贝相传是公元前600年那不勒斯建立以前邻近的名城,因富有传奇色彩,故有开拓未来的象征。

哪里晓得一个倾慕赞美她的男人正在远离她所在的城市。彼此近在咫尺，却似乎远隔天涯。仿佛在向她告别。"是吗？"她淡淡地答应一声。其实是为了她才离开的。这个"在多娜-克莱芒蒂娜家遇见的年轻人"正在离开那不勒斯。她有点惊异，但没有任何遗憾，甚至没有任何好奇心。他面对这种绝对的冷漠，怎么企望达到遥远而光辉的顶点：他们结为伴侣，夫妻双双来到维托里奥·埃玛纽埃尔市场附近的那座花园住宅？不可企及。她太美丽太庄重了，我配不上她。她太高太远了……有如一个外国人希望在这座城市当上一名政府官员。两者之间没有丝毫关联。此时的吕卡·莱泰尔腰酸背痛，恐惧不安，昏沉困倦，向中央车站逃跑，身无行李，只带着一块隔夜的手绢。心里却希望明年旧地重游时各家报纸将刊登以下布告："最后一批到达贝托利尼剧院的有：吕卡·莱泰尔先生和夫人。莱泰尔夫人是雅典和巴黎的银行家安德雷阿代斯兄弟的女儿和侄女，在那不勒斯上层社会享有盛誉"，或诸如此类的文字。这就像吕卡当上那不勒斯首席法官那样难以置信。咳，他必须有极大的信念，必须死抱着爱情不放，否则非陷入绝望不可。他深感孤独，唯一有点爱他的人是伊莎贝尔，而他偏偏逃离她，把她从他的生活中赶出去。孤单单一人沦落那不勒斯街头。冷漠的城市，害人的城市，她……

不，她决不害人，因为她是幸福的，她从幸福中醒来，高高兴兴进入新的一天的奇遇，在明媚的阳光下展现她的风采,她的富饶,没有一条街,哪怕最穷的街,是阴森森的;她喜欢所有的孩子,包括抛弃她离去的游子,因为她知道他们会回来的。她正在离开梦乡,回到人世中来,信心十足地,热情洋溢地开始1903年4月7日这一天……

掏零钱付给马车夫。

七

有,有零钱,我记得很清楚,喏,找到了。

"一张去墨西拿的头等车票,是的,墨西拿。什么?下午以前没有去西西里岛的火车?"

叫一辆马车返回码头,租条船,但太麻烦了。此刻伊莎贝尔也许醒了,在喊吕卡呢,对吗?他感到被什么东西拉回沃姆罗。出火车站吧,不,不,他豁出去了。

"第一班直达火车到哪儿?塔兰托—布兰迪西?7点45分?"现在是7点15分,"好吧,一张去塔兰托的头等车票,单程。"

那不勒斯至塔兰托直达火车进站了。

滚热的咖啡真提神。他点燃一支香烟,烟雾在空荡荡的车厢里缭绕,香味宜人。这节车厢在到达塔兰托之前成了他的专用房间。塔兰托,念的时候重音在第一个音节。

吕卡,你得记住,你原来打算从萨莱诺出发,向右行，沿海岸线南下，而现在你却向左拐，顺半岛中央高地北上，然后再掉头南下，通向另一个大海。那海有个漂亮的名字。伊奥尼亚海。请让你的方向感和地理感适应路线的变化，因为这种感觉值得尊重，在不明方向的时候，这种感觉叫人很不自在，却说不出所以然。明显的例子如我们在贝托莱街自家的房间里，绝说不出这样的话：奥尔良在我前方偏右，南锡几乎在左耳的正对面。这儿却毫无疑问，屁股占着四分之三的座席，面对刚挂上列车的火车头，正前方即是塔兰托，就是说，毅然决然地背朝沃姆罗行驶。

因此，今晚我将到达塔兰托，而不到墨西拿或巴勒莫。无关紧要，重要的是积累没有伊莎贝尔在场的新印象，以便覆盖或至少淡化以前有伊莎贝尔参加或与她有关联的印象。空间上远离她是我达成从时间上远离她的一种手段，必须让这个空间尽可能充足地装满时间，新印象愈多愈强烈，旧印象就愈快衰退。必须尽可能缩小旧印象。如果此刻他在车厢里突然被误捕并下了大牢，那么所受到的强烈印象必定大大减轻他内心涉及伊莎贝尔和伊蕾娜的冲突。所以我们必须强化时间的活力，不让它随便流逝，我们能够促使时间加速治愈我们的创伤。为此就得把注意力集中到我们周围的事物，集中到伸手可及的东西，如装饰和风景。10小时的旅行，从一个海岸到另一个海岸，穿过把两个海分开的陆架，可以给你丰富多彩的印象，只需身临其境,随遇而安,其内心充实的程度大大超过在房间里度过的 10 小时,人在室内待久了,对各种东西的意识就会淡薄。如此说来,那不勒斯至塔兰托的直达列车,如果我善加利用,就可使我远离伊莎贝尔的速度快于远离那不勒斯。不过是不是一定要采取这种形式?不知道。昨夜烟抽得太多了。他扔掉吸了一半的香烟,感到火车动了一下。

那不勒斯至塔兰托直达列车开动了。

把他和伊莎贝尔分离的机车运行了:无痛脱离。怎么,就这么简单吗?太便宜他了。他的逃跑是卑鄙的。她只要证明他不是个高雅的人就够他受的了,尽管他有别的优点,但缺乏这条优点,事情就严重了。他落入卑鄙的低谷。他的自由是野兔的自由,无休止的逃跑。这天是他一生中最可耻的一天。

一阵咳嗽。他的行为是病态行为。他不完全负有责任。他将早亡,这种早亡将说明一切,将使他得到宽恕。昨晚以来他说不定已染上致命的病菌,他的塔兰托之行是走向死亡的旅行。他就要死了,来不及对伊蕾娜说什么了。而伊蕾娜还完全蒙在鼓里。不,他将给多娜-克莱芒蒂娜写信,强调"我爱伊蕾娜,我快死了";或倒过来写:"我快死了,我爱伊蕾娜"。从前,每当生病,哪怕最难搞到的东西,最贵的东西,只要提出要求,就能得到。所以,他要求得到伊蕾娜……多娜-克莱芒蒂娜是那样的宽厚,再说她肯定察觉了。啊,让她来吧,让她把伊蕾娜带来吧。

> 你瞧吧,当最后的时刻来到,
> 你抓住了垂死者……

多美的诗呀,背诵这两句诗使他感到振奋。诗歌疗法!这是一服强身的镇静剂,促进血液流通。

> 你瞧吧,当最后的时刻来到,
> 你抓住了垂死者衰竭的心!

八

"你瞧吧,当最后的……"

真想不到这两句诗在两千年前就在这个地方以同样的激情被一个钟情的人背诵过,他热恋着一位皇后、一位公主或一位美丽的希腊女雅士,可能很像伊蕾娜,在罗马废墟的墙上有刀刻的诗句可资印证:

> 你守护着坟墓的安宁,
> 你日日夜夜注视……

怎么停车了？我没有留意。大概到托雷安农齐亚塔了吧？是的，托雷安农齐亚塔，停车3分钟。站名记得在什么地方读到过。"你日日夜夜注视……"这两句诗也非常美，他乐意一连背诵50遍。不过他更乐意设想他将在塔兰托为自己设置灵床：医生离去后，他让人叫来一位神父，请他当中间人，当经纪人。神父带着吕卡写给多娜－克莱芒蒂娜的信出发去那不勒斯，为生命垂危的钟情人说情，领着两位女士回到塔兰托。无情的病魔继续折磨他，无药可救了。多娜－克莱芒蒂娜接替护士守在他床头。伊蕾娜经常在门口出现，在最后紧急的时刻她来到他跟前，抓住他的手。"你抓住了垂死者衰竭的心。"她应当为他守寡，因为在遗嘱中（塔兰托有法国领事馆吗？）他把所有的财产都遗赠给她了……多么大的讽刺呀！

另一种设想是这样的：伊蕾娜的到来救了他的命！他与病魔做斗争，慢慢康复了。前后一共两三个月吧。时值初夏。他们出发度蜜月……哪儿？恩加迪纳山区？波罗梅群岛？不，这太平常了。去瑞典。要不然去她的祖国……对啦，奥林匹亚山坡，再好不过了。10月，年轻夫妇定居帕里吉。银行家吉里奥斯·安德雷阿代斯高高兴兴地把独生女儿嫁给一个非常讨人喜欢的、社会地位很高的小伙子，给5万德拉克马[1]作为结婚礼物。

---

[1] 德拉克马，希腊货币单位。

又白日做梦了！哦，我的年轻人，安分些吧，规矩些吧……此刻我能解析一道二次方程的习题吗？听说安倍（是不是安倍？）利用解析题目的办法来治牙痛。嘀，在极度的混乱中应当保持清醒的头脑……内心会议厅作为火刑法庭[1]时应邀请明智的法官，辩论应当安安静静地、严肃认真地进行。

只有两条出路：诉诸外部世界——风景、他周围的一切、他在火车站书亭买的报纸（还没有浏览标题呢）；或者继续辩论，有条有理地审理每个案子……瞧这份顺手买的巴黎时装报，好像他即将回家把报纸放在床上，摊在伊莎贝尔面前。某公司出产的女人茶会服。这是正经人严肃的生活。男子的角色，丈夫的角色，显而易见的。我是个丈夫。嗯，不，还不是呢。我完全是清白的，好像用不断增值的顺序排列两个方程的根 $fx\ ax\ bx + c$——o……自从来到这个国家，数学引起我的兴趣。这是通向九霄云外的途径，不难理解为什么第一批数学家出现在这里：层层叠叠的蓝色簇拥着你，把你抛进光的海洋，使你在抽象的世界里迷失方向。几粒油橄榄，一条鱼，一杯清凉的水，一个女的或男的仆人，这就够你维持一天了。其余的时间，你用来写信或随便乱画……你变得懒了，每天早晨朗读十行维吉尔的诗都坚持不下去了。你已过上规矩的家庭生活，

---

[1] 法国资产阶级革命前审判犯有异端邪说、放毒等罪的人的法庭，以吵闹著称。

怎么说也白搭。伊莎贝尔使你变成一个好公民,一个一家之主,一个好人。回到你的青春时代吧,伙伴。别忘记在美城的日子,为支持精炼厂的女工罢工,你加入了一个活动分子小组,与著名的无政府主义者勒米埃尔肩并肩在一起游行,他捧着伙伴的遗骨(装在一只旧皮袋里),那个在火箭形广场英勇牺牲的、了不起的伙伴。

女工们身穿粗布工作服,头发蒙着一层白色的炼糖的尘埃……他觉得她们挺可爱,挺美丽,她们虽然缺乏教养,却有一种奇特的风韵。但她们放肆的眼神使他望而生畏,是的,就像意外撞见了浓妆艳抹的女人那样猝不及防,束手无策,反觉得自己倒像个年轻工人,面对一群美丽的夫人。不寻常的夜晚来临,他即将在这群令人赞美的姑娘中选择一个伴侣。真的,他当时毫不怀疑。那么现在我还是同一个人吗?我能随意从我的行动所编织的网中挣脱出来吗?当然。公正地审查一下这件案子的字据就清楚了。请看这第一张字据……我感到羞愧。不,不要不好意思,实事求是嘛。

那好。他打开第一张字据,立即想起一连串愚蠢的行动,感到羞愧万分。每次写一张烧一张,这张字据虽然也烧了,但记忆犹新。他把这篇折磨人的文字背得烂熟,连每一处涂改,每一行的结尾,直至书写的字体,都烂熟于心。瞧一瞧吧,读一读吧。

明年的计划

I. 总纲

过几个星期,解除监护的事务一旦料理完,我将摆脱物质和社交的约束,自由自在地开始王侯般的生活了。就是说,与日俱增地成为我自己的主人;就是说,为了确定最终的选择,一切都可以试一试,在尝试的过程中不做任何抉择。保持自由,不受一切习惯、友情、联系的约束,不受一切团体精神或帮派思想的约束,甚至不受各种风尚的约束;永远不再重视家人朋友们的意见,不必看他们的眼色行事了,不搞谋利的学业,不图职业。隐姓埋名,明确表示我想干什么事业、想挣钱等的欲望不管怎么强烈,都必须打消,家友们愈不赏识我,我愈高兴,让他们通过别人的嘴知道我在干什么吧。要做到不用我自己提出要求就有人来优待我,把勋爵的饰带戴在衬衣里面。等着瞧他们发现［此处涂去几个字］奇景时的嘴脸吧。什么荣誉观念,什么法国人的纪律,什么尊重有偿劳动,什么"绅士"风度,这一切不消化的食粮统统要彻底抛掉。甚至对待理性也要保持自由的态度。每天晚上做祷告,像在中学时那样,永世不忘,我只属于上帝:"这教堂是我的故乡,我不认识别的地方。"这儿是英国,每星期日得去教堂做弥撒。

我最秘密的忠告……

II. 经济

不管什么借口,不管发生什么事情,每月的花费决不可超过……[好几个数字重叠、涂改,难以辨认。]我大学生的生活方式不做任何改变。保留巴黎贝托莱街的房子,因为租金很低,对我在国外的生活安排很有利。买不买马焦雷湖[1]畔的别墅?买。不买。[涂改]买不买打字机?买一台吧。设法弄清楚加利纳里亚岛价值多少。

III. 充实自己

1. 充实知识:

尽可能不抛弃已学的知识:拉丁文,希腊文,科学等。继续学法律(二年级)。探索人们不让我们涉足的领域:经院哲学,天主教文学和哲学,以及像伽桑狄[2]那样的人物。路易·勒米埃尔对我说过,唯有基督教拉丁人文学能涵盖一切,到康德为止,之后的一切统统扔掉。至于学英语,应阅读并摘录一位19世纪伟大散文家的全集。学会流利地讲意大利语。在国外期间每周阅读50至100页法国书籍(仅限于17和18世纪的)。此外,另外制订详细的时间表。学不学一种手艺?学[画着重号]。印刷工艺?装订工艺?再说吧。尽早返回意大利。春天和秋天:

---

1 马焦雷湖,意大利第二大湖,位于北部阿尔卑斯山区。
2 伽桑狄(Pierre Gassendi, 1592—1655),法国学者和哲学家,以推崇哥白尼和伽利略著称。

巴黎。冬天：意大利。夏天：英国。

2. 充实经验

a. 男人

不跟任何同伴（伙伴或其他朋友）绝交，但一旦出现团体精神或小圈子主义，就暂时离开他们。永远不拒绝结识新朋友的机会，但决不建立出于利害考虑的关系，否则我就完了！回避惹人厌烦的人和讲人坏话的人，这是浪费时间，但可以结交与人意见相反的人，只要他们不太偏激就行。理想的是结识各个阶层和各种职业的人，在巴黎，在外省，在外国。至于友谊，只有跟向往王侯般生活的人才能建立友谊，跟其他人无从谈起。通过间接的办法承认他们，否则家友们会传播他们的坏名声，但可以直截了当地引用圣弗朗索瓦·德·阿西西的言论，马基雅维里在佛罗伦萨附近的客栈发表的言论，司汤达的言论。要想到社会上大部分人是非常低微粗俗的，他们把商业生活看作人的最高贵的活动和最终的目的，几乎不懂得精神生活，他们把巴斯德和李斯特[1]看作极为发迹的医生，把维克多·雨果看作他那个时代靠诗歌赚大钱的人。

对于我们这些人来说，"结老茧的手"始于银行家。

b. 女人

永远不要混淆这两个方面：基本欲望的满足和爱情。

---

[1] 约瑟夫·李斯特（Joseph Lister，1827—1912），英国外科医生，外科消毒法的创始人。编注。

为前者,不要保持联系(参见上述文字),逢场作戏而已,时间愈短愈好,为了节约时间,更为了保持完全的自由,物色价钱便宜的姑娘,始终不公开她们的名字;以同样的方式跟她们一起享受感官的乐趣,包括食物、风光、香水……有如画家雇请模特儿,以便培育视觉和触觉。用不着挑剔,犯不着费大量的时间物色生意场外的品种,同样的货色到处有卖。作为逢场作戏,不必讲究自尊或虚荣,完全没有必要,她们绝大部分连自吹价值的十分之一都没有。

为后者(即爱情),理想的女人(不可指望过头,要提高警惕)是在特殊场合下的特殊的女人。遇见这样的女人后,必须尽可能完善地做出配得上她的表现,并且锲而不舍。这种爱情总是"冷酷无情"的,哗众取宠的私情莫过于18世纪英法哲学家和交际花之间的艳遇,反倒是19世纪的勒内[1]们和所有酸溜溜的好色之徒[2]还多少有点情意。错误的根源:幻想和"诗歌大全"。善男信女们的爱情宗教也是一个根源,他们信以为真的爱情,只不过是痛苦地完成资产者所谓的婚礼,老百姓称之为大吃大喝。我不负这种使命,不关我的痛痒。

不管怎么说,明年,在没有找到理想的女人之前,我想体验一下夫妻生活。过6个月,至多1年有亲情的生

---

1 夏多布里昂的代表作、中篇小说《勒内》(1802)的主人公。
2 讽喻浪漫主义者。

活,以便了解情况。

有两个女人可供选择:

威妮弗雷德。好卖弄风情。如果我完全投入,那么会引起嫉妒。完全占有她的结果是结婚,之后她会像对我那样去向伯蒂、约翰尼、让·德沙莱特等人献媚,甚至……〔涂去好几个字〕。反正整个冬天在海斯汀过了。

赫德维格。更合适些,但她的男女朋友太多,很难亲密相处。她不会愿意离开巴黎和她周围的人6个月以上。非常实惠。善于交际。适合做那个他憎恨的人的妻子。这使我们确切地看出巴黎16区和沃热拉之间的差别[1]。她是否同意去意大利跟我生活6个月是对她最大的考验。她双肩的线条,她……〔涂去几个字〕,夜晚,〔涂去两行〕。权宜之计。

一直等到明年冬天才在意大利安家吗?可能吧。

总之,先充实知识,后充实经验;先结友情,后搞性爱。但一切的一切都必须符合我高贵的出身。

(签字:吕·莱)

这等字据,只配付之一炬。是的,计划写完不到几个小时,等他从圣伦纳德海堤俱乐部大道散步回来就给烧了。这篇奇文,狂妄、幼稚、愚蠢,简直羞死人、笑

---

[1] 16区为富人区,沃热拉街区当时是平民区。

死人，不过写得挺坦诚，充满朴实的笔触。我高贵的出身……我的上帝……我的上帝呀，上帝把我变成诗人，看透了我的心哪。我挣扎过，现在还在挣扎，想为上帝的荣耀效劳，却改不了无耻的行为。请看，上帝创造的最伟大的圣人和最宽厚的好人之一竟敢在年轻放荡的时刻对他的酒肉朋友们说："你们不知道我是谁吧，总有一天我将饮誉全球，知道吗？"幸亏上帝没有让他迷途，允许他活下来证实他在妄自尊大到了如醉如痴的地步时吐出的狂言……宽恕我吧，指引我吧，把我从恶中拯救出来吧，好让我为经上帝允许得以在地球上生存的人们做一点好事……是的，但是一开始这个可悲的"计划"就把一切搞糟了。怪就怪在吕卡居然能按自己的意愿行事，好像天作之合，让他获得了"夫妻生活的体验"。

九

伊莎贝尔差不多是他从英国返回巴黎后遇见的第一个女人，她独自一人在一家吕卡常去的小餐馆吃午饭，餐馆位于盖吕萨克街，离他家步行 10 分钟。"我大学生的生活方式不做任何改变。"新出现的女性，有趣的人物，不是本区的女人。蓝眼睛，更确切地说是灰蓝色的，眼珠中心的圈圈是嫩蓝的，微露惆怅，但坦率、冷静、理智。白皙的皮肤极美，光泽四照，面庞上端披盖闪着桃花心木般光泽的褐发，但帽子把头发盖得太多了。跑堂的回话说，她来了有两星期，总是一个人，好几次乘马车来的，只在晌午、晚饭可能在家吃。不跟任何人"聊天"。一个正经的女人。跑堂的口气似乎告诉人们要接近她是很难的。看得出她是位资产阶级太太，习惯于掌管家务，指挥仆人，处处时时要别人尊重。只要看一眼她坐在餐桌旁的架势、走进走出的方式就清楚了。她非常善于回避旁人过于定睛的凝视。

让·德沙莱特也从海斯汀来巴黎，他攻读大学一年级。吕卡把伊莎贝尔指给他看时，心里对自己说："我不满意自己对让的态度，尽管不断提醒自己，却不由自主地使他感到他初来乍到，而我是拉丁区的老油子了。"吕卡总找不到适合表兄弟性情的话题，让喜欢打猎，精通马术，鄙视书本。"女人"这个话题还比较合他的口味。对，就谈那个女人，那个陌生的美人。

"瞧她的皮肤多白呀，面庞白净。别看她一本正经，出出进进不惹人注目，但到晚上在卧房一定非常迷人。端庄、自尊、内秀，活像寄宿学校的女生。什么女修院办的学校？她的练习本一定干干净净，功课十分出色。有条理，守本分，通情理，稳稳当当地长大成人。是个知分寸的女人，洁身自好，生活检点。她不受人诓骗，会像赶苍蝇似的赶跑男人。听我说，让，一个正派的女人，多么令人爱慕哇。瞧瞧咖啡馆里的那些女人，简直是些野女人，男人们尽跟她们厮缠,多么不幸哪。这个女人也很性感,甚至更强烈,不过更隐秘罢了。夫人的生活有明有暗,相得益彰:白天出访亲友或采购物品,晚间床上温顺、幸福。她的戒指,也许是她母亲送的吧。如果她结婚了,那就太遗憾了,因为她一定忠于丈夫,会被圈着永脱不了身。她比我跟你说过的赫德维格更难弄到手,是个小资产阶级出身的女子,有更多的成见。喂,让,我的要求不高嘛,把这个女人养在我的住处,全心全意让她幸福,让她过安稳舒适的日子,无微不至地照料她,讨她喜欢,时刻想着她在家等我,每天给她送鲜花,眷恋她,尊重她。这没有任何的浪漫色彩,也不是什么虚荣心作怪,纯粹是爱情。很可能她被脓包丈夫刚抛弃不久。常常是这类女人受糊涂丈夫的冷落,最后被抛弃,恰恰因为她们正派、多情、顺从,而庸俗的丈夫,搞不到无成见的大资产阶级的闺秀,就偏爱不正经的、摆阔气的姑娘,来满足自己的虚荣心。"

最后吕卡引用了魏尔伦和波德莱尔的诗句,甚至用吕卡·莱泰尔自己的诗句(没有点破)作为结论。让·德沙莱特对文学一窍不通,凭他耿直的心确信表兄已经爱上这个女人,于是酝酿充满牺牲精神的大胆的计划。

开学头几个星期乱糟糟的,巴黎阴沉,使人沮丧。吕卡用不着再去公证人和监护人那里了,也犯不着跟那个他憎恨的人发生唇枪舌剑了,却比前几年开学时更寂寞得叫人发慌。苏弗洛街是他暑假后回校的必经之路，现在显得格外凄凉。

哎，到塞纳河西岸去……他重新见到赫德维格。她现在住在亨大旅馆，同几个朋友住在一起，其中包括一位实业家（兴许是法国最有名的人物，因为他的名字到处可见）以及这位名流的妻子。他们计划搞一次轻松愉快的晚会。居斯塔夫·德·拉吕和他的情妇以及情妇的丈夫也参加了。这是个喧闹而阴沉的夜晚，他们从一家酒吧到另一家酒吧，最后结束在中央菜市场时天已蒙蒙亮了。街道泥泞，空中飘溢着蔬菜味儿。突然餐馆里一个由漂亮女人陪伴的男人站起身，声嘶力竭地吼叫起来。最后此人孤零零回到贝托莱街，口干舌燥，双脚疼痛。他对自己很不满意：愚蠢地大发牢骚暴露出他的烦恼，引起令人难堪的指责。不过，损失不算太大。反倒是个好机会，写信表示歉意，承认爱得发疯。他懂得这一点，可惜没有动笔。

回巴黎的同伴还太少，重搞星期二聚会人数不足。再说，搞来搞去跟去年差不多，翻不出新花样。实在令人奇怪，同伴们一个个单独来看，人人都是了不起的，才华横溢——其中好几个人后来成为大人物——可是聚在一起，却眼直直地瞪着发呆。聚会总在阿莱泽亚街一家咖啡馆的二楼包厢里举行，迪莉迪雅主持，她几乎一丝不挂，说什么受不了接触衣服。她絮絮叨叨地高谈柏拉图，好像她的情人中有一个正在做有关柏拉图的论文，她振振有词地鼓吹歪门邪道，多么令人厌烦的女人哪。同伴们的才气只用在给一些人打电话，开些骂人的玩笑或无数次重复两三句他们觉得滑稽可笑的诗句。多么无聊！为什么我也涉足其间呢？既然参加了，为了讲义气也得再去呀。不，为什么？因为……我早该摈弃这种友谊了。

天空还像乡间那般高爽，还像暑假时那般明净，可市内则阴沉沉的，已经散发着万圣节周的气氛，忧郁、寒冷、短缺。我像个断缆的浮标，等着已经形成的激流把我冲走。这激流就是去年我在意大利的回忆和我4年大学生活这股强大的离心力。至于预订的大学课程讲义，我自己学学算了。去佛罗伦萨？不，我还不熟悉那不勒斯呢。把雅娜搞到手，带她去那不勒斯怎么样？可她身不由己，有另一个情人。这里只有一件东西我百看不厌：圣小教堂蓝中隐青的精致穹顶上竖靠十字架的牧人天使。巴黎的天使，忠诚而朴实的天使，不炫耀，不夸张，是代表整个西方的天使。法国诗人的守护天使……我很想再见一见在盖吕萨克街遇见的那个女人，可我接连4天在玛德莱娜附近用餐，根本不忠于执行我的计划。

令人吃惊！难堪的？几乎是吧：她正在跟坐在近旁餐桌的让聊天。让对我做了个手势，我不明白。最后她走了，也不瞧我一眼。原来让在挖我的墙脚，为他自己干呐。不，不可以这么说，我没有追求者的专利呀。

"喂，吕卡，你瞧，我搞到情报了。近日你干什么去了,不守信用的家伙?我倒一直在这里为你卖力。你可以得到她,如果你小心从事的话。噢,跟她接触可不容易呀。这女人冷若冰霜,不,是多疑、谨慎,不喜欢我这种类型的人,觉得我太活跃,也许嫌我教养差吧。喂,你猜猜,她的情况几乎都弄清楚了。姓和名,先告诉你她的名吧,她叫伊莎贝尔,离婚已有4个月,是胜诉,追回了嫁资。她回到出生地巴黎,打算开一爿店,不,开办一种什么花边学校。她,老家在北方,18岁在外省跟一个公务员结婚,现今23岁。在巴黎有几个朋友,如一个雕塑家及其妻子等。有点女权主义的味道,自谋生路,自食其力,喜欢文学。我对她说你是诗人,引起了她的兴趣。她说不喜欢死心眼儿的,因为他们只想赚钱。也许影射她丈夫吧。不过,当我把你吹了一通之后问她是否同意把你介绍给她,她不置可否。明天来早点儿,占据这张餐桌,我给你介绍。然后靠你自己对付了。对啦,她已知道你打算去意大利过冬,说不定这趟旅行能帮她下决心……你将经历一场爱情考试。我想你不会考不及格的。"

嘿,这个让-弗朗索瓦-亨利-罗泽埃·德沙莱特,埃布勒耶省德拉利佐尔乡德沙莱特古堡的主人,真够朋友的,尽管粗俗的表弟对马拉美的诗一窍不通。不过,我希望他一旦做了介绍就离开。

十

从这时候起,伊莎贝尔显得重要起来。为了见她,等上几个小时;为了讨她喜欢,想尽各种办法。有时事情好像没有希望了,她躲在家里,不再上餐馆,对他视同陌路。她不肯主动鼓励他。他太笨拙了,独自一人时想起来就脸红。他们之间有时是那么严肃,那么古板,简直叫人厌烦。恰恰因为他们把待在一起看得太重,把说的每句话看得太重。他觉得自己愈陷愈深,开始发现她坠入情网了。这张情网由话语、目光、沉默组成,看似脆弱,却又坚不可摧。最后我们同意了,决定共同建立我们的幸福前景。

很快她像古希腊演说家似的打开话匣子,滔滔不绝。

"我多么希望自己从未结过婚,也希望您遇见我以前从未结交过女人,希望您是非常腼腆的,非常不懂做爱的……过去已经不复存在。"

所有的细节,所有的话语,所有笨拙的动作,尤其她的沉默,都使他深深感到第二次洞房花烛在一个女人心目中的重要地位。这件事她也许早已暗暗企求过,但来得如此突然,不禁又惊又喜:男人、房子和家庭。在几个月的拼搏、孤独、抵抗之后终于又找到了男人和家。如释重负之余,彻底缴械了。她将离开寄宿公寓的房间,在出发去那不勒斯之前的那几天,她搬到贝托莱街。她的朋友们、雕塑家及其妻子会怎么想呢？他们没有偏见，觉得很好。演说家红着脸把吕卡介绍给她的女友，这位女友朝她笑笑，好像在表示鼓励和赞赏。演说家住在吕卡家，总之，是吕卡的第一任"妻子"。与雅娜的关系，只不过是愉快的幽会，好似访问，好似摆摆爱情的花架子，互相表示一下意思而已。雅娜来到他家，心里却直惦记前前后后的事情：购物、访友、晚宴。经常忘记约法三章，如忘记以你称呼，通常的"您"不时用得很不得体。他和雅娜不曾有过真正的亲热，甚至在未离开房间之前她便完全恢复镇定。斯文庄重，社交礼节，破坏了亲热的气氛。雅娜只肯陪伴，不肯委身。相反，演说家成了他的女人，住在他家，是一家之主的女人。亲热的气氛，香馥的味儿笼罩着他们日常关系的一举一动。他们的举止变得十分可爱，就像衣着整洁、准备外出的人们。

"请您允许我打开这封信。"

"您进屋，我立即起身，等您坐定，我再坐下。"

"请让我不拘礼节，谁也瞧不见咱们。"

于是我们以你相称，而您这个称呼如同漂亮的面具，外出时才派用场，有时脱口而出，我们相对一笑，心照不宣。女朋友，女同学，女主人，初恋的女士。我也从她身上得到支持和安慰，尽管我没有向她说破。她对我关怀备至。我咳嗽或头痛，她便惴惴不安，那家可恶的小杂志拒绝刊登我的8首十四行诗《汉普顿宫，胰蛋白酶的宫殿》，她为之愤慨，为之伤心，况且她执意亲自用我新买的哈蒙打字机誊打。她想以这种方式为节省家庭开支做出贡献。

"不必了，等从意大利回来，法国花边学校繁荣昌盛了，咱们再各自记账。眼下暂且听我的，下星期我去买那件你喜欢的毛皮大衣，即使你不肯跟我一块去。"

他领着她逛商店，然后一个人返回订购她喜爱的物品，即那些她遗憾地放弃的物品。这些开销只花去了那笔意外的2万5千法郎余额的一部分，尽管公证人做了解释，他还弄不清这笔余额的来源，似乎是天上掉下来的。所以他的举动算不上慷慨施与，只是献给演说家美人的一点微薄的礼品。

"我敢肯定这顶帽子爱上了你的头发，这条连衣裙若得不到金枝玉叶的赏脸，一定会憔悴、会凋谢的……"

这一切是多么美好哇。她生活在贝托莱街我所熟悉的环境里，我们把出发去那不勒斯的时间先推迟10天，后又推迟一星期。我的"妻子"，一时间所有的女人都为她服务：殷勤的女售货员，跪着替她试衣样的女服务员……还有为她举办的雅典娜女神节——时装模特儿表演。（如果跟伊蕾娜在一起，层次还要高得多。）设想一下，18个月前，在认识雅娜以前，年轻的大学生吕卡·莱泰尔如饥似渴地想得到时装模特儿小姐的青睐，想征服其中一个。感谢上帝，也感谢让·德沙莱特，他得到了他需要的女人。他的感情生活已经确定：严肃而镇静的情分，贤德所酿成的幸福。

然而……当他想到未来，比如想到两年以后，他仿佛看到自己孑然一身。一天午饭后办完事，他自个儿外出，伊莎贝尔没有陪伴，他惊异地发现没有她也行，甚至高高兴兴地闲逛了一阵……提布卢斯[1]的叹喟确有一丝惆怅："你像接踵而来的人群把我的孤独填平……"有时候一人独处其乐无穷，长达数小时之久。每当我们镇静下来，反躬自问，就像与挚友重逢，在自己身上寻找最可爱的东西：真情实谊。总之，时至今日，他还缺乏经验。假如同世交的某个女儿或侄女结婚，会是怎样的情景？会有怎样的区别呢？自然有各自的缺点和粗俗之处，比如有少量的词音发得不准，词意用得不确切（听之任之，不纠正反而有趣），而我在伊莎贝尔身上尚未发现类似的问题，噢，也发现过的，那天，还有昨天，她那个气恼的动作，尽管非常克制，说明她有不高兴，不过来得快去得也快。也许因为她在这些日子里……（我有点像已婚的男人那样想问题了，这叫私生活吧。）我们彼此相爱。很可能我们俩都有点冲动，她自然不是特殊场合下的特殊的女人，我对女人的观念早已确定，暂且接纳她罢了。尤其事情发生得正是时候，我刚到法定成年年龄不久。我的一切好奇心将得到满足，比我的同学们更成熟了，他们住在父母家，竟想

---

[1] 提布卢斯（Albus Tibullus，约公元前54—公元前19），古罗马诗人。他的诗全部用哀歌体格律写成，主要是爱情诗。

不到尝试这种体验,他们还停留在浅尝辄止的阶段,欲望只限于唾手可得的性爱、姑娘们微不足道的青睐或按类排列全部猎物的虚荣心,深信结婚是最大的荒唐事。我将变得老谋干练,也许吧,将以宽容的态度看待他们的烦躁,他们的危机,他们的追求,他们的成就;我将向他们提出谨慎行事的忠告。我,深谙世态,知道一个压在男人肩上的女人有多少重量。我不准备结婚,或等上了年纪(40岁时)再结婚,届时已深知底细了。与建立家庭和抚养孩子相比,我有更开心的事情要做。"我更爱阅读!"路易·勒米埃尔说过。此公不守习俗,其实古代最优秀的哲人早就主张不守习俗才比较明智,至少胜过热衷家务事,但对一心扑在女人身上的人来说这个忠告毫无作用。从现在起,无论体验的结果怎样,我都感到更加自由,更加平静,更能掌握这次激情与过失的原委,更能控制和利用精力。总之,我的一切欲望、友情和温情都投到我的女人身上,让她感到满意。我走神儿,说了些题外的话,言归正传,还是谈我和演说家的爱情吧,好比讲故事的人看了一眼窗户,继续讲述他的故事。

嘿,又见到大海了。快到萨莱诺了。我喜爱萨莱诺城石灰白的美丽柱廊,沿海那排阳光充足的别墅,在烈日下如同一排火炉,夹在明净的天空和无垠的碧海之间。在这风景如画、流光溢彩的背景里,吕卡仿佛看到亭亭玉立的伊蕾娜,离得那么远,似乎天气还"不够晴朗":她的倩影朦胧迷离。他老想着抑制自己的爱情。我配不上她,我是个羞怯的、没有教养的毛头小伙子。我记得用什么表示我的爱情使她产生信任吗?目光。只在多娜-克莱芒蒂娜家遇到她的时候,她才好像对我有一点好感。她那天进屋时笑逐颜开,手里拿着一株香石竹。我说:"波提切利的《春天》!"尤其她那一声:"请过来,莱泰尔先生!"叫人难忘。那天所有的年轻人都登上花园住宅的平台,只有莱泰尔跟老年人待在一起,不知是因为懒惰还是羞怯。她转过身唤我,动听的语调带着责备和祈求:"请过来,莱泰尔先生!"可以肯定多娜-克莱芒蒂娜向她提起他曾打听过伊蕾娜是什么人:"她是多么的美呀!"是的,克莱芒蒂娜一定把这句话向她转达了。接下来那个星期他们见面寒暄过后,她表示接到传话了。她等待着他的下文,也许以为很快能听到。但是只要伊莎贝尔在身边,他就觉得别扭。倘若她遇见他和伊莎贝尔在一起!倘若她获悉他们同居的关系!倘若她已经在街上或剧院见到了他和伊莎贝尔在一起……只要伊莎贝尔在身边,再加上她不停地跟他吵架,什么都无从谈起,什么都办不成……

火车放慢速度,进站停车了。萨莱诺火车站。

"请注意,停车4分钟。谢谢。"

"我来得及去餐厅买一盒冷餐和一份时刻表。"他跳到月台上。

十一

最初几步仿佛被他监禁了很长时间之后迈出来的,所谓监禁不是指他待在车厢里,而是指他不幸的私情。他觉得真正的解决办法只有请德沙莱特把他召回巴黎,既然让·德沙莱特帮他建立这种关系,也能帮他摆脱这种关系,只要他们三人聚在一起谈谈,问题可以解决的。他的解脱感不仅仅因为他找到了决裂的手段——直到他下车厢时还不肯定非决裂不可,现在却下定了决心;还因为伊莎贝尔或许很快得到安慰,比他想象的还快,实现她的计划,在巴黎住下去。他们甚至可以成为好朋友,不时见见面,谈谈过去。重要的是尽快收场,从这种难以忍受的烦扰中摆脱出来。他现在觉得他的私情是件非常令人烦恼的事情,而这种烦恼促使他非彻底摆脱伊莎贝尔不可。他已经把她忘了,有如旅客忘记客栈的女招待或猎人忘记牧羊女。他们已不是难分难舍的恋人,而是形同陌路了。他甚至预见一旦她不再是他的情妇,他仍会对她很好。他将永远感谢她离开,感谢她让他自由。

"行了。只不过是时间问题了,再熬几天吧,吕卡!"他好像在地下隧道找不到出口,在黑暗中步履艰难,疲倦了,绝望了,躺下听天由命,但既然食品充足,就可设法适应环境,虽然无望,还得朝前走。突然他看见了日光、海波,终于进入来来往往的男女行人中间。火车站声音嘈杂。自由的生活，丰富的生活，多彩的生活，游荡的生活！他的生活恢复了！

"你好，吕卡·莱泰尔，是你吗？是的，正是我。"

坐在一条漂亮的小船里，在张开的帆下，在湛蓝的海湾中，凝望色彩缤纷的海岸，会是怎样的感觉？怎样的想望？他从车站冷餐厅回来时高兴得吹起口哨。如果他误火车呢？如果他故意误火车然后返回那不勒斯呢？那么午饭时就回到利斯托里大旅馆，对伊莎贝尔推托说他出海游览了。这类事已发生过一次，也在吵了一夜之后。吃完饭他立刻给让·德沙莱特写信。这样她不会产生任何怀疑，也免得她伤心和久等的不安。但返回沃姆罗，跟伊莎贝尔谈话，待在她身边，这一切现时对他来说太无聊了，简直是叫人头痛的义务，生活中最苦的一种额外负担。他必须立刻尝一尝重新获得自由的味道，大吃一口，让自由流遍全身，沁入肺腑，主宰身心；他必须像守护堡垒那样战战兢兢，外出只是为了匆忙填写必要的表格，了结毫无趣味的收讫，更像主人半夜起床关紧粗心的仆人没有关紧的大门。从这儿给让·德沙莱特打个电报怎样？不行，时间不够。那么，还是返回那不勒斯吧。他在书亭前磨蹭，好像有意促成使他误车的巧合。

"注意，注意。上车，上车，上车。"

啊，那天坐在书店的褐发胖女人玛蒂尔德，她的家姓塞拉奥和"上车"同音同字。如果返回那不勒斯，我可以去多娜-克莱芒蒂娜家表示歉意。对啦,从塔兰托打个电话,说我是因为办事或因为访友,这样能更巧妙更有力解释我昨天没有赴约。

"注意,上车啦!"

反正过了萨莱诺,返回那不勒斯的火车多着呢,在下面的任何站都可天黑前返乘回沃姆罗。我必须下定决心。我喜欢拉泰扎出版的书。去巴黎吗?以后再去吧。等事情了结后,回巴黎的途中去绕一绕。哎呀,我必须做出决定。很奇怪,在刚才整个路程中我只想到一次伊蕾娜,在我兴高采烈地重新获得自由的时刻。开车了!

十二

喔唷!差一点没来得及!这是我的车厢吗?是的,瞧,我的这堆报纸差一点孤零零前往布兰迪西。

"再见吧,第勒尼安海!"

什么东西使他在最后一刻决定去塔兰托呢?肯定不是考虑到返回那不勒斯会使他损失大部分车钱,而是首先想享受他的自由,那不勒斯是他刚刚度过囚禁似的时刻的城市,当然还有其他原因。现在他正处在康复期,很想研究一下病期不同阶段的情况,这才是他最迫切地要做的事。好好利用他重获的自由,重获的独处时间。从那不勒斯出发以来,他就开始考虑了,这比萨莱诺以强健身体著称的空气更能加快他的痊愈。他大致核实了这次同居给他留下的印象,首先计算最愉快的印象,然后回顾一系列难堪的时刻,剩下的却是烦扰。他曾估计到会出现这类结果,早在第二次吵架就预计到了,当然不能像演算数学那样把真相看得一清二楚。

他心中的监护顾问委员会不再行使审理官司的职责。官司已经结束,同居以他的败诉告终,只剩下执行判决了。这种监护顾问委员会的职能是很奇怪的,审视私情就像审视一件有教益的珍奇物品,有如生物学家审视一朵鲜花或昆虫学家审视一只昆虫。

车厢的窗口成为眺望萨莱诺海湾的窗口。实录回忆的影片放映到哪儿啦?嗬,快到在贝托莱街发生的第一次"危机"了,那是在出发的前两天。一次彻底的摊牌,两三次彻底吵翻,争辩长达3个小时,两次到了绝望的程度,用了一整夜时间才和好(创纪录的)。为了什么呢?我完全忘了。

后来我们在试图确定她称之为"她发作"的原因时,她向我陈述了好几项理由。她说:"我是佛兰德斯人,我,我的神经受不了这儿的气候。"就算这在她经常性的神经质发作中起作用吧,但决算不上原因,甚至解释不了在巴黎的第一次争吵。她其他的解释或我向她提供的解释也都不是症结所在。

她还说什么我们的性格太不一样了。确实,我高高在上,离她的地平线太高太远,我们不可能有相同的视野。一天她突然发现我的高傲,大声喊道:"……摆什么臭架子,你以为人家看不出你在竭力掩饰你的傲慢!……"她刚念完一篇研究波德莱尔生平的评论,冲着我说:"你自私透顶,是个波德莱尔式的失败者,专爱虚荣。"不知为什么,我挨了骂,反倒热烈拥抱她……谁知道资产者何时懂得波德莱尔?过10年?20年?1913年?1923年?我很乐意法盖和布吕纳蒂埃尔[1]能活到那一天。的确,看到她大发雷霆,因喜欢不了我所喜欢的东西而无可奈何,我经常情不自禁地觉得,不带鄙视而只带烦恼地觉得,她身上存在着社会地位的自卑感,小资产阶级的自卑感。表面上看,我们之间似乎是平等的,实际上她离我如同一个平民女子离我那么远。如果真是个平民女子,倒也罢了,好比一个动物可供抚摸:"乖乖,别叫……"可她老发作。关于我真正的身份,我确实欺骗了她,没有告诉她实情,有如在某些同伴面前,不知为什么,也许出于自负吧,扮演穷大学生和平民百姓孩子的角色,甚至编造出一个乡村制木鞋的叔叔。我有许多"自负之处",她却没有而且很不赞成,实际上,她和所有的平民百姓一样有清教徒的习气。我的本能戒忌叫她恼火。"桌布上有一点油渍,你就不吃饭,宁愿饿死。"是呀,什么玩意儿,一个地道的贵族。

---

[1] 法盖(Emile Faguet, 1847—1916)和布吕纳蒂埃尔(Ferdinand Brunetière, 1849—1906),均为法国著名文学批评家。

而我的贵族习气愈演愈烈，高贵是没有限度的！正是高贵无限论使得生活充满意义，最终把人的种子撒到没人居住的地方。

她对自己神经质发作乐此不疲，得意地用她的发作来羞辱我，让我的生活沾染粗俗不堪的东西，而这是我竭力摈弃的，资产阶级革命反对神圣的君主政体，她明明知道我留恋旧政体，却偏偏刺激我。

她的发作根据不同的起因或借口有不同的名堂，可谓名目繁多。第二次吵架是由时刻表引起的。打巴多纳西亚以后，我们彼此以"你"相称，因为我们在国外，她坚持用"你"称呼。

"你把时刻表忘在都灵站冷餐厅了。"

"不，我把时刻表给你了，你把它放进了你的小提包。"

"你把它忘在餐桌上了。"

"给我手提包，我把它找出来。"

车厢里还有另外两个旅客，一对年轻的意大利夫妇，我们就这么你一言我一语吵来吵去，最后她站起来，打开手提包，掏出时刻表，猛地摔在车厢的地毯上。

"演说家，你怎么啦，不舒服了吗？"

这是为了掩饰纠纷。他抓住她颤抖不已的手，看到她大惊失色（极为难看）的面容，不再忍心吵下去。直到热那亚，一路无话。然后他像对待刚遇到不如意事情的朋友那样，顾左右而言他，装作把什么都忘了。睡觉时，道歉、接吻、推说旅途太长，等等，言归于好了。咳，在风景如画的热那亚，忍受我的"夫人"极大的羞辱和惩罚。在罗马停留两天，又吵架了。为了什么呢？他们从邮局出来，在人行道的拐角上，夫人突然甩开他的手臂，穿过街道，只身登上一辆马车，让车夫送她回旅馆。发作的时间比时刻表事件更长，因为想澄清一下，评论一番，结果迎来一场新的风波。

"你非但不帮我克制住，反而故意激怒我。"

"没有的事儿。"

"就是这么回事。"

在那不勒斯，刚进旅馆，这对年轻的"夫妇"衣冠楚楚，先生一身黑色礼服，夫人穿着拖地的连衣裙。安顿前，在餐厅就座。只听得他们低声交换了几句话，夫人站起身，憋着火，径直走出餐厅，谁只要见到她的脸色就明白了。5分钟之后，先生不得不站起来，随夫人走的方向出去，找到他们的房间，但房门紧闭着。他不得不隔着门谈判，甚至威胁去叫经理来开门。有多少人的结婚旅行像这个样子？没有，真是领教够了。只记得去年在佛罗伦萨见到过一起类似的事情。

他们去卡塞塔短途旅行时又吵架了。她竟在火车里哭哭啼啼。在沃姆罗安顿之后，他们就吵架的问题争吵起来。

"直说吧，你是不是想回巴黎？"

"不，不，不。"

"你心里到底想什么？"

"什么也不想。"

"你是不是不想跟其他房间的女士们来往，她们来向你问候，对你十分客气，但如果你不喜欢她们的话……"

"不，我觉得她们挺可爱。"

"那么为什么又发作了？"

"干脆说我发精神病好了。"

"这话可是你自己说的呀……不是什么精神病，是你性格上的一个缺点，兴许是导致你离婚的原因之一。"

此话自然引起一阵怒骂，直到该去歌剧院时还是怒冲冲的。他们正在穿礼服，突然她又一次发作，把连衣裙撕破了。害得穿着礼服的先生徒步跑了两条街，从萨尔瓦多街到斯卡拉蒂街头上，叫来一位医生，替夫人治伤，原来夫人企图割腕自杀。

整整一星期她裹着纱布，用一条黑丝绒长带掩盖左手腕。两个多星期他不再提及圣卡洛剧院，想起来就不是滋味儿。之后，发生第二次，第三次，第四次，第五次吵架，全为鸡毛蒜皮的事情，微不足道。譬如有一次看完戏，我们去大长廊一家咖啡馆的露天座喝冷饮。跑堂的是法国人或讲法语的。临走时，我用目光示意杯子空了，掏钱付账："跑堂的！饮料钱。"

几分钟之后，我们在托莱多搭乘缆车时便吵开了。

"你刚才说'饮料钱'?"

"是的,付咱们喝的东西。"

"应当说,'付消费'。"

"跑堂的说'付消费',这是他的职业用语。而我既不是跑堂的也不是老板,我就说,'饮料钱'。"

"但跑堂的不知道你故意说的,以为你是乡巴佬。"

"亲爱的朋友,跑堂的怎么看我毫不在乎,但我在乎用准确的词儿而不说粗俗的话。"

"如此说来,我喜欢说粗俗话啰,因此我是粗俗的。快说你为我感到羞愧……"

他没有提防这一招,该怎么回答好呢?若在英国,他会脱口说出与法语相应的词"drinks"(饮料),真想责怪她不知道"饮料"一词自古有之,不像"消费"那样带有"舶来品"的味道。同样,应当说"要点儿咖啡"而不应说"要一个咖啡",为此遭受跑堂的白眼也在所不辞。话是这么说,"饮料之争"本来可以避免的,但避不开别的争执,稍有一点借口,一刻钟之后又吵起来,没完没了呀。

十三

毫无办法。有些男人哪怕娶的是腼腆的寄宿女生也会看到她变成泼妇。这在讽刺妇女的作品中屡见不鲜。布瓦洛[1]非常成功地把握了喜欢吵架的、爱支配的妇女的笑柄，例如"高傲的丰当什式女帽"[2]和"野性的老板娘"。吕卡本可以循规蹈矩，娶世交的女儿或侄女为妻，但她们也有自身的缺点，受教育的程度与伊莎贝尔没有什么差别。他甚至早已开始揣摩这些缺点会是怎样的，婚后又会变成怎样。总之，跟伊莎贝尔同居，我娶的是（幸亏是暂时的）易怒的女人，名为"雷霆"的丑女人。我也可能碰到名为"贪财"的丑女人，或"贪食"的丑女人，或"卖弄学问"的丑女人（也应当算一种丑女人吧），我想我宁愿要"淫荡"的丑女人，只要她不生育就行。

他现在明白是怎么回事了。当他认识伊莎贝尔时，她正采取守势，反思反省，自制自重，有点像该出阁的老姑娘的处境，用尽浑身解数，为博得丈夫的欢心，毕其功于一役。

伊莎贝尔结婚4年后，离开了男人的世界，孤独无援。多么大的变化呀！这足以使她抑制易怒的习性，变得庄重、坚毅，就是让·德沙莱特初遇时所发现的特征。后来一旦恢复安全感，脾气又发作了，本性难移哟。她曾做过努力，大概记起了她的坏脾气在使第一次婚姻破裂中起的作用，但最后还是没有控制住。情人对她宽容、温存、敬重，反而使她放松自己、放纵自己，直至比从前更令人

---
[1] 布瓦洛（Nicolas Boileau，1636—1711），法国诗人，文学理论家。主要作品有《讽刺诗》8卷。
[2] 耸立在头上的薄纱头巾，法国路易十四时代颇为流行。

难以忍受。

"神经质发作"越来越经常，越来越剧烈。在最初几周也许可以认为她发作一下是为了获得和好的乐趣，内心需要发火、粗暴、哭泣，以换取抚爱，好像非要如醉如痴地发怒、悔恨、羞愧、狂暴、呜咽、发狂，才得以全身瘫软，排除厌恶，也许真的想排除内心的憎恶。谁知道呢，女人处在通向精神满足的各条道上时都是神秘的、可爱的。但现在的发作变成习惯性的了，一次比一次咄咄逼人，就像有些老年夫妇之间的日常关系，即使在公众场合，即使说些与个人无关的事情，总是那么气势汹汹、盛气凌人。如此看来，人生的道路上充满着评论、忠告、训斥，怪不得他儿时那么忧伤……情妇变成好责骂的管家婆。哎，满可以把自我修养和完善推至非常简单的程度，有如一个女士对某个自命不凡的人说："天堂，对您来说，只不过是面包、葡萄酒、干奶酪和偶尔遇到的女人。"

啊，巴蒂帕格利亚，到巴蒂帕格利亚了……上帝！希望没人想到上我这节车厢。10点15分。站名很漂亮，令人想象一对交尾的牛蒙着眼睛在空地上打转。很可能是得天独厚的康帕尼亚地区最后一座城市吧！我们将进入卡拉布里和巴西利卡塔地区，凄凉、贫穷、多事的地方。我更愿意去西西里岛旅行，那里更适合遐思畅想，更令人心旷神怡……大希腊地区。我们把他们称为大希腊，他们是不是把我们称为美洲？难道他们称地中海北部为加拿大？

不，这个类比不恰当，马赛不是加拿大。这里是被海洋包围的世界。黑乎乎的火车喷着浓烟，在这样的景色中，好像收割脱粒机把康帕尼亚整个巴蒂帕格利亚原野的全部庄稼收尽了，使人想起英国北部的一种庞然大物，黑乎乎的，呼嚓嚓的，曼彻斯特的牵引机奔驶在维吉尔的《农事诗》里。令人沮丧的对照……啊，城市！啊，那不勒斯，满街的鲜花，大海蓝色的轻纱铺在大理石的台阶上……

十四

我即将进入布林迪西地区。旅行吧，别再搞文学性的遐想了，太离谱了。眼下文学素材倒有不少。生活充满污泥浊水，鸡争鹅斗，我陷入其中不能自拔。够了，受够了。记住女人给我留下的恶劣印象吧。女人在我眼里变得滑稽可笑了，显得卑微了。逃兵扯掉军衔条纹，而她扯掉首饰，加以践踏。有些性堕落的人和阳痿患者可能倍加赞赏，但我受不了，对她厌恶透顶，走避唯恐不及，想起来对那种场面甚至感到好笑。没想到获得乐趣的手段竟变得那么惹人生厌，那么滑稽可笑。

还是回顾一下我从解脱到痊愈的发展过程吧。其实我的自由始终是有限的，即使没有发生危机。最初的游览已经结束：长时间的徒步闲逛，在廉价的小饭店就餐，在平民百姓居住区参观。她不同意乔装改扮，坚持以相同的外貌陪我游览。到达那不勒斯以前必须保持旅游者的身份。

旅游者，这称呼叫人狼狈不堪。这意味着承认自己是外国人，以人为的氛围把自己同当地人的生活隔开：习惯，兴趣，他们的城市闲谈，他们的宗派切口，他们对自己城市主要人物那种聪明的炫耀。旅游者有的穿着整齐，有的穿着"不正规"，有的穿着雅致。有个大旅馆的经理对我说："我们一眼就看得出客人来自伦敦或巴黎，大多是二等顾客。"我的女佣听说伦敦和纽约的居民比那不勒斯多得多时非常气愤。她叫格拉泽埃拉，地地道道的那不勒斯人，很瞧不起我们，因为我们是巴黎人，不如古代帕泰诺贝城的后裔那么文明，那么灵敏。旅游者身上是有那么一点儿味道（痕迹）……正如伏尔泰对一位朋友写道："您的面貌适合所有的国家……"自由的游民，幸福的人，随处睡觉，逢泉喝水，每到一个城市就成为那个城市的市民，习惯地把所有美丽的城市组合在一起，在他心目中形成特大的城市，世界之都，而他则是性格温和的资产者和匿名的闲逛者。对他来说，大军林荫路的顶端衔接牛津街和霍尔邦，然后通向罗马大道，岔路的交接点有条道叫切亚雅，又被圣拉扎尔街对角切开，而圣拉扎尔街一直通到米兰的大圆顶广场，再往前奥泰伊陡坡一直往下，经过热那亚、那不勒斯和布顿，直达大海，还有一些街区我们还没有参观，诸如马德里、维也纳……洛蒙街通往宁静的皮兹街区。我们的城市。对我们来说，特罗卡代罗喷泉代替不了维吉不，这个类比不恰当，马赛不是加拿大。这里是被海洋包围的世界。黑乎乎的火车喷着浓烟，在这样的景色中，好像收割脱粒机把康帕尼亚整个巴蒂帕格利亚原野的全部庄稼收尽了，使人想起英国北部的一种庞然大物，黑乎乎的，呼嚓嚓的，曼彻斯特的牵引机奔驰在维吉尔的《农事诗》里。令人沮丧的对照……啊，城市！啊，那不勒斯，满街的鲜花，大海蓝色的轻纱铺在大理石的台阶上……

十四

我即将进入布林迪西地区。旅行吧，别再搞文学性的遐想了，太离谱了。眼下文学素材倒有不少。生活充满污泥浊水，鸡争鹅斗，我陷入其中不能自拔。够了，受够了。记住女人给我留下的恶劣印象吧。女人在我眼里变得滑稽可笑了，显得卑微了。逃兵扯掉军衔条纹，而她扯掉首饰，加以践踏。有些性堕落的人和阳痿患者可能倍加赞赏，但我受不了，对她厌恶透顶，走避唯恐不及，想起来对那种场面甚至感到好笑。没想到获得乐趣的手段竟变得那么惹人生厌，那么滑稽可笑。

还是回顾一下我从解脱到痊愈的发展过程吧。其实我的自由始终是有限的，即使没有发生危机。最初的游览已经结束：长时间的徒步闲逛，在廉价的小饭店就餐，在平民百姓居住区参观。她不同意乔装改扮，坚持以相同的外貌陪我游览。到达那不勒斯以前必须保持旅游者的身份。

旅游者,这称呼叫人狼狈不堪。这意味着承认自己是外国人,以人为的氛围把自己同当地人的生活隔开:习惯,兴趣,他们的城市闲谈,他们的宗派切口,他们对自己城市主要人物那种聪明的炫耀。旅游者有的穿着整齐,有的穿着"不正规",有的穿着雅致。有个大旅馆的经理对我说:"我们一眼就看得出客人来自伦敦或巴黎,大多是二等顾客。"我的女佣听说伦敦和纽约的居民比那不勒斯多得多时非常气愤。她叫格拉泽埃拉,地地道道的那不勒斯人,很瞧不起我们,因为我们是巴黎人,不如古代帕泰诺贝城的后裔那么文明,那么灵敏。旅游者身上是有那么一点儿味道(痕迹)……正如伏尔泰对一位朋友写道:"您的面貌适合所有的国家……"自由的游民,幸福的人,随处睡觉,逢泉喝水,每到一个城市就成为那个城市的市民,习惯地把所有美丽的城市组合在一起,在他心目中形成特大的城市,世界之都,而他则是性格温和的资产者和匿名的闲逛者。对他来说,大军林荫路的顶端衔接牛津街和霍尔邦,然后通向罗马大道,岔路的交接点有条道叫切亚雅,又被圣拉扎尔街对角切开,而圣拉扎尔街一直通到米兰的大圆顶广场,再往前奥泰伊陡坡一直往下,经过热那亚、那不勒斯和布顿,直达大海,还有一些街区我们还没有参观,诸如马德里、维也纳……洛蒙街通往宁静的皮兹街区。我们的城市。对我们来说,特罗卡代罗喷泉代替不了维吉诺山泉,我们需要的是全世界的城市的组合。

我逐步摆脱危机,从危机中脱身的另一个特征是,肉体冷漠感的加剧。越来越对两人睡在一起感到别扭。肉感一旦成为人们追逐的目标就越来越有限度,为了突破限度,人们千方百计加以深挖,使之复杂化。"你的丈夫把你蒙在鼓里,他把妻子当情妇对待,硬说是尊重你。完全是糟蹋人嘛。我来调教你,永远别忘记我的话。"正如W太太叹喟的:"嗨,那些大陆的妇女,净指望从男人那里得到财产呢!"哎,亲爱的,以前每时每刻都有快感,哪怕看一眼,或感到她在你身边走,不管怎么说,今非昔比,情况不同了。

夜里,手伸进绫罗绸缎,在玉躯上游乐,触到一只赤裸的乳房,如握住一件无价而易碎的稀世珍宝。美滋滋地揣测其柔度其温度其重度,领略生命之慷慨之无辜之无防。神经中枢的全部注意力集中在这只乐不可支的手上,任它乐此不疲,任它整夜不停地抚摸,直至摸清所有的美妙之处,陪着我们进入梦乡。但渐渐地,手疲乏了,失去兴趣,失去触觉,好像空空的,什么也没有握住。再往后,出现了"蚂蚁",越来越多,原来我感到手发麻了。

这时我习惯性地下床,跑到小客厅挑灯阅读托马斯·德·昆西,直到双眼模糊,睡魔把我牵回双人床上……

一直睡到第二天早晨,有时睡到吃早饭才高高兴兴起床,对夫人的梳洗打扮麻木不仁,再说她也讨厌我的碍事。我们去皮埃迪格罗塔,半路上她不愿继续陪我,执意返回旅馆修理手指甲。旅馆的指甲修剪师长得十分窈窕,身材高挑,肤色浅褐,袒胸露臂。"太太她好吗?"她遇见我便想起我的太太。她熟悉我太太的双手,见过一回我太太穿着晚礼服,目睹其双臂和双肩,心想"法国太太的皮肤多白呀",也许对她的白皙羡慕不已。女人们对彼此的美貌能完全无动于衷吗?我儿时深信小姑娘之间相亲相爱,虽然觉得这很自然,很正常,但不免嫉妒。女修剪师知道我是这位太太的男人,从许多女性中选了她,以为她是我合法的妻子,猜度我久睹不见其白,而她看得清清楚楚,相比之下,自己显得黑了……她想对我说知心话吗?不必坚持问。相反我对她说,深感欣慰,至少此刻,我的手交给了一个讨人喜欢的女子照料。我斟字酌句,把恭维话讲得十分体贴,以显示口语不大流利的外国人的风度,微笑着用赞赏的口吻轻轻说一声:"Grazie(谢谢)!"于是我们的手结合在一起,我的拇指得意地在她的手背上抚摸。她的手稍大了一点儿,伊莎贝尔的完美使我变得好挑剔。我试一试怎样……突然,咔嚓,剪刀剪断的一小段指甲飞至她袒露的胸脯,我的目光很乐意停留在上面寻找青筋的网络,追随其流动的热血……接着又是一声咔嚓,完了,意境全给破坏了。在我眼里她又恢复奎泽萨那大旅馆女指甲修剪师的面目,穿工作服,一件罩衫。不过,她能巧妙地把她身上女性的美丽和魅力同她的职业分开,使人一目了然。我们确实很挑剔,有什么办法呢?家里成天吵吵闹闹,鸡犬不宁,这种弄得你天翻地覆的爱情真是让人受够了。

11点差10分。从现在起火车逢站就停,铁路线不断往上爬,到达波坦扎之前,尽是些小站,没有旅客上头等车厢。卢卡尼亚山脉在望。每一站只停几秒钟,只来得及说一声"到站和出发"。

尽管冷漠感与日俱增,仍无心另找新欢,受够了。正是这种感受拖延着决裂,总希望最后一次危机确确实实是最后一次,好让咱们喜出望外,咱们不是喜新厌旧的人哪。比如遇到一个非常漂亮的女人,咱们不动心,家里有一个也非常漂亮,或许更漂亮。让·德沙莱特,他有一手跟女人套近乎的办法,街上、戏院里、有轨电车上,都会用程式套语。他掏出名片,上面印有"出庭律师"字样,一折为四,塞进身旁的姑娘或少妇的手中。我以前也凑热闹跟着干过,随路易大帝中学的那个家伙胡闹。我们像婚姻介绍所的两个伙伴,专为爱情牵线搭桥。遇到男的就拉男的,遇到女的就拉女的。累得要死!无聊透顶!……但倘若在那不勒斯清晨散步时有人问我寻找什么,一旦摸不到该城花街柳巷的门路,我就懒得转弯抹角,便直截了当回答:寻花问柳。

某位醒世作家说过:在众人之中一切使我变得渺小,在孤独之时一切使我变得伟大。是这样吗?否。该作家好像深有体会似的,其实那是因为在孤独时没有人来打他的傲气,抑他的虚荣心。哎哟,我领教过一些女人,只要一出门,她们就像海浪迎面扑击游泳者的胸脯那样向你蜂拥而来。下班时一群女工嬉笑着争先恐后地拉我的手臂,簇拥着不肯离去,其中一个高挑的女工还放肆地抚摸我的手哩。我在好几位有产者的夫人那里赢得过"好感"。还听到类似的话,如一个轻佻女子经过某先生身旁时对她的女友大声说道:"我11岁的时候已经搞上他们3个月了。"在柱廊下,拉皮条的人们把大量已经不新鲜的人肉一个个零售出去。到那里转一转是了解和研究当地人肉市场有效而省钱的办法,就像画家雇用模特儿。

但这完全不是我所寻求的。我需要能治好我苦恼的东西,需要女性温柔甜蜜的谈话。在我家里谈话总不投机,常常令人扫兴。我需要女友,女友的声音:她言谈措辞恳切,从不伤人,鼓励有加;她有真知灼见,看问题入木三分;她富有绝妙的直觉,把话说到我的心里,使我高高兴兴重新投入撂下的工作;她从不卖弄学问,像我一样对真理孜孜以求;她快乐,勇敢;她那令人神往的精神境界恰如其分地烘托她的美貌,她的女性魅力。是啊,女性魅力大概在谈话中得以最完善地表现。伊莎贝尔,自从我和她彼此不交心,自从因怕争吵而尽量避免交换看法和议论感受,她好像隐忍不言,与我若即若离:鸟儿又怕生起来,不再飞到我手心啄食,不肯在我手中停留……我形单影只,孤独至极。

哈哈，好糊涂哇，得救了！想想监护人写给那不勒斯的夫人的推荐信吧。

十五

对啦，推荐信，但愿别丢了，但愿别塞进行李弄皱了……不会的，大概夹在托马斯·德·昆西全集第8卷里吧。还用得着推荐信吗？太晚了吧？不，我可推说在路上耽搁了。如果这位夫人看到报上贵宾名单中我们的姓名（莱泰尔先生及夫人）呢？她记得起来吗？根本不必害怕。重要的是，尽量少跟伊莎贝尔提及，更不要让她知道这位夫人的地址。多娜-克莱芒蒂娜·德·？忘了，再看一下。

他的信几乎是偷偷写的，好像有什么见不得人的事瞒着他的女人。他第一次出访的早上，按捺不住焦急的心情，做出一系列轻率的判断，即夸张的猜忌。一想到监护人的朋友们，便产生一大堆烦恼，想象那里尽是些上了岁数的老顽固，暮气沉沉，毫无意思，回来非得生病不可。

他受到"老夫人"亲切的接待。所谓老夫人，其实只有46或47岁。3个客厅挤满了人，完全出乎他的意料，客人多半是西西里王国的贵族后裔，集贵族徽章之大成。疑虑之心油然而生：我处在一群精英之中还是误入一个大帮会呢？恐怕是帮会吧。颇有风度颇懂规矩的人大多老于世故,一眼看出他是初出茅庐的,不懂什么。譬如其中较迂腐的人觉得他住贝托莱街非常可笑。我必须自卫,无情地监视他们,看穿他们的破绽,看透他们的庸俗性,如同我跟监护人和居斯塔夫·德·拉吕去别的沙龙时所做的那样。这帮以混迹上流社会为职业的家伙一概教养极差,到了令人吃惊的程度。一谈到钱,立即眉飞色舞,一本正经地说什么:"此公每年有8万法郎进款,前程万里呀。"……多娜-克莱芒蒂娜叫我好喜欢。争取她的友情吧。她能成为女友吗?……

接着,他瞥见了伊蕾娜……必须千方百计让人再邀请他,并且成为常客。于是他对多娜-克莱芒蒂娜说:"那位姑娘是谁呀?我好像在巴黎见过她,对吗?"听到姑娘的姓(安德雷阿代斯),又道:"她多美呀!"说得那么自然,那么没有私心,多娜-克莱芒蒂娜听了不觉莞尔。他说得正是时候,下次来访便不敢放肆了,届时已成"秘密"。

我一定再来。希望客人少一些,但她在其中。我想知道她的名字。希腊姑娘,在巴黎长大,母亲是意大利人。三种伟大的文化集于她一身,所以才有这般的丰仪,这般的姿色……

她可望而不可即,也许已订婚,每年跟伯伯和伯母来那不勒斯度过两个月。伯父和父亲都是银行家。对我来说,他们是巨富人家,即使她同意(不可能的!),她父母也不会答应。我的钱加起来还不到100万,而这些人一年进出有好几百万。

算了。即使毫无希望，瞎想想也蛮有意思的。知道这个世界上有她的存在，目睹其闭月羞花，耳闻其悦耳的声音，多好哇。介绍之后，她对我说，不，她对着多娜－克莱芒蒂娜说话，但眼睛瞧着我，不，记不清了……幸亏曾与她谋面，并记得相遇的那家人的姓名。她也许猜到我的小计谋，也许注意到她引起了我的兴趣……不，她根本没有注意我。但我回沃姆罗时心中留下美好的回忆：她的眼睛，她的嗓音，她那清秀而略带金煌煌的面色。当怒气使伊莎贝尔变得面目可憎时，他不由得想起伊蕾娜的容貌，内心更为仰慕。

好极了，没有白来，瞧，这小地方的景色，是两个小村庄，贝拉和缪罗，隐蔽在深山里，与外界的联系全靠这个小火车站，多么奇特的地方。面对着这异乡奇景，他又沉溺于羞愧和悔恨。幸而在他多灾多难的姘居生活的上空，浮现着他的女神，一想起她，力量倍增，心情振奋，终将给予他决裂的勇气，解脱自己的勇气。

"我的女神！"……嚆，自作多情的怪物，像骑士那样感情炽热，一厢情愿。你始终需要一位代表女人的偶像，有如虔诚的信徒总要在身上佩带圣人或圣女的肖像，即使在你那位假圣女——莱泰尔夫人——显出原形使你遭殃之后……

十六

他还要去多娜－克莱芒蒂娜家,去追忆各种目光、姿态、话语,寻找自己身上留下的伊蕾娜痕迹、伊蕾娜形象。所有的小伙子都在或明或暗地追求伊蕾娜,她太富贵了,太特殊了。要是光讨我一个人喜欢就好了,不,她对所有的人都保持距离,不偏爱任何人,她的目光如同圣女审视凡夫俗子,有位战战兢兢的钟情之人连眼皮也不敢抬一下,而且生怕让她看见,又偏偏希望得到青睐,此人就是他,吕卡·莱泰尔先生。不,他在白日做梦。要不然伊蕾娜以为他没有注意到她,或许希望他更殷勤些,总之,也希望征服他。伊蕾娜太美了,她什么都办得到,弄得他如醉如痴,以致对伊莎贝尔也情意绵绵起来,仿佛看到"一个像伊蕾娜的女人",由于伊蕾娜,他更加耐心地忍受伊莎贝尔的怒火,决裂的意愿时不时夹着恻隐之心。

怜悯。现在一切有关伊莎贝尔的事都以怜悯的心情来对待。怜悯她因伊蕾娜而在精神上被遗弃,怜悯她日趋接近被抛弃,怜悯她动辄令人难以容忍。在餐馆或在剧院,当他无意中发觉某个男人的目光停留在伊莎贝尔的胸脯、后颈、手臂,不由得心中叫苦不迭:我可怜的朋友,倘若你知道……要不要把她让给你?

再说,我们越来越少外出。她不乐意出门,对那不勒斯厌倦了,只因害怕决裂才勉强滞留。我也不怂恿她外出，生怕让人撞见我和她在一起：她有个怪毛病，老拽住我的胳膊。我可以推说她是某个路过那不勒斯的朋友的妻子。一两次不碍事，但不可老这样露面。另外，我们乘车到郊外散步，这没有多大危险，尤其走当地人不常去的道路。即使我们在小旅馆被多娜-克莱芒蒂娜公馆的某个常客撞见，甚至被伊蕾娜和她的伯父撞见，也没多大关系。伊蕾娜可以推想我跟一个外国女人，路过那不勒斯的法国女人，结为了"露水夫妻"。这种解释还是过得去的。有些女人看到男子跟漂亮的少妇在一起反倒有好感，因为她们推测他善于取悦令人爱慕的女人。当然这类女人的心灵素质比较低贱，伊莎贝尔不属于这一类，更不用说伊蕾娜了……"伊莎贝尔不属于这类女人"，我是这么想的，是的，当我自以为跟伊莎贝尔在一起很幸福的时候，当伊莎贝尔还是"很重要"的时候。而现在她不重要了：那天早上她大发作，砸碎餐具，就像受到斥责的厨娘那样撒泼，蛮横至极，可恶透顶，恨不得抽她耳光或按铃叫格拉泽埃拉来把她强行拉走，"请把夫人赶出门外"。

马车在傍晚和煦的阳光下，沿着美丽的山路时而上坡，时而下坡，宛如金黄的睫毛，时而上扬，时而下合；地势或高或低，或凸或凹，在夕阳的沐浴下闪闪烁烁，人们等候着知了和黄莺的季节，吉他的弹奏。临海的平台，凉快的花园，回荡着那不勒斯的情歌，或婉转悠扬，或舒徐疾促，或激越嘹亮……一切似乎都是为旅行结婚的年轻夫妇特意准备的……然而我坐在车里，在伊莎贝尔身旁，心里却想着明天将见到心爱的女人。多么奇怪的年轻一对！……明天去多娜-克莱芒蒂娜家，重逢安德雷阿代斯小姐。要千方百计地讨她伯父的喜欢……我觉得几天来我完全成了多娜-克莱芒蒂娜家受欢迎的人，我想说什么就说什么，想干什么就干什么。我从被推荐的外国人变成她家的朋友。那些人不是精英也不是帮闲，而是出身名门望族的善良的人们，之所以有点迂腐，有点特别，正因为出身高贵。到处如此，他自己就因出身而与众不同。他甚至可以向他们吹嘘，他的子孙，不管将来出名或不出名，只要姓莱泰尔，一概是名流雅士。这个阶层的人心灵手巧，吕卡·莱泰尔用不着羞羞答答，他头上的常青桂冠绝不比他们的黄金冠冕逊色。很遗憾他还没有发表大作，一直处在隐姓埋名的状况。如果她能识别他，猜出他是诗人，那……但此事不好启口，至少在沙龙里不便随意对一个姑娘说穿……

十七

就在经常进行的城外散步期间我们大吵大闹了一场，叫人无法遗忘，是吵闹得最凶的一次，本来可以成为最后一场争吵，因为她为我提供了一个借口，甚至一个无可辩驳的理由，与她决裂的理由，可惜我没有利用。

那天开始时好好的，伊莎贝尔同意午饭前外出，陪我出，生怕让人撞见我和她在一起：她有个怪毛病，老拽住我的胳膊。我可以推说她是某个路过那不勒斯的朋友的妻子。一两次不碍事，但不可老这样露面。另外，我们乘车到郊外散步，这没有多大危险，尤其走当地人不常去的道路。即使我们在小旅馆被多娜-克莱芒蒂娜公馆的某个常客撞见，甚至被伊蕾娜和她的伯父撞见，也没多大关系。伊蕾娜可以推想我跟一个外国女人，路过那不勒斯的法国女人，结为了"露水夫妻"。这种解释还是过得去的。有些女人看到男子跟漂亮的少妇在一起反倒有好感，因为她们推测他善于取悦令人爱慕的女人。当然这类女人的心灵素质比较低贱，伊莎贝尔不属于这一类，更不用说伊蕾娜了……"伊莎贝尔不属于这类女人"，我是这么想的，是的，当我自以为跟伊莎贝尔在一起很幸福的时候，当伊莎贝尔还是"很重要"的时候。而现在她不重要了：那天早上她大发作，砸碎餐具，就像受到斥责的厨娘那样撒泼，蛮横至极，可恶透顶，恨不得抽她耳光或按铃叫格拉泽埃拉来把她强行拉走，"请把夫人赶出门外"。

马车在傍晚和煦的阳光下，沿着美丽的山路时而上坡，时而下坡，宛如金黄的睫毛，时而上扬，时而下合；地势或高或低，或凸或凹，在夕阳的沐浴下闪闪烁烁，人们等候着知了和黄莺的季节，吉他的弹奏。临海的平台，凉快的花园，回荡着那不勒斯的情歌，或婉转悠扬，或舒徐疾促，或激越嘹亮……一切似乎都是为旅行结婚的年轻夫妇特意准备的……然而我坐在车里，在伊莎贝尔身旁，心里却想着明天将见到心爱的女人。多么奇怪的年轻一对！……明天去多娜-克莱芒蒂娜家，重逢安德雷阿代斯小姐。要千方百计地讨她伯父的喜欢……我觉得几天来我完全成了多娜-克莱芒蒂娜家受欢迎的人，我想说什么就说什么，想干什么就干什么。我从被推荐的外国人变成她家的朋友。那些人不是精英也不是帮闲，而是出身名门望族的善良的人们，之所以有点迂腐，有点特别，正因为出身高贵。到处如此，他自己就因出身而与众不同。他甚至可以向他们吹嘘，他的子孙，不管将来出名或不出名，只要姓莱泰尔，一概是名流雅士。这个阶层的人心灵手巧，吕卡·莱泰尔用不着羞羞答答，他头上的常青桂冠绝不比他们的黄金冠冕逊色。很遗憾他还没有发表大作，一直处在隐姓埋名的状况。如果她能识别他，猜出他是诗人，那……但此事不好启口，至少在沙龙里不便随意对一个姑娘说穿……

十七

就在经常进行的城外散步期间我们大吵大闹了一场，叫人无法遗忘，是吵闹得最凶的一次，本来可以成为最后一场争吵，因为她为我提供了一个借口，甚至一个无可辩驳的理由，与她决裂的理由，可惜我没有利用。

那天开始时好好的，伊莎贝尔同意午饭前外出，陪我去了植物园。之后，我们没有回家，来到托莱多街和切亚雅街交叉处的餐馆吃午饭，近邻的一张桌旁坐着一对老年夫妇。女的高挑、挺拔，腰板硬朗，脸面干瘪，红中隐青，满脸皱纹；男的魁梧，长方脸修得光光的，两颊又宽又扁，酒糟红色，眼光无神，夹着单片眼镜（假如他躺在豪华的床上，人们会以为他睡着了或去世了），密实的灰白短发呈波浪状，披着一绺顶发的前额依然清秀。

"伊莎贝尔，您知道咱们旁边坐的是谁吗？"

"不知道，大概是英国人吧。"

"把头靠近点，我告诉您他们的姓氏，您准知道的。"

"说吧。"

"乔·张伯伦和他的妻子。他们住在西西里岛。昨天我在报上看到他们的姓名。现在住贝托利尼。"

然后我们谈其他的事情。我们走出餐馆，叫了一辆车往保泽利普大道奔去。不会有风波了，因为她每次发作前总有一阵神经质的戏谑，但那天我感到她挺愉快，就像结识初期的几个星期那样和蔼。有时她谈吐亲切，想法新颖，令我吃惊；有时辩驳得体，恰到好处，故意曲解时往往妙语连珠，令人捧腹。可她现在却大谈英国国务活动家又长又扁的面颊，所看到的各种张伯伦的漫画，说什么他年已花甲却像个未谙世事的毛头小伙子。她注意到张伯伦浅色上衣的纽扣孔上未别兰花，询问他在伯明翰那著名的演讲。"请学会帝国式的思维"这句话英语怎么说的？这话确切的意思是什么？她听我讲解，眼神像文静的小学女生专心听课时那样美，很快明白给她做的解释。于是我们把话题扯开，谈起卡普里的德国小旅馆以及身穿黑白红三色工作服的女招待。但她又回到乔·张伯伦的话题上来。

嚆，我明白了……这难道可能吗？……她实在太高兴了，当今最著名的政治家居然在她邻座吃午饭！……是的，这就是她高兴的原因。是啊，确实令人激动。此时她那尚带稚气的脸庞着实叫人喜欢，啊，良家少妇，我的良家少夫人……而我，假如有人激将我一下，我会说荣幸的应该是乔·张伯伦，在他邻座吃饭的是法国青年诗人吕卡·莱泰尔。但对伊莎贝尔来说，她的情人无法与这位伟人相提并论，她哪晓得此公煽动老百姓闹事，这位政党领袖的名字虽然天天见诸报端，但他的讲话闹得金融市场天翻地覆……不过，我乐于看到如此，看到她性格的谦卑和趋附的一面，这是出乎我意料的。但也好哇，她内心感激我使她感受到这种满足：她会想到，跟她的前夫，在东部的某个省会是永远碰不到这类奇遇的。是的，一次旅行，越走越远离的旅行！在巴黎餐馆吃饭根本不可能在离自己两米的地方坐着饮誉全球的名流雅士。她内心感激我使她遇到非同寻常的经历，很可能认为在那不勒斯过冬比在巴黎第5区要雅致得多，也许认为自己可与保罗·布尔热[1]的小说

---

[1] 保罗·布尔热（Paul Bourget, 1852—1935），法国小说家。

女主人公相媲美。多么令人激动。伊蕾娜或许也很天真，不过是另一种天真，相形之下，使我透彻地看清伊莎贝尔的小家子气，她那小家碧玉的单纯的心灵。她把成为我情妇前后的生活做了比较，不禁反躬自问，似乎应当改一改自己的性格了。没想到乔·张伯伦帮了我的大忙。

为了庆祝这件大事，庆祝这种心照不宣的和好，我们租了车去郊外的一家大众饭店，那里的龙虾、海味烩通心面和叉烧很有名气，是多娜-克莱芒蒂娜的男朋友介绍的。我们租的是包车，可保证晚上11点把我们送回沃姆罗。那地方很有意思，普通老百姓和大旅馆的宾客混杂在一起，别有一番情趣。

我们尽兴吃喝，我不断给她的杯子斟卡普里美酒，反正有包车……不过，这天夜里不可能阅读托马斯·德·昆西了。

我们回家时，临海的盘山公路黑魆魆的，她抓住我的手，低声唱着初领圣体者的赞美歌，法文的歌声融于车轮的滚动、大海的呼吸、海浪对海岸的私语和拍击，我谛听她儿时唱的歌，联想起她的童年，小姑娘的童声歌喉……我几乎忘记了伊蕾娜。

终于回到了家。我们两个还是我比较镇静，不，确切地说，我比较清醒。她一头瘫倒在卧室的长沙发上。这晚，先生得替太太脱衣服啦。先得脱鞋，解除可爱的小脚的束缚，一股暖烘烘的鞋皮味儿，干净的光脚丫，引起我一阵虔诚的吻,以示感谢它们给我带来的幸福,没有脚,幸福便失去上升的支撑点。然后我的双手触及她那两条长腿,柔软,光滑,温馨,让我把丝袜从她的大腿脱下来吧……

"不,行了,剩下的我自己来脱吧。你的手弄得我很不舒服。"

为什么?我瞧了瞧她,她也清醒过来了。我坚持了一下。

"不,不,让我自己来吧。"

开始她还带着笑,装作害羞的样子。是故作姿态吗?不,她的拒绝变得严厉,近乎叫人难堪。卡普里酒。我对她说:

"是卡普里酒在作怪吧。"

她没有笑,事实上,与酒无关。她推开我,说道:

"我困了。再说,你用了一个粗俗的词儿。你说,这位美丽的夫人……别人从来没有对我用过这个词儿,意思是说我喝多了。"

她找碴儿吵架,我才不跟她计较哩。不管她对我说什么难听的话,我都不吭声,照旧亲热地抚摸她。最后,她站起身,扑倒在床上,怒火中烧,喊道:"你爱干就干吧。"

她好不情愿向我做了让步,但总算让步了。

但我觉得有点不对劲,心中不安起来,生怕出事。

我触及吊袜带的一个扣子,裸露的大腿配上这样美丽的装束显得格外迷人。好,一个扣子解开了。解另一个扣子的时候,听见她从牙缝儿发出的叹息,我的手指碰到一块硬东西,纸包的,系在吊袜带上。

我心头一怔。伊莎贝尔对我不忠。一封情书,准是的,不,包着一把钥匙。是的,有一个男人一直跟着我们,看我朝他笑,就给伊莎贝尔斟酒。后来她去厕所,在那儿跟他会面,怪不得她拖延了很长时间。现在让我发现了证据,好哇。她抓了个枕头塞在头下。我打开那玩意儿,纸上什么也没写,更不是什么钥匙,而是一个镀银的金属小钳子,第一道菜的餐具中的一种,用来夹碎龙虾腿的。

"演说家呀,你这是干什么哟?"

我立即回顾所有的细节,尽量详细地回忆她在餐馆、商店的每个动作。我们买过这类东西或与之有关的东西吗?无论在贝托莱街还是在这儿都没有,根本没有,绝对没有。这是第一次……这种卑鄙的行为……尤其是预谋的:躲进厕所,把那玩意儿包好,系住。

"伊莎贝尔,向我讲清楚,说明白……"

她嘟哝了一声。其实我反倒放心了,但脱口骂道:"小偷。"

从下陷的枕头里发出一声呻吟,一句沉闷的话:

"你不知道……不知道……我……我是否怀孕了……"

我难以抑制地需要单独待一会。我扔下她,独自到小书房,和我的书待在一起。我的生活毁了,不,是严重地损坏了,把伊蕾娜也给丢了。必须采取措施。时至今晚她为什么只字未提？措施。厚着脸皮去求接生婆，接着是一系列叫人恶心的手术、危险、死亡，还有可能被告发，或被迫跟不三不四的人保持联系，到头来令人抱恨终生。我心爱的一个女人，我想使之幸福的女人，变成我最残酷的敌人，变成榨取我自由和金钱的骗子。感情的游戏，同居生活的经验，轻浮酿成的灾祸。不对，她说谎，这不可能……对啦，是的，有那么一次可能性。不对，她说谎，为了给自己开脱而说谎。我们身不离纸和笔，登记日期，计算时间，不会出差错的，她说谎。我返回卧室，她已经脱完衣服，平躺着，脸通红，以严峻的目光向我挑战。但她期待的争吵没有发生。我严阵以待。我会破口大骂"小偷""骗子"，才不在乎女佣听见我大喊大叫呐，女佣的房间就靠近厨房，让她听见先生打太太耳光好了。活该！然而，女佣却可能听见亲昵温柔的呻吟声，接吻声：太太突然坐起来，扑倒在先生的怀里，感谢先生在她因内心冲突而苦恼不堪的时刻来安抚她。

当我问她是不是第一次偷东西时，她满脸羞愧、悔恨、惊讶、痛苦，向我证明确实是初犯。野外空气引起的高度兴奋、闲暇以及美酒，可能是原因，尽管在她看来还不足以说明问题。她记得7岁那年有一次在一家百货商场，她突然产生强烈的欲望要占有一个小物件，一只铅制的小彩猴。"知道吗？"她为这种欲望所驱使，不能自已，趁她母亲和售货员不注意，下了手，造成她童年的悲剧。

母亲事后发现偷来的东西，强迫她送回商场，让她当着母亲的面还给售货员。她哭泣着重复道："一只铅制小猴，穿着红衣服拉小提琴的小猴……"儿时的恼恨记忆犹新，加上现时的恼恨，她感到无地自容。我只得安慰她，对她说这没有什么要紧，以后不提就是了，不提就是了。再说，她不知如何表示歉意，想到一个词说一个，言不尽意。

"明天我把钳子扔进海里，你永远也见不着啦。"

我记得居斯塔夫·德·拉吕给我讲过，有个外国女阔佬，专门收集餐馆和旅馆的银餐具，那还是6个月前的事……不过这件事使我获得了较长时间的和平，她在我面前自惭形秽，直到她感到被宽恕。她得到了宽恕，这种可笑的举动；幼稚的举动，本来就是小事一桩。但她那种辩白的方式及所说的谎言，有意引起恐慌，使我难忘。套在我脖子上的锁链更加沉重了。

这就使我更加思念伊蕾娜……吕卡·莱泰尔的思想、情感和行为动机越来越朝着伊蕾娜·安德雷阿代斯这个人物聚拢……我已经完完全全属于她了，觉得她融化在我身上似的，是她在代替我观察、品尝……如果我预见某种苦楚，即将看见不堪入目的情景，我就情不自禁地想对她说"离远点儿，用手捂着眼睛"；如果有什么节庆，有优美的音乐，我就对她说"来，伊蕾娜，快来"。那天观看迎神赛会行列，在阳台上她在我的身旁，有一小段时间见她跪在我的身影里……

吕卡对伊莎贝尔钟情的起初,他时时想到他们共同的幸福。不管他对伊莎贝尔的柔情多么无私,他总是不由自主地迎接性感的诱惑:乳白肥嫩的后颈,袒露的胸脯和双肩,从上往下望,可见被遮蔽的乳房微露的部分。就是这部分最使我们男人着迷,因为我们不清楚其中的奥秘。他竭力想象在不可侵犯的连衣裙和神圣的衬裙保护下的身躯,在自己的床上让出空位,入睡时伸出手臂,轻轻地搭在空位上,好像搭在她的身上。

对伊蕾娜,他却不需要借助于感官。她寓于他的身心,彼此没有界限,是融为一体的。怎么会想到她的身躯呢?她可以变丑,变残,但这些丝毫不会削弱他的爱情。伊蕾娜给予他欢乐,伊蕾娜被他占有,绝不是微不足道的小事,既然光是她的存在就给他带来无穷的欢乐,既然他感到已经把她吞进腹中。她赠予躯体不会比在他面前出现更有价值。届时她若委身于他,当然是莫大的幸福,但这种幸福不会比他每次见她在面前出现更大。换句话说,这种幸福是难以想象的,不可思议的,和他迄今已知的幸福相比不可同日而语。他唯一希望的事情是伊蕾娜得到幸福,只要他能使伊蕾娜得到幸福,他自己的幸福已无关紧要了。睡在伊莎贝尔身旁,他浑身的骨骼都在颤抖,狂热地祝愿寓于他身上又置于他身外的伊蕾娜万事如意。由此浮想联翩:"倘若她嫁给我,每年额外的费用将是很大的,她自己的钱财够花吗?"吕卡自轻自贱,承认无资格高攀，相形之下，简直人微言轻。因而他反倒希望伊蕾娜突然一贫如洗，孤苦伶仃，希望安德雷阿代斯银行破产倒闭……

十八

听着，吕卡·莱泰尔，过来，好好听着。你知道你想要什么吗？她的幸福。好，那你立刻把你的全部家产给她，然后跳入第勒尼安海自尽。你想更无私地去奉献吗？那么隐居到外省你阿莉丝婶婶家，节衣缩食，攒下100万。届时她已结婚，但不要紧，你可以把这笔钱悄悄地汇入她的银行账户，就像还清一笔债款。然后无声无息地消失，让人们以为你病故了。馈赠之后你还想活下去吗？那么沦为乞丐吧，到她家门口去讨饭，马格布街，颇凄凉的街道，或者干活谋生，可你有没有这个能耐？在她生活的城市远远关照她，必要时保护她，你做得到吗？或者你卷土重来，发财致富，达到与她相称的地位，成为亿万富翁，再把财富给她，怎么样？你如果真的只是为她的幸福着想，就应当阻止自己去看她，永远不再见她。可你又不情愿。你以为给予她幸福就有权看她怎么幸福生活……得了吧，有朝一日，你心目中的伊蕾娜和外在的伊蕾娜汇合的时候，你会明显感觉出伊蕾娜与你并非真正合适。

想一想时间的作用。想一想你自己的演变。13岁差3

个月时你还是安分听话的初中生……稍等一下，怎么说才不至于伤害你的自尊心呢？这么说吧。在得了多次第一名之后，你最大的乐趣是星期天跟监护人到香榭丽舍大街散步，你等着观看总统的双篷四轮马车，是吗？是的，总统驾到，我们在最靠近他的人行道向他致意。他认出我的监护人和我学生制服上浆的领子，向我们打招呼，不是那种官方的回礼，很特别，是保护式的致意。

必须严肃对待生活呀。40岁你可以当上副国务秘书，50岁当上参议院主席。明天的拉丁文翻译练习是为达到这种高官厚禄的地位做准备的。

3个月之后，在皮埃尔·古贝以及戈布兰大街的同学们的影响下，你开始觉得种种荣华不过是过眼烟云。所谓理想，只是"大胆妄为"，敢于在大街上演讲，背着警察打打闹闹。你学会使用隐语，把"窟窿"说成"空白"，活跃在大街的人行道上，跳到洗衣女工两人抬的长篮子里戏耍……过后不久，你自称是诗神，竭力装出诗神下凡的样子，背诵莫雷阿斯和维埃莱-格里凡[1]的诗句……如果你个性的多变随着童年的结束而停止，倒也罢了，可不到一年工夫你这个士大夫，颓废诗派的爱好者，摇身一变，与著名长跑运动员阿姆里吉和达拉贡建立个人友谊，并引

---

[1] 莫雷阿斯（Jean Moréas, 1856—1910），原籍希腊的法国诗人；维埃雷-格里芬（Francis Viélé-Griffin, 1864—1937），法国诗人。两人都属象征主义流派。

以为荣,专程到舍夫勒兹去欢迎巴黎—波尔多赛跑的胜利者……美城的艺术节……无政府主义者的政治信仰声明……计划成立法国湖畔派[1]学校,声称只有在外省才有新颖独到的创造性,"比左岸还左岸"[2]!还记得安纳西学校吧!……你自己惩罚自己……你那些永远铭刻在心的爱情,游乐场舞会的小姑娘们,在吕雄,在布里德,在维希,在布尔布尔……还有努瓦姆蒂埃的渔家小姑娘,还有桑雷莫花商家的小姑娘,她光着脚溜进你母亲的房间,后来还有玛戈·莫里,你把她比作童贞天使,她却跟谁都调情,不过只是小打小闹,还有……我不想使你脸红了,光伊莎贝尔就够你受了……

十九

还有伊蕾娜呐。行了,振奋起精神吧。设法拉开点儿距离,从外部加以审视。"完全置身事外"。从这个角度来审视你自己,俯视你热爱的女性,才见其真情。这不会使你受到任何约束。之后,你可以"心扉重开",迎接情感的激流,但尽量迂回曲折地进行。

应当承认她主动亲近你,至少符合你谨慎的态度所允许的限度。是啊,我那愚蠢的羞怯。随便称作什么吧,谨

---

[1] 18世纪末19世纪初英国盛行湖畔派诗歌。
[2] 巴黎塞纳河左岸被公认为独创性文艺的发祥地。

慎也罢，羞怯也罢，无关紧要，名称各异，实质相同：自卫的本能。因为害怕卷入太深，害怕被人发现已经结婚，你不希望过早让人发现与人同居，你瞧，"同居生活的经验并非完全无用吧"，去向少夫人说声谢谢。你注意到多娜-克莱芒蒂娜甚至伊蕾娜对你改变态度了吗？说变就变哪？这难道与得到注重实际的询问的回答不无关系吗？当然，她们得到了确切的消息：莱泰尔先生是孤儿，定期收益者，等等。"但对伊蕾娜来说，我是个穷光蛋。"是的，而你对人家一无所知，你打听过人家的情况吗？人家，即对方，连你隐居外省的阿莉丝婶婶的情况都打听得一清二楚，知道她靠剪息票和搞利滚利谋生。你"有希望得到的遗产"必然也是爱你的女子"有希望得到的遗产"……跟雅娜那会儿玩耍痛快得多：完全无私的，全凭心血来潮，比较肤浅罢了。甚至对于伊莎贝尔，钱也还是次要的问题，不像这么较真儿。她想都不想"你有希望得到的遗产"，甚至眼下她花你的钱也未超过一个受邀的客人，根本不为她本人花钱，还有积蓄哩。你若让她为家用开支贡献力量，她还可以叫人从巴黎汇来。因此，并不可怕。那么为什么伊蕾娜关心财产呢？因为她除你以外还有多种选择，其他人与你的地位相同，甚至更为优越。况且在这种选择中，你可找到爱情。

你若傲视爱情，将来不会后悔吗？真正的爱情是极其罕见的。计算一下曾经爱过你的女人，正如你爱伊蕾娜那样爱过你的女人，不掺杂利害也非逢场作戏（雅娜除外，很快失去，并不遗憾），而是深沉的爱，盲目的爱。爱你是她们的目的。有过两个姑娘。一个是你冒失地与之开玩笑的残疾洗衣姑娘，另一个是马约门的那个"平民"女子，你对她说漂亮话，大肆吹捧，使她受宠若惊。一天晚上你对她说："我囊空如洗了！"她为有机会帮助你，喜形于色；她诚惶诚恐，献给你40法郎的动作令人难忘，而当天下午她只挣了60法郎。这是爱情哪。你不敢拒绝。想一想，你甚至没有亲吻一下残疾姑娘，也没有把40法郎还给小女子……等回巴黎一定要找到她，给她1000法郎，不，500法郎吧。打听你情况的人不是伊蕾娜和她的父母，而是多娜-克莱芒蒂娜，她有理由知道接待的是谁，你是谁。没有人想给你设陷阱。伊蕾娜看到她讨你喜欢心中高兴，如此而已，你却粗鲁地、愚蠢地称之为青睐，其实所谓青睐只不过是对你送去的目光的回答，投桃报李罢了。但也没有必要老觉得不可能讨女人的喜欢，快成怪癖喽！生命易逝，你呀，太挑剔了，太多虑了，让爱情白白溜走了……不，在进一步了解她的情况下，我将在她身上发现寻找"门当户对"的成分占多少，多大程度上她同时可以成为爱情忠实的伴侣。啊，想到姑娘们不仅美丽，而且善良、宽容、忍耐，叫人兴奋哪……这种姑娘会有的……嗬，行了，我爱她，我爱她！我要为自己辩护，要跟亭亭玉立的、风姿绰约的身躯连接在一起：舞会上从侧面望去，她那修长的倩影，婷婷然，袅袅然，飘飘然……

汽笛。道岔。刹车。几条铁轨。一座大车站展现在眼前。车站餐厅。

波坦扎。到波坦扎车站了？我有时间去火车站餐厅吃一份三明治和喝一杯热咖啡。不想吃车厢冷餐，把它送给搬运工吧。我的说话声在波坦扎车站月台上空回荡。这里比那不勒斯更凉。喏，波坦扎城，离车站挺远的，像一顶巨大的白冠落在一座形状整齐的小山上。远看好似一艘大型客船，一排排方形的舷窗整齐有序，停泊在莽莽苍苍的千沟万壑之中，与地壳激变时期形成的蛮荒相对照，呈现着高度的人类文明，有如横渡大西洋的客轮搁浅在两极人迹罕至之地。旅途中看到的远景真是千姿百态，出人意料，哪怕在渺无人烟的沙漠也会突然出现一座繁华的城市：人们的生活挺乐和的。我心目中有一座城市，蕴藏着极其丰富的知识，连四周的荒漠也是宜人的。我即将到那里去，会晤我书房中的诸神。出发啦！嗬，站长和我异口同声！我将从巴里吉打道回府！

不过，决不同伊莎贝尔一起回贝托莱街，否则决裂好像变成把她扫地出门了。从塔兰托给让·德沙莱特发封信怎么样？发两封信，一封向他解释目前的处境，另一封告诉他应该怎么做，并附上请他召我回巴黎的信的式样，是专给伊莎贝尔和多娜-克莱芒蒂娜看的。

亲爱的让。（不。）让兄，我受够了这小娘儿们。（不，太不够尊重。)让兄,我可以给你摆出千条万条理由,当务……当务之急,我要同伊莎贝尔决裂。你知道我不能把她扔在那不勒斯,得把她弄回巴黎。返回后咱们再商量采取什么办法,要尽快分居,但不要搞得满城风雨。她会死乞白赖缠我,她狂热的个性叫我非常害怕。她会喝大碗劣质烧酒,自杀,什么都干得出来。分居必须在一周内办完,因为一周后我得再去那不勒斯(我会给你解释的)。附上以你的名义写的信,通知我务必返回巴黎一个月,有要事处理。最迟过一星期我将在那不勒斯收到此信,两天之后我同伊莎贝尔便回到巴黎。别去车站接我,时刻等候我的召唤。我不住家里,请你叫一帮工人到公寓干活,重新油漆一遍天花板和门窗之类,可以把我的住处弄得乱七八糟,看门人有钥匙,这样我们到达后不得不住旅馆。

就这些吗?关于所谓要务的通知信,今晚到达塔兰托就写,明天一早发出。同时给多娜-克莱芒蒂娜发一份电报……嗯,给伊莎贝尔也发一份,好使她放心,推说早上遇到一位朋友,硬拉我陪他来塔兰托,并告诉她后天回那不勒斯,说真的我才不着急回沃姆罗呢。要是此刻见到她如此这般"被遗弃",蒙在鼓里,在我整个旅途中被出卖,好似一头被拉去宰割的牲口,我一定会心软的……倘若她知趣,倘若她善于控制自己,改变个性,她本可以谱写一篇"美妙的文章",现在晚了。无可挽回了。即使从那不勒斯返回巴黎的路上她表现得和蔼可亲,情笃如初,也于事无补了。我受的苦太多了。即使初次见面的时刻重现,她的眼睛,她的面孔,也不会叫我喜欢了。吊桥已经收起,故事已经结束,最后的句点已经打上。像最初那样,唤她一声"演说家",亲吻一次。对伊蕾娜的思念将成为我的支柱,还有让·德沙莱特的友谊。

二十

因此,一切都解决了。是的,而我处于疲惫不堪和神经紧张的状态。

眼前的景色阴沉,黑不溜秋的河水在芦苇中流淌,缓缓流向伊奥尼亚海。我们的火车朝海的方向奔驶。我没有注意在什么时刻越过分水线,只见一条细流改变了方向,朝大海奔去。我仍处在内心的冲突中,各种意见争论不休,吵吵嚷嚷。

瓦格里奥车站。嗨,又是一个小车站。众多的小车站连接着远僻的山庄。群山多为面貌可憎,山庄活像凹陷的蚂蚁窝,霉烂,潮湿,黑乎乎的,处处是人,嘈杂喧闹。意大利居然存在阴森的一面,叫人感到意外。不过随着走出地狱般的峡谷,越接近大海,景色越美丽。

到达塔兰托之前还得坐4个小时。我若能睡一会儿该多好哇,一夜未合眼,加上早晨的思想斗争。我们的指导神父,瘦子教士,会说:"我的孩子,当你需要平静而得不到时，那么祷告吧，即使你的理智和你的心都不乐意。"此刻确实不乐意，就像拒绝一个荒诞的、可笑的、耻辱的行动。这像中学生某种恶习的延续，不过中学生不知疲倦罢了。我没有信仰。所谓信仰，不就是盲目的祈祷吗？仿佛每时每刻都得重建复杂的大厦，合理的非理性主义大厦，这种非理性主义建筑在推理达不到的理性之上。童年时代，我做祷告是为了入睡，难道我的理智不允许这么做吗？我是自由的，我想。我掐着指头数数，数到几十，就数不下去了，不过数的都是未来的……

"我向您致敬……"不，用意大利语说，更为漂亮，意大利语不那么绕弯，确实漂亮。渔民说自己穷，为了语音谐调，总自称"穷光蛋"。

我非常喜欢明快的意大利语。用法语祈祷的人不可以说"乳房"这个词，其实乳房在《福音书》中是受到颂扬的，例如："你们吮吸了使人非常幸福的乳房。"

我高兴地发现崇高是无限的。有一首咄咄逼人的诗，题为《杰出者》，其主题是表现无限的崇高。以前我不懂得其中的寓意，认为描绘一场噩梦。冰山脚下一条大路蜿蜒在悬崖陡壁上，人们突然在一个拐弯处遇见一个庄严的疯子：悲剧演员的面孔，披肩的长发，穿着公谊会[1]教徒的服装，举着一面大旗，上面写着："杰出者"。令人终生

---

[1] 公谊会，又称教友派，17世纪创立的基督教的一个教派。

难忘的相遇。"杰出者"使我颇为不快。这位仁兄是为某家旅馆或酒吧做广告的吧？后来我明白它是讽喻人的，无非说明崇高没有止境。摆出一种架子，一种令人厌烦的，令人恶心的姿态。我也陷进去了……不，"杰出者"是为美德大摆姿态，为传统道德和礼节做广告。"杰出者"一定瞧不起我，他从未想过体验男女同居的生活。他娶了个救世军的姑娘，现在他们正贩卖反酗酒和反天主教的小册子哩。"杰出者"始终是"强者"。

咳，我听凭自己优哉游哉。有件事烂熟于心，深深铭刻在潜意识之中……虔信者们也有优哉游哉的时候吧。多么古怪的心态：认为祈祷是人生的一件大事，告诫自己必须不停地祈祷，为了给受难的灵魂带来一丝安慰，为了受尽煎熬的死者，波德莱尔之流……人们对此坚信不疑，从未怀疑过……有这样的事吗？啊，为死后受苦受难的人们祈祷吧！

最后这句话给我留下很深的印象，生者与死者突然靠近，这般省事，令人喟叹：晚自习后默祷时平静的"现在"与我们不可思议的、恐惧万分的死亡的时刻之间是那样的接近……也许这使我第一次懂得词语的作用。

信仰，单纯的信仰，像从前那样……可能吗？她，妻子、母亲、姑娘的总和。新的挪亚方舟。画挂在威尼斯某家博物馆里的楼梯口：背景是神庙，她，12岁，小姑娘，但智慧的光芒已出现在山丘之巅。我斗胆直接说出祷词，既然相信它是灵验的……曾记得我与她有血缘关系，因为《神圣的玫瑰经》[1]指出："儿子与玛丽亚的血是相通的。"我向她请求，斗胆向她请求保佑我心中的两个女人并为她们祈祷："请您使其中一个钟情，另一个不受痛苦，我也不受痛苦，当我和她分手的时候。"

我非常喜欢这种祷告。多么美好哇。人们在救苦救难的圣女脚下，在生命之泉和得救之门的前面，欢欣雀跃。全人类都在得救之门前面，如同无数的求职者和顾客等候着永恒的清晨之门打开，而我，再次沉沦，受旧习的拖累，难以自拔。

我的祈祷不再包含羞耻和惭愧。我不再鬼鬼祟祟地扪心自问，已经无动于衷了……照旧生活是自欺欺人的，是一种可悲可叹的姿态……

车轮的滚动和我的思路越来越交织在一起，除此之外，万籁俱寂。睡着了吗？

到达塔兰托时，我已经休息好了，头脑清醒了，犹如喷泉下久久接水的杯子，是那样的清新，宁静，充满生气。

二十一

伊莎贝尔！我在这儿呢……是的，好像有人在人群中

---

[1] 天主教徒诵读的一种经书。

寻找我……是的,我在这儿呢。我从塔兰托给你发电报。到达时做的第一件事情……

她将在晚上 7 点收到。她得不到消息是不可能排遣黄昏时分的惆怅的,那将是利斯托里大旅馆吃点心的时刻。她双眼通红。在小客厅喝茶。格拉泽埃拉送上两份茶具。先生还没有回来,实在弄不明白。她竭力劝慰,但说那不勒斯方言,伊莎贝尔听不懂,即使说标准的意大利语,她也听不懂……自从我们来到意大利,她只肯学说市场上肉类和水果的名称以及几种甜食,还是我教她说的……固执。不,是不屑学习外语,不屑多学点东西,加上清教主义作怪。我得用法语给她打电报。从塔兰托到那不勒斯,我的法语电文很可能变得千奇百怪,到她手里时一定面目全非了,有如从尼斯向巴黎运一篮包扎不好的鲜花或水果。我的电文到她手里时一定给糟蹋得不像样子,弄得一塌糊涂……

刚才还有一丝恻隐之心,那是入睡前的意志消沉。意志与睡意水火不相容!意志一旦减弱,习惯势力便重新抬头,好比一个长期被父亲压制的儿子在父亲的葬礼上突然失声痛哭,本来他应当失声大笑的,但因旧习惯的作用笑不出来,加上体力不支,终于……人们以为积怨已消,甚至庆幸他的心灵升华,岂不知只是一时的虚弱。但我相信,即使我现在突然大病一场,也阻挡不住我与伊莎贝尔决裂。尽快决裂吧。毫不怜悯。不,决不。摆脱麻烦,重新获得自由。然后,一心向着伊蕾娜。我如释重负。

> 日夜思念伊蕾娜,
> 形单影只入梦乡,
> 此刻在我的内心,
> 好似蒙着面纱的我,
> 如惶惑的小动物,
> 溜进她的洞穴。
> 再见吧!与世暂时告别,
> 躲进梦中常见的小世界。
> 但有血有肉的伊蕾娜呢?
> 竭力忘记她吗?
> 放弃与她联系吗?
> 回巴黎后再说吧。
> 我本该携带煮茶的器具,
> 在旅途中点燃小油灯,
> 锃亮的茶罐,银制的,
> 当地球的表面变得苍白,
> 油灯发蓝的火焰照亮黄昏的旅途。
> 啊……

能够放弃掉伊蕾娜固然不错,但对自己使用什么计策呢?保持距离吗?是的,甚至绕过马格布街,不看她的住所。进行一项长期使人全神贯注的工作。洁身自好。培育羞怯……啊哈，好哇！睡觉，好好蒙头大睡一觉！

在西西里岛过5月份吗？或者在科孚岛？